Schattenherzland

Alfonso Pecorelli

Schattenherzland

Roman

Riverfield

MIX
Papier | Fördert gute Waldnutzung
FSC® C083411

1. Auflage 2022

www.riverfield-verlag.ch

Lektorat & Satz:
ihleo verlagsbüro – Dr. Oliver Ihle, Husum (D)

Umschlaggestaltung:
Hauptmann & Kompanie, Zürich (CH)

Druck und Bindung:
CPI books GmbH, Leck (D)

Printed in Germany

ISBN 978-3-9525702-1-0

Für meine Familie

»Es gibt einen Platz, den du füllen musst, den niemand sonst füllen kann, und es gibt etwas für dich zu tun, das niemand sonst tun kann.«

Platon

Erster Teil

»Und dann wärmt sie alle Menschen, denn für die Sonne sind alle Menschen gleich.«

Jede Sekunde fällt jemand aus dieser Welt, für den das Leben nicht bloß eine Erinnerung war.

Der Blick gleitet hoch zum Himmel. Ist es so schwer zu glauben, dass sie alle in großen Seelentransportern da oben hin- und herfliegen? Ausgeblichen, leise wispernd, aber noch hörbar, wenn du nur aufmerksam genug lauschst.

Über die Baumwipfel treiben sie, auf den Feldern reiten sie, gleiten dahin, alten Schiffen gleich, schlüpfen dir durch Haar und Hemd, durch die Brust und Lunge und kommen auf der anderen Seite wieder hervor, der leise Atem, eine Bibliothek und ein Archiv jedes gelebten Lebens, jedes gesprochenen Wortes, jedes gesagten Satzes, das noch immer in dir nachhallt.

Die Berührung der Hand ist kaum spürbar, die Frage jedoch deutlich: »Hast du sie geliebt?«

November 2010, Afrika

Marie

Heiß, unerträglich heiß und schwül war es in dem kleinen Zimmer. Einen kurzen Augenblick schweiften seine Gedanken in die Vergangenheit, sein Blick glitt über die kahlen Wände und blieb an dem mit einem rostigen Nagel befestigten Kalender hängen: Bald ist Weihnachten. Der Gedanke schmerzte ihn. Wie eine alte eiternde Wunde, ein Schwelbrand – etwas, das nie zuheilt. Sein linkes Auge zuckte kaum wahrnehmbar bei den Gedanken an seine Vergangenheit; Jahre war er umhergeirrt, von Kontinent zu Kontinent, immer auf der Flucht vor sich selbst, um alles zu vergessen, den Super-Gau, der sein Leben zerstört hatte. Doch irgendwann, nach vielen Jahren erst, war ihm bewusst geworden, dass man nicht vor sich selbst davonlaufen kann. Die einzig verbliebene Wirklichkeit, die er für sich in Anspruch nehmen konnte, lag hier. Hier, in diesem kleinen, stickigen, feuchtheißen Zimmer im Nirgendwo in Afrika – hier, in der Hölle auf Erden, lag seine restliche Zukunft. An diesem Ort, wo Schmerz und Verzweiflung keine Berechtigung auf Individualität hatten, weil allgegenwärtig.

»Der Nächste, bitte!«, er schaute kurz auf und wies auf den Hocker. »Setz dich.«

Die schwül-schwere Luft hing wie zäher Honig im Raum.

»Wie heißt du?«

»Marie.«

»Keine Bange, Marie, es tut nicht weh.« Er nahm sanft den Arm des Mädchens in seine Hand und desinfizierte eine Stelle in der Armbeuge. Die junge, schwarze Haut glänzte makellos.

»Ich habe keine Angst!« Ein fröhliches Lächeln strahlte ihm entgegen.

Er hielt einen Augenblick inne, zögerte, räusperte sich, als wollte er etwas sagen, schwieg dann jedoch. Er legte den Wattebausch mit dem Desinfektionsmittel beiseite. Gott, du hasst mich, doch mach nur für einmal eine Ausnahme. Dann stach er die feine Nadel behutsam in die Vene. Zäh und langsam füllte sich die kleine Ampulle. Rot fließt das Leben durch unsere Adern. Ein unmerkliches Zucken um seine Mundwinkel. Bitte, nur dieses eine Mal, Gott.

»So, das war's, Marie. Schon fertig.« Er klebte ein Pflaster auf die Einstichstelle und hielt die Hand des Mädchens fest. »Komm doch bitte morgen wieder hierher. Geht das?«

»Oh, ja, das sollte gehen.« Wieder dieses sanfte, fröhliche Lächeln zum Abschied.

Er betrachtete eine Weile nachdenklich das mit Blut gefüllte Gefäß. Dann stellte er es in den Behälter zu all den anderen dunkelrot schimmernden Ampullen, die wie Soldaten strammstanden und geduldig auf ihr Verdikt warteten.

Endlich wandte er sich zur Tür und rief: »Der Nächste, bitte!«

4. April 1968, Washington D.C., USA

James

James war sich sicher, dass er hier sterben würde. Die Vitalität seines jungen Körpers war versiegt. Seit Tagen hatte er nichts mehr gegessen. Es war dunkel und kalt, eiskalt für die Jahreszeit. Nun hatten ihn seine letzten Kräfte verlassen.

Seine zu Eis erstarrenden Gedanken wärmte einzig die ferne Erinnerung an die gleißend helle Sonne, die glitzernden Wellen, dieses Bild eines Sommertags in seiner Kindheit, die Nähe seiner Mutter. Ja, dieses bezaubernde Licht der lebendigen See – ein Diamant, so unermesslich kostbar und unvergänglich wie das Leben selbst.

Er wankte wie ein Boot in dunkler Nacht, das sich auf stürmischer See geschlagen geben musste, ganz dem Untergang geweiht, nur noch darauf aus, nicht seinem Leben, das er nicht gelebt hatte, nachzutrauern, denn er würde nicht mehr sein, er würde ins Nichts gehen, vielmehr in dieses gleißende Licht, das der Finsternis trotzte.

Muss ich denn sterben, um zu leben? Sein letzter Gedanke – eine Kapitulation vor dem Rätsel dessen, was ihn erwartete. Seine Beine ergaben sich zuerst, ächzend sackte er in die Knie.

Die eisige Kälte hatte seine schäbige Kleidung mühelos bis auf seinen mageren Leib durchdrungen, dann krümmte er sich erschöpft unter einem Brückenpfeiler des Airport Highways, wie zum Gebet, einem Gebet, das er nicht mehr sprechen würde. Der Versuch eines letzten zornigen Aufbäumens – umsonst, er war am Ende, eine getilgte Null im Buch des Lebens. Dann kippte er langsam, fast wie in Zeitlupe, zur Seite, rollte sich zusammen, hielt seine Beine fest umklammert, sich in den Mutterleib zurücksehnend, und wartete, auf dass die Gedanken ganz verblassten.

Der eisige Wind trug das ferne, doch unablässige Heulen der Polizeisirenen heran. Seit Stunden erleuchteten brennende Autos die Nacht, vermischte sich der Klang dumpfer Schüsse mit dem Klirren berstender Fensterscheiben. In sämtlichen großen Städten des Landes herrschten bürgerkriegsähnliche Zustände, am schlimmsten hier in Washington D. C. Irgendein Rassist hatte die Stimme der Versöhnung ausgelöscht, den großen schwarzen Mann, der davon sprach, die Menschen müssten wieder lernen, nicht wie die Vögel zu fliegen und wie die Fische zu schwimmen, sondern wie Brüder zusammenzuleben. Umsonst – eine Kugel hatte ihn für immer verstummen lassen, seine Worte der Friedfertigkeit hatten heute Nacht keine Gültigkeit mehr. Stattdessen herrschte Krieg in den Straßen.

All dies schien weit weg, seltsam fern, es mochte nicht zu ihm vordringen. Erst das grässlich laute Geräusch bremsender Autoreifen holte ihn noch einmal für Momente an die Oberfläche der Wirklichkeit. Sein Kreislauf war vor Kälte fast völlig zum Erliegen gekommen. Mit Mühe gelang es ihm, die Augen einen Spalt weit zu öffnen.

Ganz nah, direkt vor seinen Augen erhoben sich riesengroß die weiß ummantelten Reifen eines Wagens. Schwere Autotüren klappten auf.

James schaffte es nicht, wach zu bleiben, seine Augen fielen wieder zu. Wie durch eine dicke Watteschicht gedämpft, hörte er Stimmen.

»Nehmen Sie den Jungen mit! Heute ist schon ein guter Mann zu viel gestorben«, ordnete eine tiefe Männerstimme an.

Eine zweite antwortete: »Aber Sir, das verstößt gegen die Vorschriften.«

»Die Vorschriften mache ich. Nehmen Sie ihn mit!« Der Tonfall ließ keine Zweifel aufkommen. Der Mann schien es gewohnt, dass man seinen Befehlen nicht widersprach.

Das Letzte, was James hören konnte, bevor er ohnmächtig wurde, war ein Zackiges: »Jawohl, Mister President!«

*

Beim Erwachen sah er als Erstes die hellen Sonnenstrahlen durch die riesigen Fenster dringen. Er wusste nicht, wo er war. Mit zusammengebissenen Zähnen versuchte er, sich im Bett aufzusetzen, resignierte aber unweigerlich, weil ihm sogleich schwindlig wurde. Matt ließ er sich ins Kissen zurückfallen. Sein Magen grummelte.

Ein paar Atemzüge später ging die Tür auf, und ein großer Mann in einem dunklen, eleganten Anzug trat an sein Bett. Noch bevor James ihn grüßen konnte, begann der Mann mit derselben tiefen Stimme, die der Junge schon am Abend zuvor gehört hatte, zu sprechen, fragte ihn nach seinem Namen und warum er unter einer Brücke geschlafen habe.

»Ich heiße James, Sir«, er versuchte den Kloß in seinem Hals zu schlucken, »James Connors, Sir.« Er habe niemanden mehr, brachte er mühsam hervor. Seine Mutter sei tot, seinen Vater habe er nie gekannt. Kein Geld, kein Essen und keinen Platz zum Schlafen – keinen Ort mehr zum Leben.

Der Mann blickte ihn nur still und nachdenklich an, dann ging er hinaus. Nach einer kurzen Weile trat er wieder ins Zimmer.

»Hör mal, mein Junge, hier kannst du nicht bleiben. Aber wir werden dich etwas aufpäppeln, und dann gebe ich dir genügend Geld für ein Zugticket nach New York.« Er zog ein Briefkuvert aus der Innentasche seines Jacketts. »Auf dem Umschlag steht eine Adresse. Du gehst dorthin und gibst den Brief ab. Man wird dort für dich sorgen. Hast du das verstanden?«

James nickte müde und schloss erneut die Augen, nahm aber wahr, dass sich der Mann über ihn beugte und die Hand auf seine Schulter legte.

»Dies ist deine einzige Chance, Junge. Nutze sie!«, raunte ihm der Mann eindringlich zu, bevor er sich umdrehte und zur Tür schritt.

»Warum tun Sie das?«, flüsterte James.

Sein Lebensretter blieb unter dem Türrahmen stehen. Die Silhouette des massigen Körpers zeichnete sich im Gegenlicht wie ein Scherenschnitt ab. Der Mann drehte sich zögernd um. Er schaute den Knaben lange an. Seine Stimme nahm nun einen merkwürdig traurigen Klang an, der so gar nicht zum Auftreten dieses Mannes passen wollte: »Mit Macht, Reichtum und Wohlstand geht auch große Verantwortung einher. Leider vergessen wir dies nur allzu oft.« Er schien einen Moment über seine Worte nachzudenken. »Warum ich das tue? Wegen des Gleichgewichts, mein Sohn, wegen des Gleichgewichts, denn gestern ist schon ein guter Mann zu viel gestorben …«

»Gleichgewicht?«, flüsterte James. »Sir, das verstehe ich nicht. Was meinen Sie damit?«

Präsident Lyndon B. Johnson zögerte einen Augenblick. »Eines Tages wirst du es verstehen. Ich bin mir da ganz sicher.« Das Lächeln, das über das müde Gesicht des Präsidenten huschte, konnte James nicht mehr sehen. »Du wirst es noch weit bringen, mein Junge.«

Der Präsident konnte nicht ahnen, wie recht er haben sollte.

Frühjahr 1987, London, England

Shamal

»Wie lange haben Sie diese Kopfschmerzen schon, Mister Rowland?« Der Arzt stellte die Frage mit ruhiger, professionell klingender Stimme.

»Weiß nicht so genau. Na ja, ich denke, so drei, vier Monate werden es schon sein.« William Rowland fühlte sich unbehaglich. Er konnte sich nicht erinnern, je in seinem Leben krank gewesen zu sein – abgesehen von der einen oder anderen Erkältung –, geschweige denn freiwillig einen Arzt konsultiert zu haben. Heute dagegen war er sogar im Central General Hospital gelandet. Die Kopfschmerzen waren immer stärker geworden, in den letzten paar Wochen sogar so stark, dass er kaum schlafen konnte. Endlich hatte er dem Drängen seiner Frau nachgegeben: »Geh bitte zum Arzt, andernfalls melde ich dich einfach an!« Doch genau dies wollte Will verhindern, denn als Supervisor konnte und wollte er sich keine Fehlstunden leisten. Gerade hatten sie sich ein bescheidenes Haus gekauft, die Hypothek lastete schwer auf dem Familienbudget, und die vier Kinder wollten auch ernährt und gekleidet sein. So hatte er sich als »Notfall« im Central gemeldet, obschon er keiner war. Nun saß William Rowland an einem Sonntagmorgen in dem kleinen Behandlungszimmer und schaute den für sein Empfinden allzu jungen Arzt verwundert an, als er dessen nächste Frage hörte.

»Ich würde gerne eine Röntgenaufnahme machen. Wären Sie damit einverstanden, Mister Rowland?«

Will musterte den Arzt, dessen weißer Kittel sich scharf von dem dunklen Gesicht abhob. Ein feiner Schnurrbart sollte das jugendliche Gesicht wohl älter und seriöser wirken lassen, dachte Will. »Dr. Ali S. Hassemi« stand auf dem kleinen Namensschild, das an der Brusttasche steckte. Will hatte nichts gegen Ausländer, doch irgendwie hatte er das Gefühl, in Großbritannien sollten Briten als Ärzte eingesetzt werden. In der nächsten Sekunde verwarf er den Gedanken, denn Dr. Hassemi schien hier geboren zu sein; sein Englisch tönte nach Oxford und klang wohl besser als sein eigenes. Die nächste Frage schreckte ihn aus seinen Grübeleien auf.

»Was machen Sie beruflich, Mister Rowland?«

»Gepäckabwicklung. Heathrow Airport.« Er machte eine kurze Pause. »Als Supervisor«, wie er nicht ohne Stolz in der Stimme anfügte.

Hassemi schaute ganz kurz auf, ließ sich jedoch nichts anmerken.

Dann ging alles ziemlich schnell. An diesem Sonntag war fast kein Betrieb im Hospital. Dr. Hassemi war auch Radiologe, wie er sagte, sodass er nicht erst einen Kollegen organisieren musste. Er verschrieb seinem Patienten zwei starke Schmerzmittel und bat Will, am nächsten Sonntag wiederzukommen, wenn ihm das recht sei.

Eine Woche später fand sich Rowland wieder in der Klinik ein. Ihm war alles andere als wohl in seiner Haut. Die Tabletten waren heute Morgen zur Neige gegangen, zeigten allerdings auch schon tagelang unangenehme Nebenwirkungen.

Dr. Hassemi stand bereits vor dem Leuchtkasten mit den Röntgenbildern, als Will ins Behandlungszimmer trat. Der Arzt gab ihm die Hand und bat ihn, sich zu setzen. »Ich erinnere mich, dass Sie sagten, Sie seien noch bei keinem anderen Arzt gewesen, Mister Rowland. Wegen der Kopfschmerzen, meine ich.«

Will nickte.

Dr. Hassemi schaute ihn mit ernster Miene an, dann schien er tief, aber kaum hörbar Luft zu holen. »Es tut mir leid, Ihnen dies sagen zu müssen, Mister Rowland … Sie haben einen Hirntumor.«

Hassemi fuhr mit Erklärungen fort, doch die Worte drangen kaum zu William Rowland vor. Innerhalb einiger Sekunden sank der muskelbepackte Körper des Todkranken in sich zusammen, als ließe man aus einer Gummipuppe die Luft ab. Seine Familie, seine Frau, seine Kinder, mein Gott, was würde aus ihnen werden? Sie hatten sonst niemanden. Sie würden von der Fürsorge leben müssen, sie würden … Er wollte nicht weiterdenken.

Hassemi reichte seinem Patienten ein Glas Wasser. Rowland war kreidebleich und hielt sich krampfhaft am Rand des Schreibtisches fest. Nach einer Weile fühlte sich Rowland wieder etwas besser. Es klang wie ein Krächzen, als er fragte: »Wie lange noch?«

»So genau kann man das nie sagen.«

»Wie lange noch?« Rowlands mächtige Faust sauste auf die Tischplatte und unterstrich seine Worte wie ein Donnerschlag.

Der junge Arzt erklärte ihm, dass man weitere Tests machen müsse, eine Kernspintomographie, vielleicht eine Biopsie, falls der Tumor zugänglich wäre, was jedoch nach den Röntgenbildern zu urteilen nicht der Fall sei – dann eine Strahlen- und Chemotherapie.

Rowlands Frage war klar und präzise, genauso präzise wie Hassemis Antwort: »Ist es heilbar?«

»Nein.« Nach einer Pause beugte sich Dr. Hassemi etwas vor: »Ich kann Sie nicht heilen, niemand kann das, aber vielleicht kann ich Ihnen und Ihrer Familie anderweitig helfen.« Bevor Rowland verdutzt nachfragen konnte, sprach der Arzt bereits weiter.

Dr. Hassemi nahm sich für seinen Patienten mehr als zwei Stunden lang Zeit. An der Tür verabschiedeten sie sich mit einem besiegelnden Händedruck. Rowland war fast einen Kopf größer als Hassemi, dessen Hand fast gänzlich in jener des Hünen verschwand. Der Arzt musste sich zusammenreißen, um sich nicht anmerken zu lassen, wie sehr ihn Rowlands schraubstockartige Umklammerung schmerzte.

»Ich vertraue Ihnen, Doktor Hassemi.«

»Keine Sorge, William.«

»Nennen Sie mich Will«, Rowlands Lachen klang gequält, »William nannte mich bloß meine Mutter.«

»Okay, Will, Sie können sich auf mich verlassen, es wird alles gut.«

Rowland öffnete die Tür, sein Blick fiel auf das Namenschild.

»Wofür steht eigentlich das S?«

»Shamal.«

30. August 1987, London, England

Chris

Court Room W.223. Der Gerichtssaal war von sachlicher Schlichtheit. Links und rechts je vier Stühle; in Front, etwas erhoben, das Pult des Richters. Auf der linken und rechten Seite, leicht nach unten versetzt, die zwei Plätze der Schöffenrichter und, nochmals etwas tiefer, der Platz des Gerichtsschreibers.

Das vereinigte britische Königreich gegen Dr. Christopher James Campbell von Dumfriesshire, Schottland, stammend, angeklagt wegen fahrlässiger Tötung in Ausführung seiner ärztlichen Tätigkeit. Als Hauptzeugin der Anklage ist geladen Miss Elizabeth O'Brien, amerikanische Staatsangehörige.

Der Anwalt des Angeklagten hatte sein Plädoyer beendet. Der Richter übergab dem Staatsanwalt das Schlusswort.

»Verehrtes Gericht, sehr geehrter Herr Vorsitzender! Die Beweislage ist klar und unwiderlegt. Es gilt als erwiesen, dass der Angeklagte Doktor Christopher James Campbell, seit zwei Jahren praktizierender Chirurg am St. Francis Central Hospital in London City, in der Nacht vom 13. Juli 1987 im Beisein der hier anwesenden Zeugin der Anklage berauschende und narkotisierende Mittel einnahm. Obschon Doktor Campbell bestreitet, in der besagten Nacht und – nach eigener beeidigter Aussage –

auch jemals zuvor Drogen zu sich genommen zu haben, und des Weiteren anführt, dass er für den nächsten Tag, 14. Juli, nicht für den Dienst in der Klinik eingeplant beziehungsweise nicht als Notfallarzt eingeteilt war, sind folgende Tatsachen und Ereignisse erwiesen:

1. Der Angeklagte wurde trotz seiner korrekten Aussage, dass er am 14. Juli 1987 nicht auf dem Dienstplan stand, aufgrund der Nachtstunde zu einem Noteinsatz in die Klinik gerufen, und zwar am frühen Morgen des 14. Juli gegen 4.15 Uhr. Infolge der offenbar inkorrekten Beurteilung des Zustandes des Patienten William J. Rowland durch den Angeklagten und des darauf folgenden Noteingriffes an besagtem Patienten verstarb derselbe noch im OP. Nach Aussagen der Krankenschwestern und des hier zur Zeugenaussage anwesenden Anästhesisten und Radiologen Dr. Ali S. Hassemi verhielt sich der Angeklagte während des Eingriffes äußerst merkwürdig: Dieser schien sowohl abwesend als auch nicht völlig zurechnungsfähig in Bezug auf sein Verhalten während der Operation zu sein.

2. Ein am selben Tag von der Klinikleitung angeordneter Bluttest erbrachte den Nachweis, dass der Angeklagte substanzielle Mengen an PCB, ACN und Kokain eingenommen haben muss. Der Angeklagte bestreitet diesen Punkt.

3. Die Zeugin der Anklage, mit der der Angeklagte die Nacht zuvor verbrachte – was er nicht bestreitet –, hat zu Protokoll gegeben, dass der Angeklagte im Verlaufe des Abends des 13. Juli mehrmals eine Dosis der bezeichneten und in dessen Blut nachgewiesenen Drogen ein-

genommen habe. Des Weiteren habe der Angeklagte die Zeugin zu überreden versucht, dieselben Drogen zu konsumieren, was diese jedoch entschieden abgelehnt habe.

Die Anklage erachtet es als erwiesen, dass der Angeklagte Doktor Christopher James Campbell in grob fahrlässiger Weise gegen den Ehrenkodex der Ärztekammer verstoßen und sich der fahrlässigen Tötung eines Patienten schuldig gemacht hat. Die Anklage beantragt als Strafmaß eine Geldstrafe, die vom Gericht festzulegen ist, außerdem eine Verurteilung zu einer unbedingten Freiheitsstrafe von zwei Jahren. Schließlich beantragt die Anklage, dass dem Angeklagten seine Arztlizenz auf Lebenszeit zu entziehen sei.«

Der Richter wandte sich zum Angeklagten und fragte, ob er noch etwas hinzuzufügen habe. Dieser schüttelte nur den Kopf. Stumm fixierte er mit seinem Blick die Zeugin der Anklage. Sein Gesicht schien zu Stein erstarrt. Weder die gewellten, halblangen braunen Haare noch die sanft geschwungenen, sonst so oft lächelnden Lippen konnten in diesem Augenblick daran erinnern, dass er noch nicht einmal dreißig Jahre alt war und meist viel jünger eingeschätzt wurde. Lediglich das leichte Zucken um seine Augen ließ erahnen, was in ihm vorging.

Der Richter und die Schöffen zogen sich zur Beratung zurück. Es dauerte keine zwanzig Minuten, dann kamen sie gemessenen Schrittes zurück in den Gerichtssaal, und das Urteil wurde verlesen.

Das Gericht folgte der Anklage in allen Punkten. Die Verhandlung wurde geschlossen.

Elizabeth O'Brien hatte dem Angeklagten während der Verhandlung nicht ein einziges Mal in die Augen geschaut, sie hielt den Kopf gesenkt oder abgewandt. Schnellen Schrittes strebte sie aus dem Gerichtssaal.

Der Angeklagte saß scheinbar teilnahmslos da, er fühlte sich unfähig, sich zu erheben. Weiß und hart traten seine Knöchel zwischen den wie zum Gebet gefalteten Händen hervor.

Als letzter Besucher verließ ein Mann in der hintersten Reihe den Saal. Er trug einen dichten, dunklen Bart und schien seine Augen mit dicken, dunklen Brillengläsern zu schützen. Während des Prozesses hatte er dann und wann etwas auf einen Zettel geschrieben, zum Schluss so hart, dass die inzwischen stumpfe Bleistiftspitze mit einem leisen Klicken vollends abgebrochen war. Schließlich waren die Vorder- und Rückseite des Papiers mit Zahlen übersät, immer wieder dieselben drei Zahlen: 5-32-35.

21. Dezember 1988, Sherwood Crescent, Schottland

Christopher Campbell war schon wieder auf dem Weg zurück ins Gefängnis, eskortiert und bewacht von zwei Beamten saß er auf dem Rücksitz des Polizeiwagens. Sein anfänglicher Hass und seine Rachsucht hatten sich im Verlauf der schon über ein Jahr währenden Haft von Tag zu Tag abgeschwächt – jeden Tag, der verstrichen war, wurde die Erinnerung an das, was geschehen, etwas blasser. Er dachte an seine Familie – die er soeben hatte kurz besuchen dürfen – und während die Scheinwerfer des Wagens wie zwei dicke, helle Finger die dunkle Straße abtasteten und vor ihm die breiten Schultern und kahlgeschorenen Köpfe der stämmigen Beamten im Rhythmus der Schlaglöcher auf und ab hüpften, wünschte er sich bloß noch eins: den Rest der Strafe so schnell wie möglich hinter sich zu bringen und zurück zu seiner Familie zu gehen. Es würde sich schon etwas finden, auch wenn er kein Arzt mehr sein würde. Er könnte ja auch in der Schreinerei seines Vaters arbeiten – warum auch nicht? Jesus war schließlich auch ein Tischler gewesen.

*

Zur selben Zeit hatte sich seine Familie um die wärmenden Flammen des Kaminfeuers versammelt, wie jedes Jahr um diese Zeit. Die Campbells waren eine schottische Familie wie aus dem Bilderbuch, raue und stolze Menschen, deren Ruppigkeit mitunter abschreckend wirken konnte. Dennoch waren sie immer zu einem Späßchen aufgelegt und im Grunde ihrer Seele menschenfreundlich und hilfsbereit – Schotten eben.

Jim Campbell, der Senior des Clans, war ein großer Mann, wie alle männlichen Mitglieder seiner Familie, und mit seinen mehr als achtzig Jahren noch erstaunlich rüstig und kein bisschen müde. Er war enorm stolz auf seine Familie, auch wenn er dies – bescheiden, wie er war – weder allzu deutlich sagen noch zeigen würde. Er hatte fast sein ganzes Leben in Schottland verbracht, mit Ausnahme seines freiwilligen Militärdienstes während des Zweiten Weltkriegs, um »den Krauts den Garaus zu machen«, wie er heute noch zu sagen pflegte. Er hatte in allen großen Schlachten gekämpft, war zweimal verwundet worden, ausgezeichnet für seine Tapferkeit – doch damit angeben? Nein, das war nicht seine Art.

Schon als junger Bursche hatte er seine große Liebe kennengelernt, Rose. 1933 hatten sie endlich geheiratet, und schon neun Monate später machte Bruce, der Erstgeborene, das Glück perfekt. Die Tochter Sarah ließ dann allerdings acht Jahre lang auf sich warten, kam jedoch auch wiederum zu früh, um von den Kriegswirren verschont zu bleiben. Als einfacher Beamter mit kargem Einkommen hatte Jim seine Familie schließlich zu Gottesfürchtigkeit, Bescheidenheit und Fleiß erzogen.

Bruce war ganz der Vater, nie aus Schottland weggezogen, verdiente sich sein Einkommen mit einer kleinen Schreinerei. Sarah dagegen war von anderem Schlag:

Sie war ehrgeizig, wollte immer schon weg »in die große weite Welt«. Sie wollte Medizin studieren, den Menschen helfen. Jim und Rose Campbell hatten ihre Tochter unterstützt, so gut sie nur konnten, und so erfüllte sich Sarah nicht bloß den Traum, Ärztin zu werden, sondern verliebte sich auch gleich Hals über Kopf während eines Studienaufenthaltes in den Vereinigten Staaten.

Jim erinnerte sich noch genau an den Tag, als Sarah zu Hause anrief und verkündete, sie werde ihren »zukünftigen Mann« mitbringen. Die Eltern waren ganz und gar nicht begeistert. Musste sich ihre Tochter ausgerechnet in einen »Ami« vergucken, der zudem nicht mal ein »richtiger« Amerikaner war, wie Jim brummend anmerkte? Doch Sarah war nicht umzustimmen. »Ich liebe ihn, basta!«, verkündete sie trotzig.

Jim und Rose brauchten schließlich nicht überredet zu werden. Frank – mit seinen dreißig Jahren einer der jüngsten Assistenz-Professoren an der Harvard Medical School – entpuppte sich als ein liebenswerter, gut aussehender Mann. Und er schien genauso in Sarah verknallt zu sein wie sie in ihn.

Knapp ein Jahr später heirateten die beiden in der kleinen Dorfkirche von Lockerbie, ließen sich jedoch fünf Jahre Zeit, bis sie Michael das Leben schenkten. Bloß in einem Punkt war die Braut Sarah eigensinnig: Sie bestand darauf, ihren schottischen Mädchennamen auch nach der Hochzeit beizubehalten, denn sie sei eine Campbell und werde es immer bleiben, wie sie ihrem verblüfften künftigen Ehemann mitteilte.

Es kam sogar noch kurioser: Zur Hochzeit erschien auch Franks Schwester Esther, eine dunkelhaarige Schönheit, die mit ihrem natürlichen Charme so manchem anderen Gast den Kopf verdrehte. Das Rennen um ihre Gunst gewann allerdings Bruce. Die Hochzeit ließ nicht lange auf sich warten und Christopher, ihr einziger Sohn, machte, als er geboren wurde, das Familienglück vollkommen. Und so hatten sich zwei Geschwisterpaare gefunden.

Der alte Jim Campbell nahm einen kleinen Schluck seines Selbstgebrannten und schaute zufrieden in die Runde. Die Dunkelheit hatte sich um diese Jahreszeit in Sherwood Crescent, Lockerbie, längst als Sieger über das Licht des Tages hervorgetan.

»Macht es euch noch ein wenig gemütlich!«, rief Rose fröhlich. »Es ist ja noch nicht einmal ganz neunzehn Uhr. Ich rufe schnell unseren Schwiegersohn an, um ihm zu sagen, dass Sarah und Michael schon früher geflogen sind. Sonst macht sich der Junge noch Sorgen.«

»Herrje, Rose, der Junge, wie du ihn zu nennen pflegst, ist längst ein erwachsener Mann!« Jim Campbell verdrehte theatralisch die Augen, bevor er seinem Sohn Bruce zuzwinkerte. »Und er hat bestimmt sehr viel zu tun. Rose, unser Schwiegersohn ist Chef einer der größten Kliniken der Vereinigten Staaten von Amerika, falls du dies vergessen haben solltest, und womöglich ist er gerade mit einem Notfall beschäftigt.«

»Ach was, eine Mutter wird ihren Schwiegersohn doch wohl noch anrufen dürfen.«

Jim gab jegliches Argumentieren auf, denn er wusste, dass seine Frau an Starrköpfigkeit nicht zu übertrumpfen war.

Schon war sie auf den Flur geschritten, hatte den Hörer des altertümlichen Wandtelefons abgehoben und betätigte nun langsam die perlmuttfarbene Wählscheibe.

21. Dezember 1988, New York City, USA, Central General Hospital

Das Klingeln des Telefons, ein dezentes Summen. Frank warf nochmals einen Blick auf die Röntgenbilder, nickte zufrieden und nahm den Hörer ab.

»Ja, hallo?« Er war nun schon so lange in den Vereinigten Staaten, dass er automatisch, fast zu seinem Leidwesen, die Sitte angenommen hatte, sich bloß mit einem unpersönlichen »Hallo« zu melden, statt mit seinem Namen, so wie es ihm seine Mutter einst auf dem alten Kontinent beigebracht hatte.

»Frank, du hast also noch keinen Feierabend. Klapp uns bloß nicht zusammen vor lauter Arbeit!« Der schottische Akzent und die herbe Art seiner Schwiegermutter waren unverkennbar.

»Hi, Rose, wie geht es dir?«, fragte er gut gelaunt.

»Gut – und dir selbst? Isst du auch genug? Schläfst du auch genügend? Wie viel Uhr ist es denn bei dir? Und wie oft habe ich dir gesagt, dass du mich Mom nennen sollst? Schließlich hast du meine Tochter geheiratet.«

Frank grinste, ging er doch auf die fünfzig zu und war Chefarzt einer großen Klinik. Diese Eigenart konnte sich seine Schwiegermom wohl nie abgewöhnen: eine Mischung aus Fragen und Feststellungen in sequenzieller Abfolge mit der Geschwindigkeit eines Maschinengewehrs zu stellen, ohne dem Gegenüber auch nur die geringste Chance auf eine Antwort zu geben. Irgendwann hatte er herausgefunden, dass sie gar keine Antwort zu erwarten schien, und deshalb sagte er bloß: »Früher Nachmittag, genauer gesagt – Moment – ja, zwei Minuten bis vierzehn Uhr, Mom. Ich hatte heute Morgen drei Operationen und wollte gerade nach meinen Patienten schauen.«

»Dann will ich dich nicht lange stören, Junge. Ich wollte dir bloß sagen, dass du einen prächtigen Sohn hast – und natürlich auch eine wunderbare Frau, wenn ich das so selbstlos von meiner einzigen Tochter sagen darf.«

Frank lachte. »Gibst du sie mir mal?«

»Deshalb rufe ich an. Sie haben die frühere Maschine genommen. Es wird dir schmeicheln, aber es sei dir von Herzen gegönnt: Ich hatte den Eindruck, sie hatten Sehnsucht nach dir. Sie müssten planmäßig schon in der Luft sein, denn sie haben die 18-Uhr-Maschine gebucht. Pan Am, glaube ich.«

»Oh, schön! Gut, dass du mir Bescheid sagst, Rose, dann darf ich nicht vergessen, heute Abend noch den Abwasch zu machen«, sagte er schelmisch.

»So schade, dass du nicht kommen konntest, Frank.« Es gelang ihr nicht ganz, die leise Enttäuschung zu verbergen.

»Tut mir leid, Schwiegermom. Ich habe hier so viel um die Ohren. Keine Ahnung, warum so viele Leute ausgerechnet kurz vor Weihnachten krank werden.« Er hatte ein schlechtes Gewissen, deshalb fügte er schnell hinzu: »Nächstes Jahr, ich verspreche es dir …, ganz sicher! Nächstes Jahr komme ich bestimmt, und nicht erst zu Weihnachten, sondern im Frühjahr.«

»Ist schon gut, mein Junge.« Wie viele alte Menschen dachte sie daran, dass sie nächstes Jahr schon nicht mehr erleben könnte, doch hätte sie das niemals zugegeben.

»Sind meine Schwester und Bruce auch da?«

»Ja, wir sind alle zu Hause geblieben. Du weißt ja, die lange Fahrt nach London ist nichts mehr für mich, und Abschiede hasste ich schon immer, vor allem am Flughafen.«

Ein kurzes Zögern in ihrer Stimme machte ihn stutzig, sie schien noch etwas sagen zu wollen, aber aus irgendeinem Grund, den er wohl nie erfahren würde, entschied sie sich dagegen und sagte bloß: »Sie wollen alle mit dir sprechen. Auch dein Dad und dein Schwager. Ich wünsche dir schöne Weihnachten, Junge.«

»Ich dir auch, Mom, ich dir auch.«

»Hallo, ich bin nicht deine Mom, mein Junge!«

Er erkannte Esthers Stimme, grinste und antwortete neckisch: »Hey, Schwesterherz! Wie geht's dir, meine Kleine?« Sie neckten sich seit ihrer Kindheit, und obschon Esther nun seit vielen Jahren in Schottland lebte und sie sich selten sahen, war das Band der Geschwister unzertrennlich.

»Soso lala, Bruderherz, du weißt ja … Aber sag, wann kommst du uns endlich mal in der alten Heimat besuchen? Oder bist du zu berühmt und fein geworden in Amerika, um deine kleine Schwester auf dem alten Kontinent zu besuchen?«

»Na ja, ehrlich gesagt, ich weiß nicht, ob ich mich zurechtfinden würde – bei euch in der Provinz, meine ich. Ja, und wenn ich es mir recht überlege …, ja, wirklich, es könnte auch meinem guten Ruf schaden.« Er lachte laut in den Hörer. »Hahaha, Blödsinn, hab's schon unserer Schwiegermom versprochen: Nächstes Jahr komme ich bestimmt. Ehrenwort, Schwesterchen.«

»Prima, ich freue mich! Dann machen wir endlich den Trip in die Highlands, den ich dir schon vor ungefähr einem halben Jahrhundert angepriesen habe, okay?«

»Klar, Kleine.« Franks Stimme wurde ernst, als er weitersprach: »Wie geht es deinem Sohn?«

Esther zögerte einen Moment, sodass er Tausende von Kilometern entfernt spürte, wie sehr sie die Frage belastete.

»Chris war heute Morgen hier, begleitet von zwei Beamten. Er durfte bloß eine Stunde lang bleiben. Mein Gott, sie behandeln ihn wie einen Verbrecher!« Sie kämpfte mit den Tränen.

»Ich wünschte, ich könnte ihm helfen«, sagte Frank und stieß sich die geballte Faust an die Stirn, weil er die Frage überhaupt gestellt hatte. Seine Stimme hatte einen harten Klang, als er fortfuhr: »Chris ist unschuldig, davon bin ich überzeugt. Er hat keine Drogen genommen. Nein, niemals!«

»Aber die Beweise, Frank, die Bluttests waren eindeutig.«

»Ach, Esther, was glaubst du, was heutzutage manipuliert werden kann!«, fauchte er mit einem kalten Unterton, den seine Schwester so noch nie bei ihm gehört hatte. »Und irgendwann werde ich herausfinden, wer ihn auf dem Gewissen hat …, und dann Gnade Gott …«

»Frank, hör auf damit! Ich mag das nicht hören. Was geschehen ist, ist geschehen. In einem Jahr wird er auf Bewährung entlassen und dann …«

»Dann? Dann was, Esther?« Er ließ sie nicht aussprechen. »Er wird nie wieder als Arzt praktizieren dürfen.«

»Schluss jetzt, Frank«, bat sie ihren Bruder. »Ich mag nicht mehr darüber reden.«

»Okay, okay, sorry. Ich wünsche dir schöne Weihnachten.«

»Ich dir auch, Bruderherz! Moment, ich gebe den Telefonhörer an Jim weiter … Hey, wart mal … Das ist aber …«

Aufgrund eines Geräusches in der Leitung schloss Frank, dass Esther den Hörer auf dem Tisch abgelegt hatte, denn im Hintergrund konnte er leise, doch deutlich die Stimmen der Familie hören.

»Hey, Darling, schau mal!« Jims Rufen drang aus dem Hintergrund an sein Ohr.

»Was ist das?« Rose, ja, das war Rose.

Was war in Lockerbie los? Alle schienen irgendetwas zu beobachten. Zum Kuckuck, was war da los?

»Wetterleuchten …?«

»Möglich …, hab ich aber so noch nie gesehen!«

»Sieht merkwürdig aus, fast wie ein Komet.«

K-l-i-ck!

Die Leitung war tot. Bloß noch ein leises Rauschen war zu hören – ein unheilvolles Rauschen.

21. Dezember 1988, Flug Pan Am 103

19:00 GMT – Flughöhe: 9400 m. Geschwindigkeit: 804 km/h. Heading: 321 Grad

»Good evening, Scottish! Clipper one zero three. We are at level three one zero.« Captain James MacQuarrie war wie immer ruhig und gelassen, als er die Bodenkontrolle kontaktierte. Er freute sich auf Weihnachten zu Hause. Endlich ein paar Tage ausspannen.

»Hallo, Jungs!« Alain Topps Stimme plärrte metallisch, aber verständlich in den Kopfhörern. »Na, geht's heimwärts?«

Captain MacQuarrie grinste seinen First Officer an. »Der scheint ja bester Laune zu sein da unten. Na, dann wollen wir mal. Bring unsere Lady auf die offene See, Ray!«

First Officer Raymond Wagner nickte dem Captain zu, dann drückte er auf seine Sprechtaste: »Clipper one three zero requesting oceanic clearance.«

»Oceanic clearance granted.« Einen Augenblick lang war bloß das Rauschen statischer Entladungen zu hören, dann meldete sich Topps fröhliche Stimme erneut. »Schöne Reise und Merry Christmas, Boys. Und falls ihr da oben dem Santa Claus begegnet, richtet ihm einen schönen Gruß aus.«

Officer Wagner lachte kurz auf und stellte den Kurs auf 316 Grad Grid ein. Majestätisch legte sich die riesige Maschine, die in fast zehntausend Metern Höhe scheinbar schwerelos dahinglitt, in eine leichte Linkskurve, um den neuen Kurs einzuschlagen. Das Manöver dauerte eine knappe Minute, dann lag das Flugzeug wieder völlig waagerecht in der Luft und der First Officer schaltete auf cruise-lock-secured.

Vor ihnen breiteten sich jetzt der weite Ozean und der sich blutrot färbende Horizont aus, dem sie entgegengeflogen, während sich hinter ihnen die Nacht über den alten Kontinent legte.

Officer Wagner lehnte sich zurück, schaute den Captain mit einem Augenzwinkern von der Seite an und imitierte den harten, singenden Akzent des Bodencontrollers. »Na, James, wollen wir den Jungs da unten auch schöne Weihnachten wünschen und dem Spaßvogel mitteilen, wir hätten gerade Santa Claus auf seinem Schlitten vorbeisausen sehen?«

Captain MacQuarrie schmunzelte. »Klar, Ray, machen wir. Ich liebe den gälischen Humor der Jungs da unten seit jeher.«

Der Captain drückte den Sprechknopf, doch seine Worte wurden von dem ohrenbetäubenden, gewaltigen Knall der Detonation im Frachtraum unter dem Cockpit gänzlich verschluckt.

21. Dezember 1988, Flug Pan Am 103

19:01 GMT

Michael schielte verstohlen nach der wunderhübschen jungen Stewardess, die anmutig in ihre Richtung schritt. Ihr Gang glich einem grazilen Gleiten, nahezu einem Schweben, leicht und geschmeidig, und erinnerte an die Bewegungen eines Panthers. Sie war ein »Hingucker«, wie er es nennen würde, wenn jetzt seine gleichaltrigen Freunde anstelle seiner Mutter neben ihm säßen.

»Sie ist sehr hübsch, findest du nicht, Michael?«

Er spürte die Hand seiner Mutter auf seinem Arm und ahnte, dass er sich nicht vor einem Kommentar seinerseits drücken konnte. »Komm schon, Mom, klar sieht sie klasse aus, aber sie ist doch viel zu alt für mich.«

Sarah lächelte ihren Sohn an und freute sich einmal mehr, was für ein hübscher junger Mann er doch war. Michael kam ganz nach seinem Vater: Schwarz gelocktes Haar umrahmte sein ebenmäßiges Gesicht. Oh ja, mein Schatz, mit deinem Aussehen wirst du noch viele Frauen betören – und auch verzweifeln lassen. Sarah schloss die Augen und dachte an den Tag, an dem ihr Sohn auf die Welt kam. Meine Güte, war das schon siebzehn Jahre her? Wie die Zeit verflog! Frank war vom ersten Augenblick an vernarrt in seinen kleinen Stammhalter. Zum Teil verzog er ihn wohl etwas, doch was sollte sie machen? Man musste Michael einfach lieben, denn schon als Baby hatte er wie ein Engel ausgeschaut, dachte Sarah in einem Anflug von Sentimentalität. Siebzehn glückliche, sorglose Jahre hatten sie gemeinsam genossen; sie hatte einen liebenden Mann, ein schönes Haus, noch immer gesunde Eltern und einen wunderbaren Jungen, der blendend aussah, kerngesund und überdurchschnittlich intelligent war und der wie seine Eltern Arzt werden wollte. Schon jetzt, in seinen jungen Jahren, nahm er Anteil am Schicksal anderer Menschen und war immer darauf aus, die Welt zu verbessern. Genau wie sein Vater und sein Onkel, dachte Sarah.

Sie sinnierte über die Verteilung des Glücks im Leben. Urplötzlich überfiel sie ein Frösteln, denn sie stand dem Glück aufgrund ihres Glaubens fast misstrauisch gegenüber. Aus einem unerfindlichen Grund hatte sie seit heute Morgen das Gefühl, dass etwas Schreckliches passieren würde. Sie erschauderte infolge des irrationalen Gedankens, der ihrer gewöhnlichen Neigung zur Rationalität völlig fremd war. Es schien, als wäre sie auf einmal davon überzeugt, dass sie bald für alles bisherige Glück bestraft werden müssten. Noch nicht, dachte sie, lieber Gott, nicht jetzt, nicht heute. Einen Augenblick schämte sie sich fast für ihre kleingläubigen Hirngespinste und beschloss, gleich morgen früh, bevor sie zur Arbeit fahren würde, in die Kirche zu gehen, um zu beten und mit dem Priester zu sprechen. Dann verdrängte sie die aberwitzigen Ideen und antwortete ihrem Sohn mit einem Schmunzeln: »Zu alt? Dass ich nicht lache! Ich schätze sie auf kaum was über zwanzig.«

»Mom, dann ist sie mindestens drei Jahre älter als ich!«

Michael schaute seine Mutter scheinbar empört an, doch sie wusste, dass er bloß scherzte.

Dennoch versuchte sie, in den Ton der scheinbaren Entrüstung einzustimmen, was ihr aber nicht gelang, da der Schalk nicht zu überhören war: »Ha, was sind schon drei Jahre? Oh, ihr junges Gemüse – was wisst ihr schon, was es heißt, zu altern?«

Die hübsche Flugbegleiterin hatte ihre Reihe erreicht. Mit einem makellosen, charmanten Lächeln fragte sie nach den Wünschen der Passagiere, und wie es schien, verweilte ihr Blick etwas länger als üblich auf Michael.

»Eine Cola, bitte«, sagte dieser mit einem Anflug von Schüchternheit und war sich zunächst nicht bewusst, dass er die junge Frau mit großen Augen anstarrte. Erst als er erneut die Hand seiner Mutter auf seinem Arm spürte, schaute er seine Mutter etwas verlegen an und fragte hastig: »Oh, entschuldige, Mom. Was hättest du gerne?«

Sie konnte sich ein Grinsen nicht verkneifen und flüsterte kaum hörbar: »Zu alt? So, so … Sie scheint dir doch zu gefallen.« Und antwortete dann bewusst, gar peinlich laut: »Ein Wasser für mich, bitte«, bevor sie lächelnd auf ihren Sohn deutete: »Dieser hübsche junge Mann ist mein Sohn.«

Die Stewardess kicherte, schien sich aber schnell zur Ordnung zu rufen und schenkte die Cola ins Glas ein, während Michael die Schamesröte ins Gesicht schoss.

Verflixt, seine Mutter blamierte ihn bis auf die Knochen mit der Bemerkung! Michael wandte seinen Kopf in Richtung seiner Mom, wollte ihr ins Ohr zischen, sie solle ihn nicht lächerlich machen, doch das Gesicht seiner Mutter schien auf einmal ganz verzerrt … Er schaute sie fragend an. Dann bemerkte er die blutroten Tränen in ihren Augen.

Wie in Zeitlupe drehte er sich zu der Flugbegleiterin, um zu fragen, was los sei. Ihren Arm sah er zuerst – gestreckt mit dem Glas Cola in der Hand –, doch an der Stelle, wo eben noch das wunderhübsche, lächelnde Gesicht der jungen Schönheit ihn betört hatte, klaffte jetzt eine blutende Lücke, eine grässliche Wunde aus zersplitterten Knochen, Fleisch und Muskeln.

Dezember 2010, Northern Territories, Australien

Elvis

Creation - Aborigines

Der kleine Junge saß auf dem Schoß des weisen Mannes und schaute ihn mit großen Augen an. Der Alte war groß und kräftig, sein weißes Haar und sein ebenso weißer Bart schimmerten rötlich im Schein des Feuers. In der Sprache der Aborigines hieß er Jarragha Nahjaabung Ohnemah, doch alle nannten ihn »Elvis« oder »Cleverman«.

Es war ein milder Abend. Der Himmel zeigte sich klar wie frisches Quellwasser, und unzählige Sterne funkelten wie winzige Diamanten am Firmament. In ihrer Mitte ruhte der Mond wie eine große, silberne Kugel.

Der alte Mann streichelte sanft über den Kopf des Jungen und hob ihn von seinem Schoß, um ihn an seine Seite zu setzen.

»Heute will ich dir die Geschichte von Kunukban, der großen Regenbogenschlange, erzählen.« Der Junge wollte etwas sagen, doch Elvis legte seinen Zeigefinger auf dessen Lippen. »Doch bevor ich damit beginne«, er hielt inne, schaute den Kleinen lächelnd an und fuhr dann verschmitzt fort, »will ich, dass du dein Handy ausschaltest, denn es ist die älteste und wichtigste aller Aborigine-Geschichten. Es wäre schade, wenn wir sie wegen des Handyklingelns unterbrechen müssten, nicht?«

»Okey dokey, Großvater«, antwortete der Junge, der – wie alle Kinder des Stammes – den Cleverman gleichsam als seinen Großvater betrachtete und nun artig sein Handy ausschaltete.

»Gut«, begann sodann Elvis. »Während der Traumzeit lag die ganze Erde in tiefem Schlummer. Auf ihrer Oberfläche wuchs nichts, und nichts bewegte sich auf ihr. Und über allem lag eine große Stille. Die Tiere, auch die Vögel, schliefen noch unter der Erdkruste. Doch eines Tages erwachte die Regenbogenschlange aus dem langen Schlaf. Mit aller Macht drängte sie sich durch die Erde nach oben, und an jener Stelle, an der ihr gewaltiger Körper die Oberfläche durchstieß, schob er sogar die Felsen beiseite.

Von jetzt an begann die große Schlange mit ihrer Wanderung. Sie zog in alle Richtungen gleichzeitig über das Land, und während sie sich dahinschlängelte, hinterließ sie ihre Spuren auf der Erde, sodass ihr Körper die Landschaft formte. Wenn sie müde wurde, rollte sie sich zusammen und schlief. An solchen Orten blieb der Abdruck ihres schlafenden Körpers zurück. So bereiste die große Schlange die gesamte Erde, bis sie schließlich an den Ort zurückkehrte, an dem sie durch die Erdkruste gestoßen war.

Dort rief sie die Frösche und forderte sie auf, ans Tageslicht zu kommen. Es dauerte eine Weile, bis die Frösche an die Oberfläche drangen, denn sie waren schwer, weil sich während ihres Schlafes eine enorme Wassermenge in ihren Bäuchen angesammelt hatte. Die Regenbogenschlange kitzelte die Frösche an den Bäuchen, bis sie laut zu lachen anfingen. Und während die Frösche lachten, ergoss sich ihr Wasser über die Erde und floss in die gewundenen Spuren, die die große Schlange auf ihren Wanderungen hinterlassen hatte. Auf diese Weise entstanden die Flüsse und Seen.

Bald danach begannen die Pflanzen auf der Erde zu wachsen. Das Gras färbte das Land an manchen Stellen grün, und mächtige Bäume reckten sich gen Himmel. Nun erwachten alle Tiere, strebten ans Licht und folgten der Regenbogenschlange, der großen Mutter allen Lebens, durch das ganze Land. Alle lebten in ihren eigenen Stämmen, und alle waren glücklich auf dieser Erde. Die Vogelstämme flogen durch die Lüfte und nisteten in den Bäumen, die Emu- und die Kängurustämme bevölkerten die weiten Ebenen, und die Stämme der Reptilien verkrochen sich unter Felsen und Steinen.

Nun erließ die große Schlange Gesetze, die für alle Wesen Gültigkeit hatten, alle mussten sich nach den Geboten richten.

Manche Wesen gehorchten aber nicht, sondern stifteten Unruhe und stritten untereinander. Etliche raubten den anderen die Nahrung, und einige wollten ausgerechnet dort wandern und wohnen, wo sich schon andere Erdbewohner angesiedelt hatten.

Da wurde die Mutter allen Lebens zornig und rief: ›*Hört, ich werde all diejenigen belohnen, die sich an die Gesetze halten! Ich will sie zu Menschen machen. Und ich werde ihnen dieses Land geben, über das alle ihre Nachfahren wandern sollen. Diejenigen jedoch, die meine Gesetze brechen, werde ich bestrafen. Ich will sie in Stein verwandeln, sodass sie nie mehr über die Erde wandern können.‹*

Die Frevler versteinerten also, sie wurden zu Felsen, Hügeln und Bergen und mussten für alle Zeit stillstehen und über die Stämme wachen, die zu ihren Füßen durch das Land streiften.

Dann verwandelte die große Schlange diejenigen, die sich an die Gesetze hielten, in Menschen, und sie verlieh jedem von ihnen sein Totemwesen, von dem der Mensch stammte. So kannten sich die Stämme der Menschen anhand ihr Ahnentiere und Stammeszeichen: Sie waren die Nachfahren des Emus, des Kängurus, des Schwarzkopfpythons und vieler anderer Ahnenwesen aus der Traumzeit. Die Regenbogenschlange erließ auch das Gesetz, dass kein Mensch sein eigenes Totemwesen jagen und essen dürfe, sondern nur jene der anderen Totems. So hatten alle zu essen, und niemand musste hungern. Die große Schlange hatte den Menschen die Erde gegeben, und sie sollte für immer ihnen gehören.«

Der Alte zündete seine Pfeife an, sog den Rauch ein und stieß ihn in kleinen Kringeln wieder aus. Kein Laut außer dem Rauschen des Windes und dem Prasseln des Feuers war zu hören. Wie gebannt wartete der Junge auf den Fortgang der Erzählung. Der Alte streckte seinen Rücken, stemmte seine kräftigen Arme auf seine Knie und beugte sich leicht vor.

»Die große Regenbogenschlange schläft seit Anbeginn der Zeit wieder tief in der Erdkruste, aber sie hat ein weiteres Gesetz hinterlassen.« Elvis nahm einen Schluck Wasser aus der Flasche neben sich.

Der Junge starrte den Weisen an, selbst der Wind schien einen Augenblick den Atem anzuhalten. Der Cleverman lachte laut auf und erhob sich. »Aber das erzähle ich dir nach dem Essen.«

Dezember 2010, Afrika

Das Mädchen saß wieder vor ihm auf dem Holzstuhl. In dem winzigen, karg eingerichteten Zimmer hatte sich nichts verändert: zwei Stühle, ein kleiner, zerkratzter Schreibtisch, links davon eine gelblich-graue Wand, an der ein hölzernes Bücherregal angelehnt war. Es quoll nahezu über von Ordnern, die mit fortlaufenden Jahreszahlen beschrieben waren.

»Gut, dass du wiedergekommen bist, Marie«, sagte Chris Campbell leise und presste dann für einen Moment verlegen seine Lippen gegeneinander.

»Oh, kein Problem, ich wohne nicht weit von hier.« Marie lächelte ihn erneut mit dieser bezaubernden Art an, die ihn schon gestern leicht irritiert hatte. »Zu Fuß habe ich kaum zwei Stunden gebraucht.«

Chris holte ihre Unterlagen aus dem Ordner, der vor ihm auf dem Schreibtisch lag. Unwillkürlich legte er seine Hände wie flankierend links und rechts neben dem Blatt auf die Schreibtischplatte.

»Wie alt bist du, Marie?«

»Acht.«

Chris kämpfte mit einem würgenden Gefühl im Hals und räusperte sich.

»Weißt du, was Aids ist, Marie?«

»Ja, die böse Krankheit, an der man stirbt.«

»Nun, das ist richtig. Allerdings gibt es heutzutage viele Medikamente, um die Krankheit zu behandeln.« Chris stockte einen Augenblick, runzelte die Stirn und fuhr fort: »Aber man muss die Krankheit früh genug erkennen.«

Marie hörte ihm immer noch lächelnd zu.

Er schaute sie lange und traurig an. »Du hast Aids, Marie ...« Er rückte ein Stückchen näher an sie heran, hatte seine Hände von der Schreibtischplatte gehoben, denn er wollte verhindern, dass das Kind womöglich aus Panik weglief. Er war auf alles vorbereitet, hatte er doch schon alle möglichen und unmöglichen Reaktionen erlebt, wenn einem Menschen praktisch das Todesurteil bekannt gegeben wurde. Ganz besonders, wenn es sich um einen sehr jungen Menschen handelte, musste man auf alles gefasst sein.

So verharrte er vorgebeugt auf dem Hocker, die Arme und Hände leicht über seinen Knien in der Luft schwebend, und in dieser Pose, die jener eines Torhüters ähnelte, der auf den Elfmeterschuss lauert und jede Faser seines Körpers spannt, wartete er, als müsste er die richtige Ecke antizipieren.

Marie schaute ihn mit großen, braunen Augen an. Sie lächelte immer noch, sagte jedoch nichts.

Chris Campbell war verunsichert, doch da die Kleine nicht reagierte, sagte er leise, aber ohne Umschweife: »Leider bist du zu spät zu mir gekommen. Die Krankheit ist schon so weit fortgeschritten, dass wir sie mit Anti-Retrovir nicht mehr stoppen können und ...« Er brach ab, da ihm bewusst wurde, dass er wie ein Arzt zu dem Mädchen sprach.

Er wollte seinen Satz neu formulieren, da sagte Marie: »Wie lange darf ich noch leben?« Sie stellte die Frage ohne das geringste Zittern oder Zaudern in ihrer Stimme und schien nur gespannt, aber in aller Stille auf seine Antwort zu warten.

Er war völlig überrascht. Seine Haltung entkrampfte sich, ohne dass er sich dessen bewusst war. Er legte seine Hände auf die Knie und richtete seinen Rücken gerade. Diese Reaktion hatte er nicht erwartet, schon gar nicht von einem achtjährigen Mädchen, denn er hatte dieses Verdikt im Lauf der vielen Jahre schon so vielen Kranken verkünden müssen. Die meisten hatten vollkommen anders reagiert. Dieses Mädchen jedoch schien etwas Besonderes zu sein, und so beschloss er, ihr direkt und ehrlich Auskunft zu geben: »Vier Monate, vielleicht auch sechs …« Seine Kehle fühlte sich trocken an. »So genau kann man das nicht sagen.«

»Oh, das sind ja noch viele Tage und noch viele Leben«, antwortete sie lächelnd.

Er schluckte ein paarmal leer, nahm ihre Hand in die seine und hakte vorsichtig nach: »Hast du verstanden, was ich gesagt habe, Marie? Du hast nur noch ein paar Monate zu leben.« Am liebsten hätte er den Satz umgehend zurückgenommen, aber er hatte noch nie einen Menschen in diesem Raum belogen.

»Ja, ich habe dich schon verstanden, Doktor Chris. Ein paar Monate. Noch viele Tage und noch viele Leben, denn jeder Tag ist doch wie ein ganzes Leben! Jeden Morgen, wenn ich aufwache, ganz früh, wenn es noch fast dunkel ist, schaue ich zum Himmel. Dann sehe ich den Mond, der sich am Tag schlafen legt, denn er ist müde, der Mond, er hat die ganze Nacht lang über die Welt gewacht und aufgepasst, dass es uns gut geht und dass wir ruhig schlafen können. Aber bevor er sich zur Ruhe begibt, begrüßt er noch die Sonne. Dann winke ich dem Mond zu und bedanke mich bei ihm. Er lächelt, der Mond, weißt du, Doktor Chris, er lächelt mir immer zu, bevor er sich schlafen legt. Und dann kommt die Sonne, goldene Strahlen, zuerst ganz wenige, es schaut so aus, als ob die Nacht nicht weggehen wollte, als ob die Nacht sich wehren wollte gegen den Tag. Aber die Sonne steigt lachend auf, denn nun ist ihre Zeit. Der Tag bricht an, die Strahlen der Sonne werden immer heller, immer goldener, wie ein riesiger Fluss aus reinem Gold fließen ihre Strahlen über die Erde.« Mit ihren dünnen Armen machte Marie eine große kreisende Bewegung, stellte sich auf die Fußspitzen, als wollte sie unterstreichen, wie groß und schön die Sonnenstrahlen und deren goldener Fluss waren, und die Worte sprudelten nur so aus ihrem Mund. »Und dann wärmt sie alle Menschen, denn für die Sonne sind alle Menschen gleich, und sie lässt die Pflanzen wachsen und die Tiere. Dann bin ich glücklich, lächle die Sonne an, und sie lächelt zurück. Und gegen Abend wird die Sonne müde und ganz rot vor Anstrengung. Aber dann kommt ja wieder der Mond und löst die Sonne ab. Jeder Morgen, den man sieht, wenn die Sonne aufgeht, jeder Grashalm, der sich im Wind wiegt, die Luft, die man jeden Tag atmet – das ist doch ein ganzes Leben! Wusstest du das denn nicht, Doktor Chris?« Sie schaute ihn an, als wäre das, was sie soeben gesagt hatte, das Selbstverständlichste der Welt, und fuhr unbekümmert fort: »Und vielleicht, vielleicht habe ich eines Tages einen Mann, der mich gerne mag und mich heiratet, und wir haben eine kleine Hütte, nicht groß, aber sauber, und vielleicht sogar Kinder. Ich liebe Kinder, oh ja, vielleicht … eines Tages.«

Chris Campbell wusste nicht, was er darauf antworten sollte, schluckte bloß leer, dann schoss ihm die Frage, ohne es zu wollen, aus dem Mund: »Aber du wirst nicht lange genug leben, um einen Mann und Kinder zu haben, Marie. Ist dir das denn nicht bewusst?« Im nächsten Moment hätte er sich am liebsten die Zunge abgebissen. Was für ein Idiot bin ich doch!, dachte er.

Doch die Kleine lächelte nur, wie fast immer. »Darf ich hier bleiben?«, flüsterte sie ein wenig verlegen.

»Ja, sicher, natürlich darfst du hier bleiben, Marie, so lange du willst.« Er streichelte sanft ihre Wange. »Darf ich dir noch ein paar Fragen stellen, Marie, oder sollen wir das auf morgen oder einen anderen Tag verschieben?«

»Nein, ist schon okay, frag nur«, meinte sie.

Nachdem sie ihm all seine Fragen beantwortet hatte, bat er sie, sich unter den Baum im Hof hinzusetzen. Später werde er ihr zeigen, wo sie schlafen könne. Marie nickte, zögerte einen Augenblick und brachte nun mit dem Tonfall eines kleinen Mädchens hervor: »Wird es sehr weh tun, das Sterben, Doktor Chris?«

Er stand auf, ging vor ihr in die Hocke und antwortete sanft: »Nein, bestimmt nicht. Ich verspreche es dir.«

Marie lächelte und hüpfte summend nach draußen.

Chris barg sein Gesicht in seinen Händen. Manchmal war das Elend um ihn herum einfach unerträglich. Oh Gott, nun auch noch dieses Mädchen!

Plötzlich blitzte eine Erinnerung in ihm auf, eine Erinnerung an ein anderes Gespräch, an einen anderen Mann, eine andere Welt, jenen fernen Ort. Er hatte noch genau die Bilder von jenem einen Abend vor seinen Augen: Das Funkeln der Sterne war so hell, wie er es seitdem nie wieder gesehen hatte, Millionen, gar Milliarden funkelnder, kleiner Diamanten waren über den ganzen Himmel verstreut, glänzende Edelsteine, die allen gehörten und die doch niemand besitzen konnte. Und er sah seinen alten Freund, einen der Cleverman, vor sich, wie er am Feuer saß, ruhig, sanft, immer ein verschmitztes Lächeln in den Augen. Er hörte die Worte, die Geschichte, wie er ihm damals erklärte, was es mit der Traumzeit und mit der Tjukurrpa und der Altyerre auf sich hatte. Damals hatte Chris das Ganze als mystischen Schwachsinn abgetan – doch nun war er sich nicht mehr sicher.

Es gab nur eine Möglichkeit, es herauszufinden. Chris griff zum Telefon, um seinen weisen Freund anzurufen.

Dezember 2010, Northern Territories, Australien

Nach der Mahlzeit gingen sie wieder zum Feuer. Der Junge platzte vor Ungeduld.

»Großvater, komm schon, wie geht die Geschichte der Regenbogenschlange weiter?«

Der Cleverman ließ sich nicht hetzen, zündete zuerst in Seelenruhe seine Pfeife an, kratzte sich am Bart und stampfte ein paarmal mit den Füßen auf den Boden, bevor er sich endlich auf seinen Platz setzte.

»Ah, wo war ich stehen geblieben?«, fragte er mit gespielter Ahnungslosigkeit.

Selbstverständlich wusste er es ganz genau, und auch der Junge glaubte nicht an die Unwissenheit des Großvaters. Aber um den Alten nicht zu verärgern, gab er willig Auskunft: »Dort, wo die Schlange ein weiteres Gesetz erlassen hat. Erzähl weiter, bitte!« Er musste unbedingt verhindern, dass der Großvater die Geschichte, wie es bei anderen Kindern passiert war, von Anfang an wiederholen würde, denn er wollte heute noch das Ende hören.

Endlich brach der Alte sein Schweigen, warf noch murmelnd einen Blick zum Himmel und musste schließlich laut lachen, weil der Junge, zuerst verunsichert, ob er nicht zu weit gegangen sei, nervös wie ein Grashüpfer herumzappelte.

»Nun gut, mein Junge. Die große Regenbogenschlange erließ also ein weiteres Gesetz, bevor sie sich wieder unter die Erdkruste zurückzog, und so sprach sie: ›*Ich habe euch alle belohnt und zu Menschen gemacht, habe für euch die Welt und alles, was darin ist, geschaffen und geschenkt. Solange ihr euch an die Gesetze haltet, soll diese Erde euch gehören, und wenn ihr eines Tages sterbt, dürft ihr zu mir kommen. Gemeinsam werden wir dann die Zeiten verbringen. Alle haben genug zu essen und alle werden wandern und glücklich sein, alle werden einen Platz bei mir finden, denn solange ihr euch an meine Gesetze haltet, wird es Platz für alle Menschen bei mir geben. Das Allerwichtigste ist: Ihr sollt jeden einzelnen Tag eures Lebens schätzen wie das größte aller Geschenke, wie einen unermesslichen Schatz sollt ihr euer Leben lieben und auch das aller anderen Wesen auf dieser Erde. Jeden einzelnen Tag sollt ihr leben und würdigen, als sei das ganze Leben nur einen Tag und eine Nacht lang!*«

Der Junge starrte den alten Mann mit offenem Mund an. Beide schwiegen, dann endlich wagte der Knabe zögerlich und leise die Frage zu stellen: »Großvater, und wie kann man das Leben lieben wie einen Schatz?«

Der Cleverman murmelte fast zu sich selbst und kaum hörbar: »Indem man *glaubt*, mein Junge. Wissen ist etwas Gutes, aber Wissen ohne Glauben ist wie ein Baum ohne Frucht.« Der Alte dachte einen Augenblick nach, dann klatschte er in die Hände und rief: »Es ist spät, gehe jetzt schlafen, mein Junge!«

Der Kleine erhob sich murrend, war er doch mit der Erklärung nicht gänzlich zufrieden.

»Aber Großvater, wie kann ich mir das Leben als Schatz denn vorstellen?«

Der Alte lächelte ihn an und sprach: »Tief aus der Erde, dort, wo die große Regenbogenschlange schläft, aus den flüssigen Fundamenten der Welt steigen sie auf, aus hunderten Kilometern Tiefe. Jeder Kristall umsäumt von anderen, reiner Kohlenstoff, jedes Atom mit vier gleich weit entfernten Nachbarn verbunden, wie Brüder, perfekt verknüpft und vierflächig und unerreicht in seiner Perfektion und Härte. Sie sind bereits alt, unermesslich alt. Unendlich viele Äonen ziehen vorbei. Die Erde verschiebt sich, zuckt und reckt sich im Rhythmus des Atems der großen Regenbogenschlange, und in einem Jahr, an einem Tag, in irgendeiner Stunde sammelt ein mächtiger Magmastrom die Kristalle ein und treibt sie an die Oberfläche. Kilometer um glühende Kilometer, und die Steine kühlen ab in einem rauchenden Einschuss aus vulkanischem Tuffstein. Und dort warten sie, Jahrhunderte um Jahrhunderte – und noch länger. Regen, Sonne und Wind und Kubikkilometer Eis, das auf ihnen liegt. Irgendwann zieht sich das Eis zurück, ein See bildet sich und Millionen von Venusmuscheln halten ihre Millionen von Schalen in die Sonne, bis sie sich öffnen und sterben – und der See wegsickert. Bis dann, in einem anderen Jahr, an einem anderen Tag und Stunde, ein Sturm diesen einen ganz besonderen Stein aus der Schlucht trägt und in einem mächtig polternden Geröllfluss an einem Ufer ablagert, wo er irgendwann, vielleicht eines Morgens die Aufmerksamkeit von jemandem erregt, der weiß, wonach man suchen muss.

Und dann wird er geschliffen und poliert, um einen kurzen Atemzug lang im Licht der Erdensonne zu weilen, und um danach wieder tief in den Schoß der Erde, dorthin, wo die Regenbogenschlange schläft, zurückzukehren.«

Der Cleverman schaute in die Ferne und fuhr leise fort: »Ein Diamant von unermesslicher Schönheit, so leuchtend wie der Planet Erde selbst, ein Licht, das einen kurzen Augenblick lang unerschrocken jeder Finsternis trotzt – unabhängig davon, ob dieser Augenblick nur einen einzigen Tag oder tausend Jahre währt. Genau so musst du dir das Leben vorstellen, mein Junge.«

Dann strich er gedankenverloren über das Haar des Knaben. »Geh jetzt schlafen, morgen ist auch noch ein Tag. Dann erzähle ich dir die Geschichte der *Birrimbirr-* und der *Mokoy-Seele* in uns Menschen.«

Doch der Junge gab sich noch nicht geschlagen. »Großvater, was ist der Sinn des Lebens? Gibt es überhaupt einen?«

Der Alte lachte. »Selbstverständlich gibt es einen Sinn des Lebens, du Naseweis. Aber das erzähle ich dir ein anderes Mal.«

Stunden später saß der Cleverman immer noch am Feuer. Die Glut warf einen rötlichen Schein auf sein Gesicht. Er schaute zum Himmel. Ein paar Wolken verdunkelten für ein paar Sekunden den Mond. Er musste sich eingestehen, dass er Zweifel an all diesen Geschichten hatte. Ich bin zu lange weg gewesen, dachte er; dann stand er auf, streckte sich ausgiebig, setzte sich wieder und war von seinen Gefühlen innerlich hin- und hergerissen. Wer hat schon keine Angst vor dem eigenen Ende? Sein ganzes Leben hatte er sich mit dieser Frage beschäftigt. Dem Jungen konnte er es nicht sagen, noch nicht, denn vielleicht waren es tatsächlich alles nur Geschichten, um den Menschen die Angst vor dem eignen Tod zu nehmen? Oft wünschte er sich, dass dem so sei, denn sein Intellekt weigerte sich, an Legenden und Sagen zu glauben.

Er stand auf und war gerade dabei, in die Hütte zu gehen, als sein Telefon klingelte. Es war sein alter Freund Chris und er erzählte ihm von dem kleinen Mädchen. Der Cleverman unterbrach ihn mitten im Satz und sagte bloß: »Ich komme!«

Dezember 2010, New York City, USA

Elizabeth

Er versuchte, den Satz zu verdauen, den er soeben gehört hatte, und überlegte einen Augenblick, was er antworten wollte, doch die schneidend kalte Stimme fauchte ihn an: »Haben Sie mich verstanden, Miller?«

Der Angesprochene rutschte unbehaglich auf dem Besuchersessel hin und her, der gegenüber dem riesigen Schreibtisch platziert war. Er versuchte, möglichst souverän zu wirken, und schlug deshalb seine Beine übereinander. Als er jedoch in das Gesicht seiner Vorgesetzten sah, in diese eisig blauen Augen, diesen alles durchbohrenden, unbehaglichen Blick, den er schon lange kannte, setzte er seine Beine wieder nebeneinander und bemühte sich, ihrem Blick standzuhalten.

»Nicht ganz, Madam.«

»Sollte ich etwa undeutlich gesprochen haben?«, zischte sie, beugte sich dabei leicht nach vorne und schaute ihn verächtlich an. Was für ein verdammter Waschlappen!, dachte sie.

Kerzengerade saß sie hinter dem Schreibtisch, einer durchsichtigen Glasplatte, die von vier polierten, chromglänzenden Füßen getragen wurde, schlicht, jedoch umso teurer. Unzählige Fotos und Diplome an der Wand umrahmten ihren Kopf und Oberkörper. Links und rechts die Diplome von Harvard und Yale, umringt von immer denselben Fotos: sie mit Schauspielern, sie mit Politikern, sie mit Wirtschafts- und Showgrößen. Immer dieselbe Pose: Shakehands, ein Lachen, das blendend weiß gebleichte Zähne offenbarte – fletschende Zähne. Glänzend, flach, kalt – falsch eben. Ein Jahrmarkt der Eitelkeiten. In Hochglanz eingefrorene Unwirklichkeiten, vergänglicher als das Papier, auf dem sie abgebildet waren, dachte Ivan Miller.

Er schaute seine Chefin an. Elizabeth O'Brien war eine außergewöhnlich reizvolle Frau: groß, schlank und dennoch weiblich; volles Haar umrahmte ihr schlankes Gesicht – eine aristokratische und geradezu einnehmende Schönheit, mit einer Prise animalischer Züge. Sie war sich ihrer Wirkung sehr wohl bewusst und setzte sie in gegebenen Momenten gezielt ein.

»Nein, Madam, aber ich verstehe nicht ganz, warum wir die Business Group Delta schließen sollten. Diese Unit arbeitet schon fast wieder profitabel, und die Mitarbeiter sind hochmotiviert.«

Miller arbeitete seit über zwanzig Jahren im Unternehmen. Er galt als Manager, der für Werte wie Anstand, Ethik und Moral stand und sich für das Wohl der Mitarbeiter engagierte: eine aussterbende Rasse in der Welt der Elizabeth O'Brien.

Elizabeth verzog ihre Mundwinkel zu einer unverhohlen abfälligen Grimasse. Millers körperliche Erscheinung stand in krassem Gegensatz zu dem Bild, das Elizabeth als Idealtyp eines modernen Topmanagers vor Augen hatte: Er war relativ klein und untersetzt und trug inzwischen als Mittfünfziger infolge seiner Altersweitsichtigkeit eine altmodische Lesebrille auf seiner Knollennase; dabei lächelte er unentwegt. Zu alledem hatte er für die Mitarbeiter immer ein freundliches Wort übrig – völlig unabhängig von deren Rang oder Bedeutung im Unternehmen. Das absolut Schlimmste an Miller war seine penetrante Ehrlichkeit. Ein perfekter Antipode eines modernen Topmanagers, dachte Elizabeth.

Jetzt allerdings lächelte Miller nicht, als er wieder die Stimme seiner Chefin hörte.

»Strategie, Miller, Strategie nennt man so was! Leap-Frogging, Market Dominance, Shareholder Value, Ballpark-Game ... Der Konzern wird dadurch sieben bis acht Milliarden Dollar an Börsenwert gewinnen und der Merger mit Global One ist schon ein *done deal*«, erwiderte sie unwirsch, während sie ihn mit zusammengekniffenen Augen fixierte. »Sagen Ihnen diese Begriffe überhaupt das Mindeste, Miller?«, schob sie kalt und abschätzig nach.

»Aber all die Arbeitsplätze! Die Menschen ...«, versuchte Miller zu entgegnen.

»Miller, verdammt! Wir sind soeben im Begriff, das größte Unternehmen der Welt zu werden. Rohstoffe, Gas, Öl, Diamanten, Freizeitparks und Hotels ... All dies haben wir schon. Mit dem Kauf von Global One komplettieren wir unser Portfolio. Eine neue Zukunft bricht gerade an, und Sie sind just dabei, sie zu verpassen!« Die letzten Worte klangen so zynisch, wie sie es meinte. »Und diese Zukunft heißt Cyberware – Internet war gestern. Next Generation Virtual World heißt die Zukunft, Miller!«

Er schaute sie mit seinen unschuldig wirkenden Augen an. Elizabeth O'Brien selbst empfand es eher als den Blick einer blöden Kuh, die auf die Schlachtbank geführt wird, doch sie war so in Fahrt, dass sie nonstop weitersprach.

»Wir müssen uns für die Zukunft wappnen, Miller. Mit dem Kauf von Global One werden wir zum dominierenden Unternehmen der Zukunft!« Ihre Stimme hatte nun ein fanatisches Tremolo angenommen. »Second Life, Web 4.0! Und das alles ist erst der Anfang. Schon in ein paar Jahren werden die Menschen auf diesem Planeten in einer besseren Welt leben, in einer *virtuellen Welt*. Jeder wird seinen eigenen, gar mehrere Avatars haben, eine Repräsentation seines eigenen Ichs! Nur viel besser, weil virtuell. Menschen werden in dieser Welt ewig jung sein, nie krank. Mein Gott, was für ein Gedanke!« Sie hatte sich für einen Augenblick ganz vergessen, war eher im Selbstgespräch als im Dialog mit Miller, als sie verzückt anfügte: »Und wir werden diese neue Welt gestalten und dominieren – und dabei Milliarden verdienen.«

Erst als sie Millers Stimme vernahm, schien sie sich zu erinnern, dass er noch vor ihr saß.

»Ich gehe davon aus, dass das Leben hier und jetzt stattfindet, nicht in einer virtuellen Welt, nicht in einem Mega-Chatroom, wie Sie ihn gerade beschrieben haben, sondern hier und jetzt. Fleisch und Blut und nicht Bits und Bytes, Misses O'Brien!«

Sie winkte angewidert ab. »Das ist nun mal die Zukunft, Mister Miller! Entweder man gehört zu den Gewinnern oder man ist der Verlierer bei dem Spiel.«

»Hmm, so kann man es auch sehen. Und was ist mit all den Menschen, die sich diese neue schöne Welt nicht leisten können? Was ist mit all denen, die in der wirklichen Welt hungern, frieren und sterben? Was ist mit …«

»*Krieg!*« Sie schrie das Wort so laut, dass Ivan seine Hand vor Schreck auf die linke Brust legte. »Haben Sie denn verdammt noch mal immer noch nicht begriffen, worum es im Business geht? Business ist Krieg, Sie Idiot!«

*

Miller blieb stumm, denn er hatte den Argumenten seiner Chefin nichts mehr entgegenzusetzen. Er war müde, fühlte sich überflüssig, und er hasste sich selbst dafür, dass er es nicht wagte, sich aufzubäumen, nur einmal im Leben den Mut aufzubringen, dieser arroganten, hochnäsigen Person geradewegs die Faust mitten auf die Nase zu schlagen. Einen winzigen Augenblick – fast, nur fast hätte er sich überwunden –, dann war der Anflug von Handgreiflichkeit auch schon wieder vorbei. Er senkte den Kopf und hasste sich noch mehr für seine Feigheit. Alles, was er zustande brachte, war ein Schweigen.

»Arbeitsplätze, Menschen …« Eine abwinkende Geste ihrer Hand unterstrich Elizabeth O'Briens Unmut. »Verdammt, Miller, wir sind im einundzwanzigsten Jahrhundert. Die Zeiten haben sich geändert. Wenn man sich an Ihrer Moral orientieren wollte, wäre jedes Unternehmen dem Untergang geweiht«, fügte sie zynisch hinzu.

»Aber in ein paar Wochen ist Weihnachten. Das können wir den Menschen doch nicht antun!« Miller schaute seine Vorgesetzte fast bettelnd an. »Das Fest der Liebe und …«

»Fest der Liebe? Weihnachten?«, sie sprach die Worte in einem Tonfall aus, als höre sie diese zum ersten Mal. »Was soll der Quatsch, Miller? Glauben Sie etwa noch an den Weihnachtsmann«, sie grinste zynisch, »oder gar an Liebe?«

Für einen flüchtigen Augenblick glaubte Miller gar ein trauriges, melancholisches Zucken um ihre Mundwinkel wahrzunehmen, doch als sie fortfuhr, bezweifelte er nicht, dass er sich getäuscht haben musste.

»Weihnachten – na und? Was soll dieser Bullshit? Weihnachten hin oder her. Und überhaupt: Ist doch gar nicht übel, dann haben die Leute was, worum sie den lieben Gott bitten können – um eine neue Stelle!« Sie grinste. Dann aber versteifte sich ihre Haltung hinter dem Schreibtisch, und ihr Tonfall wurde noch frostiger: »Wie zum Teufel haben Sie es eigentlich bis zu Ihrer Position gebracht, Miller?« Die Frage war offenbar rhetorisch gemeint, denn Elizabeth O'Brien fuhr ohne zu zögern fort: »Das Thema ist erledigt. Keine weitere Diskussion!« Sie stand auf, um ihm das Signal zu geben, dass das Gespräch beendet sei, und wies zur Tür. »Ach ja, Miller, Ihre Position wird leider auch abgebaut. Wir danken Ihnen für die Zusammenarbeit.«

»Aber … das können Sie doch nicht …«, stammelte Miller völlig überrumpelt.

»Ihr Platz ist schon geräumt. Sie erhalten eine Abfindung«, sagte sie ungerührt.

»Aber, bitte …, all die Jahre …, und in meinem Alter! Ich finde nie eine neue Stelle.«

»Miller, reißen Sie sich zusammen!«

»Aber …«

»Miller, was soll das? Erwarten Sie etwa eine Entschuldigung von mir?« Obwohl sie dieses Schauspiel irgendwie anwiderte, genoss sie doch das unbeschreibliche Gefühl der direkten Macht über Menschen, denn genau in solchen Momenten fühlte sie sich unbesiegbar – ja, fast unsterblich.

Elizabeth O'Brien gehörte zur Kategorie der Herrscher-Menschen. Kaiser und Könige waren passé. Eine moderne Kaste von Imperatoren hatte die Welt fest im Griff, getrieben von einer einzigen Raison d'être: Gier – unersättliche Gier nach Geld und Macht. Und sie, Elizabeth O'Brien, war eine von denen, die es bis ganz nach oben geschafft hatten. Sie gehörte zu den wenigen, die es auf die Höhen dieses Olymps des 21. Jahrhunderts geschafft hatten und die süchtig waren nach der Droge Macht. Eine unwiderstehliche Sucht nach mehr. Ein sich selbst ernährender Kreislauf, der innerhalb kurzer Zeit das Ego nicht nur fest im Griff hatte, sondern den Geist von innen heraus auffraß und zersetzte. Dies jedoch ignorierte eine Elizabeth O'Brien, denn das Gift der Macht und Gier hatte sie längst fest im Griff.

»Ich kann nichts für Sie tun, Mister Miller«, sagte sie kühl. Und als wolle sie ihm die eisige Botschaft ins Ohr hauchen: »So ist das Leben. Seien Sie ein Mann und kein Verlierer.«

Dann öffnete sie die Tür ihres Büros, vor der bereits ein Security-Guard wartete, um Ivan Miller aus der Firma hinauszubegleiten. Sie klopfte ihrem scheidenden Angestellten jovial auf die Schulter, um ihm mit der professionell geübten Tonalität und einem Hauch gespielten Mitgefühls zuzurufen: »Nun denn, ich wünsche Ihnen alles Gute für die Zukunft!«

Miller drehte sich im Türrahmen nochmals um, sah ihr in die Augen und fragte in fast väterlichem Tonfall: »Haben Sie sich denn jemals bei irgendjemandem für irgendetwas entschuldigt, Elizabeth O'Brien? Haben Sie das?«

Sie wollte zuerst etwas erwidern, überlegte es sich jedoch anders und knallte Miller die Tür vor der Nase zu. Sie setzte sich wieder an ihren Schreibtisch und sinnierte einen Moment über den Abgang Millers nach.

So ein Schwachsinn!, fauchte sie im Stillen. Ich hätte diesen Idioten schon viel früher feuern sollen. Ich soll mich entschuldigen! Wofür denn? Bei wem denn? Und dann dieser ›Bald-ist-Weihnachten‹-Mist! Fast hätte sie laut gelacht, denn in ihrer Welt hatte ein »Jesuskind« keinen Platz. Gott war für sie ein Fremdwort. Nur hirnlose Schwächlinge, die Angst vor dem Tod hatten, und fanatische, stupide Selbstmordattentäter glaubten an Gott. Vernünftig Denkende brauchten diesen Schabernack nicht. »Jeder hat von der Natur die gleichen Chancen bekommen«, sagte sie laut vor sich hin. Das war ihr Credo!

Sie hasste Schwäche. Jeder Mensch musste für sich selbst einstehen. »Sozialidioten«, so nannte sie die Schwachen – natürlich nur im Geheimen. Nach außen hin war Elizabeth O'Brien der Charme höchstpersönlich. Sie konnte jeden einwickeln und umgarnen und nutzte diese Waffe ohne Skrupel, um ihre Ziele zu erreichen. Schließlich war ihr nur eines wichtig – sie selbst. Niemand sonst.

Nun gut, James spielte eine gewisse Rolle in ihrem Leben. Ja, im Grunde war er wie ein Vater für sie, ein Ersatzvater; er hatte sie gefördert – auch gefordert, sehr oft hatte er sie bis ans Limit gefordert, doch bloß zu ihrem eigenen Besten, wie er immer sagte. Er hatte sie in diese Top-Position gebracht.

In ein paar Jahren würde er ihr helfen, in die Politik zu gelangen. Ihre Vision war es, eines Tages die erste Präsidentin der USA zu sein. Ja genau, in diesem Land ist alles möglich – die meisten wussten es nur nicht. In einem Land, in dem ein Präsident seiner Assistentin eine Zigarre sonst wohin stecken darf und dennoch an der Macht bleibt, weil seine eigene Frau ihn beschützt, um möglicherweise später selbst Präsidentin zu werden. Im selben gelobten Land, in dem der Vater seinem Sohn die Präsidentschaft »weiterreicht« und das sich trotzdem die größte Demokratie, gar Hort und Bewahrer derselben nennen darf; in derselben Willensnation, in der der amtierende Präsident an der Macht bleibt, weil sein Bruder erwiesenen Wahlbetrug begeht – hey, in so einem Land muss alles möglich sein, dachte Elizabeth befriedigt.

Sie war mit sich und der Welt, ihrer Welt in Einklang.

Das Klingeln des Telefons riss sie aus ihren selbstverliebten Gedanken. Sie ahnte noch nicht, dass dieser Anruf ihr Leben verändern würde, und zwar in einer Art und Weise, wie sie es sich in ihren schlimmsten Albträumen nicht hätte vorstellen können.

Frank

Irgendwann war das Sammeln dieser Zeitungsartikel für Frank zur Sucht geworden; die Sache war ihm völlig entgleist. Ursprünglich hatte es sich eher durch Zufall ergeben, weil einer seiner Patienten als Journalist arbeitete und mit Reportagen über den Absturz der Pan Am 103 zu tun hatte.

»Kapitän MacQuarrie, der Erste Offizier, der Flugingenieur, ein Flugbegleiter und einige Passagiere der First Class wurden noch angeschnallt in der Flugzeugnase gefunden, nachdem diese auf einem Feld nahe Lockerbie aufgeschlagen war. Eine Flugbegleiterin wurde lebend gefunden, sie starb aber, bevor Hilfe geholt werden konnte. Auch ein Mann wurde lebend gefunden, doch auch er verstarb kurze Zeit später. Die Untersuchung ergab, dass er vielleicht überlebt hätte, wenn er früher gefunden worden wäre. Des Weiteren wurden Opfer in Waldstücken gefunden, deren Sitze sich in den Bäumen verfangen hatten. Einige der Opfer wiesen keine tödlichen Verletzungen auf, jedoch wurden sie erst zwei Tage nach dem Absturz gefunden. Falls die Opfer den Absturz also überlebt hatten, sind sie später erfroren.«

Zum Teufel, warum konnte er keine Ruhe finden? Der Hass nahm jede Faser seines Körpers ein und hielt seine Gedanken mit unbarmherzigen Klauen fest.

Ruhe, R-u-h-e! Frank wollte Ruhe und Frieden haben und nährte doch mit jedem Tag das Feuer des Zornes, das in ihm brannte.

Dezember 2010, New York City, USA

»Doktor Silverstone ist am Apparat, Madam«, verkündete die Stimme ihrer Assistentin, »soll ich durchstellen?«

»Sicher, stellen Sie durch«, kommandierte Elizabeth O'Brien.

Silverstone war seit vielen Jahren ihr Hausarzt. Obwohl er schon ziemlich alt war – sie schätzte ihn um die siebzig – und etwas antiquiert, wäre es ihr nie in den Sinn gekommen, einen anderen zu konsultieren, schon gar nicht einen jüngeren Arzt. Silverstone war nicht bloß alt genug, um von Elizabeth nicht mehr als »richtiger« Mann wahrgenommen zu werden, er war auch eine medizinische Kapazität; und was am allerwichtigsten war, er war zu jeder Tag- und Nachtstunde für seine Patienten da. Nicht dass sie ihn je zu ungewöhnlicher Zeit gebraucht hätte, denn Elizabeth war bislang von äußerst gesunder und robuster Natur. Aber in Anbetracht ihres Jobs konnte sie sich, sollte je der Bedarfsfall eintreten, kein Däumchendrehen im Wartezimmer eines Arztes leisten. Der Routinecheck vor einigen Tagen wurde ruck, zuck zwischen zwei geschäftlichen Meetings über die Bühne gebracht.

Dr. Silverstones Stimme klang heute etwas merkwürdig, anders als sonst: »Können Sie heute noch vorbeikommen?«

»Sind Sie verrückt? Ausgeschlossen! Termine noch und noch.«

»Es wäre aber außerordentlich wichtig.«

»Haben Sie was an den Ohren, Doktor?«, fragte sie unhöflich. »Sagen Sie mir, was Sie zu sagen haben.«

»Also gut, wie Sie wollen.« Silverstone kannte Elizabeth O'Brien nun schon lange genug und überhörte einfach ihre zynische Arroganz. »Es geht um die Untersuchung, die wir vor ein paar Tagen gemacht haben.«

Ihre Stimme wurde noch ein paar Grad frostiger: »Diese verdammte Nadel, die Sie mir in den Bauch gestoßen haben! So eine Quälerei veranstalten Sie nicht noch mal mit mir.«

»Wird nicht nötig sein, Elizabeth.«

»Also gut, Doktor, rücken Sie endlich damit heraus, was Sie mir mitteilen wollen. Ich habe was Besseres zu tun, als den ganzen Tag mit Smalltalk zu vertrödeln.«

»Sie sind krank.«

Keine Reaktion. Die Leitung blieb stumm.

»Sind Sie noch dran?«

»Blödsinn! Ich fühle mich gut, sehr gut sogar.«

»Nicht mehr lange.« Obschon er seine Patientin nicht sonderlich mochte, tat sie ihm ein wenig leid. »Kommen Sie bitte in der Praxis vorbei, solche Angelegenheiten sollte man nicht am Telefon besprechen.«

»Meine Zeit ist begrenzt … und wertvoll« – fast hätte sie »Sie verdammter Idiot« angefügt, konnte sich aber gerade noch beherrschen und sagte stattdessen sachlich: »Verschreiben Sie mir die nötigen Medikamente, Doktor Silverstone. Dafür bezahle ich Sie schließlich.«

»Sie haben Krebs.«

Der Moment, in dem ein hochtouriges Leben auf der Überholspur zum Stillstand kommt! Der Raum begann sich um sie zu drehen, sie spürte, wie ihr Mund trocken wurde und wie die aufsteigende Panik ihr langsam, aber unaufhaltsam die Kehle zuschnürte.

*

Die Besprechung Elizabeth O'Briens in der Praxis von Dr. Silverstone dauerte nicht lange.

Ob er sich sicher sei? Ja!

Wie sicher?

Hundertprozentig sicher. Er habe es mit zwei Experten und einem weiteren diagnostischen Check überprüft. Es gebe leider keine Zweifel. Man könne selbstverständlich eine weitere Untersuchung machen, weitere Experten hinzuziehen oder eine Zweitmeinung einholen. Ob sie dies wolle?

Nein. – Gebe es eine alternative oder experimentelle Therapie? Geld spiele keine Rolle.

Er wisse, dass sie genug Geld für eine Spezialbehandlung habe, aber dies mache keinen Unterschied. Er kenne keinen einzigen wissenschaftlich dokumentierten Fall, in dem die Krankheit nicht letal verlaufen sei. Es tue ihm leid, dies sagen zu müssen.

Schon gut, sie brauche sein Mitleid nicht. Sie bezahle ihn nicht für falsche Tränen, sondern für seine ärztliche Kompetenz.

Das sei auch nicht seine Intention gewesen. Er habe kein Mitleid. Unzählige Menschen, die viel jünger als sie seien, müssten sterben, ohne jemals das Glück gehabt zu haben, in Reichtum und Luxus zu leben wie sie selbst.

Schon gut, es reiche mit dem Armutsgerede. Sie brauche im Übrigen momentan auch keinen Zynismus von ihm. Also zurück zu den Fakten: Was könnte ihr helfen?

Beten sei das Einzige – an ein Wunder glauben und beten.

Er solle mit dem religiösen Schwachsinn aufhören! Wie lange noch?

Wie sie das meine?

Das wisse er doch verdammt genau! Wie lange sie noch zu leben habe.

Unbehandelt drei bis vier Monate. Im Durchschnitt.

Im Durchschnitt?

Manchmal kürzer, manchmal länger. Aber nicht viel Abweichung, leider.

Schon gut, sie habe verstanden. Was solle überhaupt unbehandelt heißen, wenn es ohnehin keine Heilung gebe?

Mit Behandlung, das heiße mit Chemotherapie und Bestrahlung, verlängere sich die Lebenserwartung auf fünf bis sechs Monate – allerdings mit massiven Nebenwirkungen, und die letzten Monate müsse sie ziemlich sicher in einer Klinik verbringen.

Also nicht nennenswert länger.

Nein, nicht nennenswert länger. Und schon gar nicht besser in ihrem Fall. Nein, nicht wirklich. Aber die meisten Menschen wollten eben möglichst lange leben und … Warum sie keine Schmerzen habe? Man verspüre wenig Schmerzen an diesem Organ. Und warum sie keine Symptome gehabt habe? Auch das sei üblich bei der Art von Krebs. Dies sei das Segensreiche …, äh, pardon, wohl eher das Spezielle und auch Sonderbare an dieser Krebsform: Man habe fast bis zum Schluss keine Schmerzen. Und deshalb auch praktisch keine Symptome, die die Krankheit ankündigen. Die Schmerzen in der Endphase seien wenigstens gut mit Morphin unter Kontrolle zu halten. Allerdings gehe es zum Ende auch sehr schnell. Er könne ihr schmerzlindernde Medikamente verordnen und solche, die den Verlauf etwas verzögern, wenn auch nur um ein paar Wochen, und außerdem seien sie extrem teuer.

Wie gesagt, Geld spiele keine Rolle. Er solle ihr die Medikamente besorgen.

In Ordnung, sie könne sie morgen bei ihm abholen lassen. – Ob sie nicht doch eine Nacht darüber schlafen wolle?

Wozu?

Na, wegen der Chemotherapie.

Nein.

Nun gut, es sei ihre Entscheidung. Er wünsche ihr viel Kraft.

Adieu, Dr. Silverstone.

Adieu, Misses O'Brien.

*

Als Chief Executive Officer der Rupert-Elton Company wusste Elizabeth genau, dass sie sich an die »Management-Spielregeln« eines James Connors zu halten hatte. Und diese »Spielregeln« waren unterteilt in geschriebene und ungeschriebene Regeln, wobei die geschriebenen die waren, die ein jeder Manager dieser Welt einzuhalten hat: gesetzliche und interne Richtlinien, Rules und Regulations etc. etc. Diese zu verletzen ist ein »Vergehen«, das entsprechend der Schwere des »Deliktes« zu Sanktionen führt. Die ungeschriebenen »Regeln« eines James Connors waren jedoch viel mehr – sie waren »Gesetz«! Diese Regeln nicht zu befolgen war viel schwerwiegender und kam einem Verbrechen gleich. Und diese Regeln besagten: Erstens, du spielst so lange mit, wie du »funktionierst«, will heißen, so lange du in der Lage bist, das zu leisten, was die anderen von dir erwarten, wobei sich Leistung definiert als »Return on Investment« im ureigensten Sinne des Wortes. Zweitens, wenn man Punkt eins nicht mehr erfüllt, tritt man ab beziehungsweise wird man »abgetreten«. Drittens, alles hat in würdigem Rahmen zu geschehen, das »Opfer« hat sich kollaborativ zu verhalten und jegliche, da immer unnütze, Versuche eines Widerspruches oder gar Schlimmeres zu vermeiden.

*

Sonntag! Sondersitzung des Executive Committees – in kleinstem Kreise. Um präzise zu sein: Nur der Vorsitzende und sein Assistent Jim Rockman, Sekretär des Vorstandes, waren zugegen. Auch Rockman war mit den »Spielregeln« vertraut, wusste genau, dass er keine Wahl hatte, als seinem Boss auf Schritt und Tritt zu folgen – Sonntag hin oder her. Wer als Vorstandssekretär den nächsten Karriereschritt anstrebte, rechnete einfach und simpel: Alle Demütigungen, die so eine Position mit sich brachte, ließ man, ohne zu murren, über sich ergehen;

man akzeptierte ohne ein Wimpernzucken, rund um die Uhr für den Vorsitzenden bereitzustehen; jeden noch so erdenklichen Schwachsinn führte man ohne Widerspruch oder gar Opposition aus und ließ sich sogar für Aufgaben gebrauchen – besser gesagt: missbrauchen –, für deren Ausführung in aller Regel kein jahrelanges Studium vonnöten gewesen wäre. Kurzum, man musste die Bereitschaft mitbringen, sich wie ein wirbelloses Tier zu benehmen – ein Wurm würde dieser Beschreibung in der Tierwelt wohl am ehesten entsprechen.

War man also wild entschlossen, dies alles über sich ergehen zu lassen, dann winkte als Lohn, die Chance zu erhalten, von der Menschen wie Rockman täglich träumten: dass man selbst eines Tages den evolutionären Schritt vom Wurm zum Vorsitzenden vollziehen würde.

*

27. Etage, Board Room. Ein ellenlanger, protziger Mahagonitisch als Zentrum des Raumes. Linke hintere Ecke: eine kleine Ledersitzgruppe direkt an der gigantischen Fensterfront, wo das Meer der Wolkenkratzer zum Greifen nahe schien.

James Earl Connors III. war ein Mann, der stets direkt zur Sache kam. Als Vorsitzender des Executive Committees eines der größten Unternehmen der Welt – Connors figurierte in der Top-Ten-Liste der reichsten Menschen – verabscheute er jegliche Umschweife. Er war nicht bloß irgendein gut bezahlter »Statthalter«, der irgendwelchen Aktionären zur Rechenschaft verpflichtet gewesen wäre.

Ganz und gar nicht, im Gegenteil, das Unternehmen gehörte ihm selbst. James Earl Connors III. (das *Earl* und die *III* hatte er sich im Laufe der Jahre selbst gegeben) war der Besitzer des gesamten Konzerns. Er, der Schwarze, hatte es vollbracht! Er hatte es geschafft, aus den Gettos herauszukommen, statt sich in sinnlosen Bandenkriegen von Drogendealern zu verlieren oder von den Bullen erschossen zu werden.

Als seine Mutter an einer Überdosis Heroin gestorben war – seinen Vater hatte er nie gekannt –, war er gerade mal dreizehn Jahre alt. Unter Brücken hatte er übernachtet, sich aus Abfallkübeln ernährt, und dennoch war er immer zur Schule gegangen.

Ja, er hatte es geschafft, gegen das Schicksal. Hatte sich durchgebissen und durchgekämpft bis hin zu einem Studium an einer der Ivy League Eliteuniversitäten. Und eines Tages war er an der Spitze angelangt! Er, James Earl Connors III., war sich selbst der beste Beweis, dass man alles erreichen konnte, wenn man es wollte.

Sein Weltbild wurde nicht mehr durch die Unterscheidung von Schwarz, Weiß oder Gelb, Jung oder Alt geprägt, sondern ausschließlich durch die Einteilung *Geld oder Nicht-Geld*. Armut war etwas für Verlierer. Ihm hatte auch keiner geholfen, damals in den Gettos! Jeder muss für sich selbst kämpfen. The winner takes it all. Dies war sein Credo, unerschütterlich. Kein Pardon, sorry, so funktioniert nun mal diese Welt.

Die Erinnerung an seine Jugendzeit, dass der damalige Präsident ihn am Tag der Ermordung von Martin Luther King vor dem sicheren Tod gerettet hatte – diese

Erinnerung und Tatsache hatte er aus seinem Gedächtnis längst verdrängt.

*

»Verdammt, Elizabeth, was soll das? Heute ist Sonntag! So ein Unfug, ich hatte gerade das Golfspiel meines Lebens.« Er lachte, umarmte seinen Zögling herzlich, dann bewegte er seinen massigen Körper mühsam in Richtung der kleinen Sitzgruppe abseits des großen Konferenztisches. Mit einem Ächzen ließ er sich hineinplumpsen und machte sich daran, eine seiner geliebten Havannas anzuzünden, die Rockman bereits vorbereitet hatte. Ein gieriger, langer Zug, und der Raum war in Kürze vom Rauch und Geschmack des kubanischen Luxusartikels erfüllt. Jetzt, da er sein Bedürfnis nach Nikotin gestillt hatte, lehnte sich der Vorsitzende gemütlich und, wie es schien, etwas versöhnlicher im Sessel zurück.

»Ah, sorry, Elizabeth, aber ich hatte wirklich ein tolles Golfspiel heute. War doch ein glatter Birdy in Loch sieben.« Sofort schaute er missbilligend auf Rockman, der mitten in seine Ausführungen über das Golfspiel ein »Das war wirklich ein außergewöhnliches Spiel, Herr Vorsitzender« gewispert hatte, und schnarrte diesen an: »Schon gut, Rockman, unterbrechen Sie mich nicht!«

»Jawohl, Sir«, Rockman wurde ein Stück kleiner, duckte sich schuldbewusst und hielt von nun an den Mund.

»Also, Elizabeth, meine Gute, was gibt es so Dringendes? Eine neue Businessentwicklung? Der Kauf von Global One ist doch perfekt – korrekt?«

»Keine Frage, James, der Deal mit Global One ist perfekt. Der Hauptaktionär hat gewissermaßen schon zugestimmt, wie geplant. Keine Änderungen. Das wird die Corporation um Milliarden Dollar aufwerten.«

»Gut, sehr gut«, Connors lächelte und inhalierte ein weiteres Mal das Aroma seiner Havanna, dann sah er Elizabeth ein wenig ungehalten an. »Und warum haben Sie mich dann heute am Sonntag hierher bestellt?«

»Ich habe Krebs, James.«

Der Raum wurde noch stiller. Selbst die wenigen beiläufigen Geräusche schienen einen Augenblick den Atem anzuhalten. Eine Hiobsbotschaft schwebte durch die Luft, ein besudelndes Geheimnis, das man üblicherweise nicht im obersten Stock einer Konzernzentrale ausspricht. Ein Sakrileg! So etwas Schmutziges, Triviales, Shareholderfeindliches wollte man in der Führungsetage eines globalen Unternehmens nicht hören. Nachrichten dieser Art gehörten in muffige Spitäler und Ärztezimmer. Elizabeth O'Brien hatte sich einen Verstoß gegen die Regeln der Business-Kaste geleistet.

James zog ein paarmal kräftig an der Havanna und blies, gleichsam durch Schlitzaugen sein Gegenüber fixierend, den Rauch aus, bevor er sich zu einer Antwort durchringen konnte. Dann räusperte er sich, lehnte sich im Sessel weit zurück und sagte: »Ah …« Seine Zigarre qualmte wie der Schornstein einer Fabrik. Der Rauch verdeckte sein halbes Gesicht. Ein weiteres Räuspern.

»Oh, das tut mir sehr leid, Elizabeth.« Der Vorsitzende hatte eine fürs Business relevante Nachricht erwartet, nicht eine, die die Gesundheit seines CEO betraf.

»Ja, mir tut es auch leid, James«, antwortete Elizabeth.

Schweigen. In Gedanken überschlug Connors blitzschnell alle Möglichkeiten. Die Rauchschwaden waberten durch den Raum.

»Wie schlimm, Liz?«

Wieder lösten sich kleine Rauchkringel seiner Zigarre, als er daran zog.

»Sehr schlimm«, ihre Stimme klang brüchig, »ganz schlimm! Unheilbar!« Sie begann leise zu schluchzen.

»Das tut mir sehr, sehr leid, meine Liebe«, er schaffte es mühelos, seiner Stimme einen warmen und ehrlichen Klang zu geben. »Vielleicht gibt es ja doch eine Möglichkeit. Man liest immer wieder von neusten Medikamenten und Methoden und so …«

»Nein, mein Arzt sagt, es gibt nichts in der Art. Ich werde sterben, James.« Ihre Stimme versagte.

Shit, dachte Connors, das hat mir noch gefehlt! So eine Scheiße! Sie war echt gut. Jetzt muss schnellstens ein Nachfolger her. Ich denke, ich weiß schon, wen. Hat auch sein Gutes; sie hatte in letzter Zeit etwas von ihrem Elan verloren. »Wie lange noch?«, fragte er.

»Ein paar Monate – drei bis vier … So genau kann man es nicht sagen.«

»Hmm …« Die Rauchkringel tummelten sich schwerelos an der Decke. Ein nächster tiefer Zug, der die Spitze des Zigarrenstummels rötlich aufleuchten ließ. »Ja, das ist echt schlimm, Elizabeth.« Gleich wird sie anfangen zu heulen. Besser gleich einen Schlussstrich machen.

»Na, wem sagen Sie das, James«, meinte sie und konnte prompt ihre Tränen nicht mehr zurückhalten.

Connors hielt ihr ein Taschentuch hin. »Na ja, da kann man wohl nichts tun.« Er schaute sie mit sorgenvollem Blick an. »Also, Elizabeth, selbstverständlich müssen wir eine Entscheidung treffen, und zwar schnellstmöglich.« Ein kurzer Seitenblick zu seinem Assistenten genügte, denn dieser hatte instinktiv sein Notebook ausgepackt.

Rockman wusste, was sich nun ereignen würde. Nicht nur, dass sich ihm selbst in dieser unerwarteten Konstellation neue Opportunitäten eröffneten – diesen Gedanken schob er einen Moment in den Hintergrund –, noch viel befriedigender für ihn war der Umstand, dass er endlich eine der seltenen Gelegenheiten hatte, sein Know-how als Jurist einzusetzen, selbst wenn es nur für diesen einen kleinen schmutzigen Augenblick war, der gleich folgen würde.

»Bitte, James, kann ich …«, Elizabeth hatte sich etwas gefasst und begann den Satz erneut, »bitte, kann ich noch bleiben? Ich meine, ich habe ja noch eine Weile …«

»Eine Weile?« Connors' Augenbrauen hoben sich, und sein Tonfall klang einen Hauch frostiger, als er präzisierte: »Drei bis vier Monate würde ich nicht eine Weile nennen, meine Liebe.« Er schüttelte den Kopf. »In der verbleibenden Zeit kann man doch beim besten Willen unternehmerisch nicht mehr viel bewegen. Nein, nein, Elizabeth, Sie müssen sich jetzt um sich selbst kümmern, das hat absolute Priorität. Vergessen Sie die Firma.«

»Aber, ich dachte, ich könne noch … Na ja, vielleicht so ein oder zwei Monate, ich meine, um die Geschäfte in geordneter Art und Weise zu übergeben«, sie stockte,

»und wegen meines Nachfolgers. Ich dachte, ich könnte da noch …«

»Na, na, Elizabeth«, unterbrach sie der Vorsitzende fast väterlich, aber nicht ganz so jovial, wie seine Stimme tönen sollte, »Sie haben doch für die Belange der Firma gar keine Zeit mehr. Ähm, ich will sagen, Sie müssen sich jetzt um Ihre Gesundheit kümmern.«

»Um meine Gesundheit?«, sie brauste auf. »Um meine Gesundheit? Ich habe Ihnen doch erst vor ein paar Minuten meine Situation erklärt. Da gibt es nichts, worum ich mich kümmern könnte. Alles, worum ich Sie bitte, Herr Vorsitzender, ist, dass ich noch ein paar Wochen arbeiten darf. Was soll ich denn sonst tun in der verbleibenden Zeit?« Sie schaute ihren Chef mit tränengefüllten Augen an.

»Elizabeth, bitte Elizabeth«, er reichte ihr konsterniert und leicht angewidert ein weiteres Taschentuch, das er mit spitzen Fingern aus seinem Club-Jackett fischte, »bitte reißen Sie sich zusammen! Mein Gott, Elizabeth, was soll dieses Theater?«

»Aber … bitte …, nur ein paar Wochen.«

»Stopp, Elizabeth!«, er unterstrich das Kommando durch eine schneidende Handbewegung. »Sie kennen die Gepflogenheiten. Der Stress, diese Firma zu führen, gerade jetzt! Die Fusion mit Global One … Herrschaftszeiten, Elizabeth, Sie kennen die Regeln aus dem Effeff! Nein, das kann ich Ihnen, aber auch dem Unternehmen unmöglich zumuten.«

»James, bitte«, Elizabeth war aufgestanden, wollte auf ihn zugehen.

»Schluss jetzt, das reicht!« Connors hatte sich aus seinem Sessel erhoben, und das klatschende Geräusch seiner auf den Tisch schlagenden flachen Hand war das hörbare Zeichen seines Unmuts. Für die Anwesenden unvermutet, plumpste er in den Sessel zurück und setzte umgehend wieder eine besorgt-väterliche Miene auf. »Wir werden Ihre Dienste zu würdigen wissen, Elizabeth. Sie kennen mich hoffentlich gut genug. Ich zähle auf Ihre professionelle Kooperation.« Die letzten Worte klangen unüberhörbar drohend und definitiv. Seine Entscheidung stand unwiderruflich fest. »Meine Liebe, schlafen Sie erst mal über das Ganze.« Er hievte sich erneut aus dem Sessel und half ihr dann galant beim Aufstehen. »Morgen ist auch noch ein Tag, meine Gute.« Er legte seinen Arm um ihre Schulter. »Man sollte solche Dinge nie übereilen. Wir sprechen morgen noch einmal darüber und finden ganz sicher eine gute Lösung.« Inzwischen hatte er sie in Richtung Türe manövriert, öffnete diese, dann umarmte er sie zum Abschied und gab ihr einen Kuss auf die Wange. »Mein Fahrer wird Sie nach Hause bringen. Schlafen Sie sich erst mal aus, das wird Ihnen guttun.«

»Danke, James, Sie sind ein so guter Mensch.«

Connors schloss die Tür und wandte sich an Rockman: »Sie wissen, was zu tun ist.« Nachdem er sich umständlich die zweite Havanna angezündet hatte, brummte er: »Der Mist hätte auch bis morgen Zeit gehabt. Schade um das Golfspiel.«

Es wäre James nie in den Sinn gekommen, dass er in irgendeiner Art unmenschlich oder unfair gehandelt hatte. Für ihn waren seine »Management-Gesetze« das Selbstverständlichste der Welt. In seinen Augen so selbstredend wie die Regeln im Fußball, im Straßenverkehr oder in der Armee – zu befolgen eben.

*

Am nächsten Morgen erwartete Rockman sie in ihrem Büro. Alle Dokumente lagen zur Unterschrift auf ihrem ansonsten schon geräumten Schreibtisch bereit. Alle Proteste halfen nichts. Nein, Connors sei nicht zu sprechen, er sei im Ausland. Nein, ein Aufschub sei nicht möglich. Das Angebot sei sehr, sehr großzügig, wie man meine. Sollte sie nicht umgehend unterschreiben, würde man prozessieren. So was dauere Monate, wenn nicht Jahre – und so viel Zeit habe sie ja wohl kaum, wie Rockman hämisch grinsend meinte. Ja, sie dürfe noch ein Kommuniqué an ihre Mitarbeiter und an die Presse verfassen. Sie habe eine halbe Stunde Zeit.

Sie brauchte zehn Minuten. Ein Ausnahmetalent eben – in jeder Hinsicht. Sie unterschrieb das Abkommen. Absolutes Stillschweigen war die Prämisse, auf der das Abkommen beruhte. Die Abfindung: neunzig Millionen Dollar, plus Spesen und ausstehende Stock Options – eine übliche Summe, die als Prozentsatz des zu erwartenden Wertzuwachses der Fusion beider Firmen berechnet worden war. Dennoch sehr großzügig von Mister Connors, wie Rockman mit säuerlicher Miene meinte. Leise, aber hörbar ergänzte er: »Zu großzügig, wenn ich zu entscheiden gehabt hätte.«

Das Echo des Satzes verschlug ihm die Sprache, denn Elizabeths Faust traf ihn mitten ins Gesicht, sodass sein Nasenbein mit einem widerlichen Knacken zerbrach.

»Verklagen Sie mich, Sie Arschkriecher!«

Dann knallte sie die Tür hinter sich zu.

*

Das von Elizabeth O'Brien verfasste zwei Seiten umfassende Kommuniqué wurde – nachdem sie das Haus in Begleitung der Wache verlassen hatte – umgehend vernichtet und durch eine schon am Vortag von James Earl Connors III. persönlich diktierte Kurzmitteilung an die Presse und Belegschaft ersetzt:

Das Executive Committee der Rupert-Elton Company bedauert zutiefst den Entscheid unseres CEO und Chairman, Ms. Elizabeth O'Brien, mit sofortiger Wirkung aus privaten und persönlichen Gründen von all ihren Ämtern zurückzutreten. Wir bedauern dies sehr, akzeptieren diesen Entschluss jedoch und wünschen Ms. O'Brien alles Gute für ihre Zukunft und die kommenden Herausforderungen. Ein Nachfolger als Chairman und CEO der Rupert-Elton Company wird in Kürze bekannt gegeben.

Ende einer Karriere.

21. Dezember 2010, New York City, USA

Kaum drei Wochen war es nun her, dass Dr. Silverstone angerufen hatte. Noch ein paar Tage bis Weihnachten. Merkwürdigerweise fühlte sie sich körperlich gut, genau wie Silverstone gesagt hatte, und gerade dieser Umstand machte es fast unmöglich, zu akzeptieren, dass sie krank sein sollte, todkrank. Die Symptome würden erst nach ein paar Wochen beginnen, hatte er gesagt, mit Übelkeit und einem dumpfen Druck in der Magengegend. Dort hinter dem Magen, wo sich die Pankreas versteckt hielt.

Die ersten paar Tage hatte sie noch Anrufe von ein paar »besorgten« Menschen erhalten. Sätze wie: »Ach, meine Gute, das tut mir aber leid«, und: »Wenn ich was für Sie tun kann, bitte, jederzeit, ich bin immer für Sie da«, waren allesamt so falsch wie flüchtig. Fadenscheinige Bekundungen für eine schon Abgeschriebene. Sie hatte niemanden mehr, keine Aufgabe, keine Verwandten, keine Freunde – nur Geld hatte sie, viel Geld.

Aber was soll man einkaufen, wenn man bald nicht mehr sein wird?

Zunächst war sie tagsüber in den Luxusboutiquen der Fifth Avenue herumgehangen, hatte das eine oder andere sündteure Kleid gekauft und es dann achtlos in den Schrank geworfen. Die Nächte verbrachte sie in Clubs und Discos, ließ sich von jedem gut aussehenden Mann abschleppen, verhielt sich gänzlich haltlos, wollte um jeden Preis vergessen, was kurzzeitig gelang.

Am dritten Abend fand sie sich an der Bar des »Bolero« in der 57th Street ein. Exklusiver Klub, gediegenes Ambiente, modernistisch kalter Stil. Der Typ war groß, ziemlich jung, muskulös und wollte, wie es üblich war, zuerst etwas Konversation machen.

Elizabeth hatte ein schwarzes Nichts an, ein Seidenkleidchen, das ihr knapp über den Po reichte, die Haare zu einem Pferdeschwanz gebunden, und sah aus wie die Sünde selbst. Jedem normalen Mann schossen bei dem Anblick die Hormone in die Blutbahnen.

Sie verloren keine Zeit. Der Typ hatte ein Appartement gleich um die Ecke. Sie biss und kratzte ihn, krallte ihre langen Nägel in seinen satten, muskulösen Hintern, biss ihn ins Ohrläppchen, bis es zu bluten begann, und trieb ihn mit ihrer geradezu sadistischen Leidenschaft schier in den Wahnsinn. Sie sprach kein Wort; keine falschen zärtlichen Worte, keine fadenscheinigen Bekundungen verließen ihre Lippen; mit keiner Silbe erwiderte sie seine gestammelten Liebkosungen, diese trügerischen, im Sinnesrausch ausgestoßenen Beteuerungen einer vermeintlichen Liebe, die ihr Treiben nicht war.

Plötzlich und ohne Vorwarnung hielt sie schwer atmend inne, schaute sich das schöne junge Gesicht unter sich an, seinen attraktiven nackten Körper, den breiten Brustkorb – alles an ihm war lebendig, jung, unverwüstlich, wie es schien. Er wollte sie sanft auf die Lippen küssen und etwas flüstern, aber sie biss zu, gnadenlos bohrten sich ihre Zähne in seine Unterlippe. Sie erstickte seinen Schrei mit der Zunge, die hart in seinen Mund eindrang.

*

Es half alles nichts. Sie begann depressiv zu werden, versuchte sich um jeden Preis abzulenken, zu vergessen. In den ersten zwei Wochen schleppte sie jeden Abend einen anderen Kerl ab, einmal sogar zwei auf einmal, und benahm sich wie eine Besessene, auf jede erdenkliche Art und Weise.

Dann war plötzlich Schluss.

Die Depression wurde schleichend stärker, hatte Besitz von ihr ergriffen, sich langsam, doch unaufhaltsam in ihr festgesetzt, bis Elizabeth kapitulierte. Sie kapselte sich von der Umwelt ab, schloss sich in ihrem Appartement ein und beschloss, auf den Tod zu warten.

Mit angewinkelten Beinen hockte sie im Salon ihres riesigen Penthouse-Appartements. 42. Stockwerk – mit Fernblick und bester Aussicht auf den Central Park. Ein Wintermärchen. Schneeflocken tanzten durch die eisige Luft und hatten die Bäume in eine feine weiße Decke gehüllt.

Sie hatte in der vergangenen Nacht kaum ein Auge zugetan, und als es ihr für kurze Zeit doch gelang, überfiel sie wieder dieser schreckliche Albtraum. So real schienen die gespenstischen Bilder, dass sie zitternd und schweißgebadet aufschreckte und nach dem Gang ins Bad vor lauter Panik nicht mehr wagte, zurück ins Bett zu gehen. Eine abwechselnd kalte und heiße Dusche half ihr nur kurzfristig, sich ein wenig zu beruhigen. Statt wie gewohnt einen Kaffee zu trinken, hatte sie sich einen Whisky eingeschenkt. Es war das erste Mal in ihrem Leben, dass sie am frühen Morgen Alkohol in sich hineinkippte.

Sie schaute über die verschneiten Bäume und Wiesen des Central Parks. Ihr schien, als wäre in diesen letzten Wochen eine Ewigkeit vergangen, zumindest ein ganzes, nicht enden wollendes Leben. Alles schien auf einmal so weit entfernt, gerade so, als hätten die vierzig Jahre ihres aktiven Lebens nie stattgefunden. Alles verschwamm in einem dicken Nebelschleier der schwindenden Erinnerung. Als schaute sie einem Schiff hinterher, das langsam am Horizont verschwindet, dort, wo sich Himmel und Meer berühren. Zuletzt, wenn auch die Spitze des höchsten Schiffsmastes an dieser undefinierbaren und doch vorhandenen Linie zwischen Himmel und Meer nicht mehr zu sehen ist, weiß man nach einer Weile nicht mehr, ob man das Schiff nur geträumt hat oder ob es tatsächlich je existierte.

Im Rückblick schien es Elizabeth, als habe ihr Leben nie stattgefunden. Es war untergegangen zwischen Himmel und Meer, verschwunden am Horizont, nie existent.

Alles schien sinnlos.

Noch ein paar Wochen, vielleicht ein Vierteljahr, dachte sie wütend, weinerlich und deprimiert. Was ist das schon? Ein Witz! Was kann man in so kurzer Zeit noch machen? Nichts – außer langsam sterben. Sich betrinken, um das Elend nicht bei vollem Bewusstsein zu durchleiden.

Sie nahm einen großen Schluck aus dem vollen Glas und spürte den Whisky zuerst kühl im Mund, dann im Gaumen und in der Kehle, um kurz danach, als sich der

Alkohol den Weg durch die Speiseröhre in Richtung ihres Magens bahnte, die angenehm feurige Wärme im ganzen Körper zu fühlen.

Pankreas! Ich hätte bisher nicht einmal genau angeben können, wo das Organ liegt, und schon gar nicht, wozu es gut ist. Silverstone hat mich aufgeklärt. Meine Bauchspeicheldrüse wird soeben zerfressen, Tag für Tag ein bisschen mehr. Und der Whisky müsste just in diesem Moment auf der Höhe meiner Pankreas vorbeirinnen.

Tränen schossen über ihre Wangen und tropften auf ihren Schoß, bevor sie ein Taschentuch aus ihrer Hosentasche ziehen konnte, um sie aufzuhalten.

Warum bloß ich? Warum ich? Oh Gott, warum so früh? Was soll dieses ganze Leben? Warum soll ich aufs Sterben warten? Ich könnte dieses Dahinvegetieren abkürzen. Mach endlich Schluss – es hat eh keinen Sinn mehr! Ausgerechnet du! Immer hast du alle Entscheidungen mit einer Vehemenz ohnegleichen und ohne die geringsten Zweifel oder Skrupel durchgesetzt. Und jetzt? Zu feige, um …

Millers letzte Worte hallten wie ein Echo in ihrem Kopf, wie ein Berg-Echo, das man selbst dann noch zu hören glaubt, wenn es längst verklungen ist. Was hatte er noch gemurmelt, als ihn der Wachmann unsanft wegzog und sie die Tür zuschlug? »Sie haben keine Ahnung, worum es im Leben wirklich geht, Elizabeth.«

Sie stand auf, stellte das halbvolle Whiskyglas auf den Salontisch und ging erneut ins Bad unter die Dusche. Das heiße Wasser rann minutenlang ihren Körper hinab, sodass sich der ganze Raum mit Dampfschwaden füllte. Sie drehte den Wasserhahn ab, wickelte sich in ein großes, flauschiges Badetuch und tapste ins Schlafzimmer. Aus dem riesigen Spiegel, der die gesamte Schrankwand bedeckte, starrte ihr eine Frau unverhohlen und zweidimensional entgegen.

Ihre Haare waren zerzaust, die Augen geschwollen und blutunterlaufen. Ein attraktiver, fast noch jugendlicher Körper. Unverwandt starrte sie diese schöne Frau im Spiegel an, stellte sich vor, wie sie bald tot und starr auf einem Bett, im Sarg, im Grab liegen würde. Zuerst würde sie noch warm sein – als schliefe sie nur, könnte man zuerst glauben –, doch schon nach wenigen Stunden würde das nicht mehr zirkulierende Blut in ihren Adern zu Klumpen erstarren.

Sie sah diesen Körper in einen dunklen Sarg gebettet, in den nicht der kleinste Lichtschimmer eintrat.

Elizabeth O'Brien, du bist kein guter Mensch, du bist kein sympathischer Mensch.

Plötzlich zuckte ein Bild durch ihren Kopf, wie ein Blitz aus heiterem Himmel, eine Erinnerung aus grauer Vorzeit. Etwas, das sie in den vergangenen zwanzig Jahren beiseitegeschoben hatte, aus ihrem Gedächtnis getilgt, begraben und vergessen. Urplötzlich war der Gedanke präsent, und mit dem Gedanken die Erinnerung.

Abrupt drehte sich Elizabeth um, strebte mit schnellen Schritten in ihr Privatbüro zum Schreibtisch und griff in der untersten Schublade nach dem Schlüssel des Wandsafes. Der kleine Tresor war eingemauert, versteckt hinter einer Replik von Monets »Seerosen«. Sie öffnete die Stahltür.

Die kleine Ebenholzschatulle, mit Goldplaqué verziert, enthielt ihren Lieblingsschmuck. Elizabeth hatte nie viel Wert auf Schmuck gelegt und ihn nur zu gesellschaftlichen Anlässen getragen. Doch die Schatulle besaß einen Doppelboden. Achtlos leerte sie den kostbaren Inhalt auf die Schreibtischplatte und fingerte den Umschlag aus dem Fach unter dem Doppelboden. Das Papier war trotz des zwangsläufigen Lichtschutzes ein wenig vergilbt.

Kein Wunder, nach all der Zeit. Nicht zu fassen, wie die Zeit verflogen ist! Wie lange ist es her? Bestimmt zehn Jahre – zehn Jahre nach der Gerichtsverhandlung erhielt ich den Brief von ihm. Weshalb hast du den Brief überhaupt behalten?

Sie nahm den Brief aus dem Kuvert. Nur ein einziges Mal, gleich damals, hatte sie den Brief gelesen, wenn man es überhaupt als »gelesen« bezeichnen konnte, denn auf dem Bogen standen nur fünf Worte:

We are what we do.
Und darunter eine Telefonnummer.

*

Der Brief trug nicht mal eine Unterschrift, geschweige denn eine Adresse, dennoch hatte Elizabeth gleich gewusst, wem sie den unscheinbaren Satz zu verdanken hatte: *We are what we do – Wir sind, was wir tun*, fünf magere Worte, die erst in ihrer Kombination mysteriöse Züge gewannen. Dazu eine Telefonnummer, die sie noch nie gewählt hatte. Sie starrte die Zeichen an, die ihre hypnotische Wirkung nun schon seit Stunden entfalteten.

Was konnten ihr schon fünf simple Wörter anhaben? Nichts, absolut nichts.

Wütend zerknüllte sie das Papier und warf es gegen die Wand. Wie durch einen blöden Zufall landete das Knäuel beim Zurückprallen in einer Obstschale, direkt neben zwei verschrumpelten Äpfeln, die sie längst hätte entsorgen müssen. Ratlos schritt sie durch den Raum, hin und her, her und hin, wie eine Gefangene im Käfig zwischen Leben und Tod. Endlich beugte sie sich über die Obstschale, griff mit spitzen Fingern das Papierknäuel, glättete es sorgfältig, setzte sich an den Schreibtisch und las die fünf Worte, wieder und immer wieder, bis sie in magische Buchstaben zerstoben, die wie irr vor ihren Augen tanzten und wie kreisende Derwische verschwammen.

»Ich glaube, ich drehe durch«, murmelte sie vor sich hin und spürte, wie ihr Herz vor Panik raste.

Habe ich denn keine Waffe im Haus? Ich hätte mir längst eine besorgen sollen, dann könnte ich mir jetzt eine Kugel in den Schädel jagen.

Hastig stürzte sie ins Bad. Mit zitternden Händen pulte sie eine Tablette aus der Schutzfolie, steckte sie in den Mund und schluckte sie mit einer Handvoll Wasser. Erschöpft ließ sie sich auf dem Rand der Badewanne nieder.

Draußen neigte sich der Tag dem Ende zu. Der Himmel hatte ein schmutziges Grau angenommen und schien seine Last in Form von dichtem Schnee von sich geben zu wollen. Von fern hörte Elizabeth trotz der dicken Glasfenster den Lärm des Straßenverkehrs wie das Summen eines Bienenschwarms.

Minute um Minute kroch dahin. Das zerknitterte Blatt mit dem einen Satz lag scheinbar bleischwer auf der Schreibtischplatte. Im Stehen starrte sie wieder auf den Brief. Ihre Gedanken waren wie betäubt. Schwerelos tickten die Sekunden dahin. Sie sank auf den Schreibtischstuhl nieder.

Hätte es irgendeinen Unterschied gemacht, wenn ich ihn angerufen hätte?, sinnierte sie. Oder wenn ich den Brief gar nie geöffnet und gelesen hätte?

Reglos saß sie am Schreibtisch. Mehrmals nickte sie ein, schreckte durch die Sirenen von Polizei- und Krankenwagen auf, dann wieder aufgrund eines wirren Traumbildes, und wurde erneut vom Schlaf übermannt, der ihren schweren Kopf auf den Schreibtisch niederzwang.

Als sie wieder bei Bewusstsein war, hatte sich bereits die Dunkelheit in ihrem Appartement ausgebreitet. Ihr Mund fühlte sich trocken an. Begleitet vom Licht der Schreibtischlampe, tastete sie sich in den Wohnraum, fand ihr Glas und schenkte sich nach. In einem Zug leerte sie es bis zur Hälfte.

Dann ging sie an die riesige Fensterfront, die ein Meer von bunten Lichtern in der Stadt offenbarte, nahm das Telefon in die Hand.

Oh Gott, was habe ich bloß getan? Wie konnte ich ihm das antun? Es war ein Verbrechen! Elizabeth O'Brien, du bist ein verdammt schlechter Mensch!

Ihre Gedanken kreisten wild. Alles drehte sich, ihr Leib, ihr Kopf, ihr Blick – Übelkeit kroch aus dem Bauch in Richtung Kehle.

Sie schaute hinaus auf die Abertausenden Fenster der Wolkenkratzer, die aussahen wie die aufgerissenen, toten Augen gläserner Ungeheuer. Es schneite immer stärker. Die Lichterkette der schier endlosen Autoschlange im Schneetreiben glich einem riesigen Drachen, dessen Schädel am Horizont verschwunden war, der sich jedoch, seinen Schwanz wie einen gigantischen Feuerschweif hinterherziehend, seinen Weg durch die engen Täler der Straßenschluchten bahnte. Wie ein außerirdisches Ungetüm schien er das Ende der Welt zu verkünden.

Die Tränen ließen sich partout nicht zurückhalten, und ein Kloß im Hals drohte sie zu erwürgen. Der Sturm peitschte jetzt die Schneeflocken in einem schrägen Winkel derart heftig gegen die Scheiben, dass der Eindruck entstand, die Fenster weinten. Alle Fenster in ihrer Umgebung klagten sie an: Schuldig, weil Sie Ihr Leben ungenutzt vergehen ließen. Schuldig aufgrund der Tatsache, dass Sie Ihr ganzes Leben lang nur an sich selbst gedacht haben. Schuldig wegen unterlassener Hilfeleistung an Bedürftige. Schuldig wegen Verbrechen an der Menschlichkeit.

Die Anklage spricht die Todesstrafe gegen Sie aus, Elizabeth O'Brien! Die Verhandlung ist geschlossen!

Träge, aber regelmäßig tickte die Wanduhr, als bemühte sie sich, ein Gefühl für die verstreichende Zeit zu vermitteln. Elizabeth hielt sich die Ohren zu.

Dort, auf dem Tisch, wartete das Glas. Der Whisky floss wie ein feuriger Lavastrom ihre Kehle hinunter, vorbei an der sich auflösenden Bauchspeicheldrüse.

Hustend stand Elizabeth auf und riss die große Schiebetür zur Dachterrasse auf, um wie eine Ertrinkende nach Luft zu schnappen. Eisige Kälte blies ihr ins Gesicht. Das Thermometer zeigte Minustemperaturen in New York. Die winzigen, vom Wind gepeitschten Schneeflocken stachen wie tausend Nadeln in ihr Gesicht.

Sie torkelte über die große Terrasse bis zum Geländer und hielt sich schwankend daran fest. 42 Stockwerke. Die Windböen waren in dieser Höhe tückisch und unberechenbar und konnten einen erwachsenen Menschen leicht aus dem Gleichgewicht bringen.

Jetzt Schluss machen.

Elizabeth beugte sich weit über die Balustrade und blinzelte durch das Schneegestöber nach unten. Der Wind heulte immer stärker.

Eine starke Böe erfasste sie, sodass sie mit einem Fuß auf dem glitschigen Bodenbelag ausrutschte, sich halb um ihre eigene Achse drehte und nur mit letzter Anstrengung Halt fand. Ihr Herz schlug wie rasend, ihr Blutdruck schnellte von einer Sekunde auf die andere nach oben, und ein gewaltiger Adrenalinschub schoss durch ihren Körper, als sie sich instinktiv und mit dem jedem Menschen angeborenen Überlebenswillen am Geländer festkrallte. Die eisige Luft bohrte sich in ihre Lungen. Ihr war übel, alles wankte.

Na los, Elizabeth, gib dir einen Ruck! Wozu dieses Anklammern? Du hast gesehen, es wäre ganz leicht. Nur ein Bein über die Balustrade heben, dann das andere – und loslassen, um alle Sorgen für immer zu vergessen.

Elizabeth, gib dir einen Ruck, sei kein Feigling! Komm schon, du große Managerin. Da steht kein Retter hinter dir. Dies ist das richtige, das echte Leben. Wie lange fällt man wohl? Zehn Sekunden? Zwanzig oder fünf? Ob man den Aufschlag noch spürt? Ob es wohl wehtut?

Sie beugte sich noch weiter über das Geländer.

Nein, so nicht, nicht auf diese Weise. Ich habe noch eine Weile – und dies hier wäre eine Scheißart zu sterben.

Inmitten des heulenden Windes hatte sie auf einmal das Gefühl, auf der Penthouse-Terrasse nicht alleine zu sein. Ein Frösteln, das nicht durch die beißende Kälte verursacht wurde, kroch ihren Nacken hoch, und in dem Augenblick, als sie sich, von Panik erfasst, abrupt umdrehen wollte, nahm sie nur noch einen explodierenden, gleißend hellen Feuerball vor ihren Augen wahr. Dann versank die Welt in Dunkelheit.

*

Sie erwachte auf dem Fußboden im Salon. Ihr war kalt, eiskalt. Sie zitterte am ganzen Körper. Das Letzte, an was sie sich erinnern konnte, war, dass sie sich über die Balustrade gebeugt hatte und … Weiter an nichts. Sie hatte nicht den blassesten Schimmer, was geschehen war.

Bin ich tot?

Wenn man tot ist, hat man doch keine Kopfschmerzen.

Sie fasste sich an den Hinterkopf. Ja, da war eine Beule, und die Stelle fühlte sich warm an und … nass. Als sie ihre Hand musterte, war sie voller Blut.

Ich muss mir den Schädel angeschlagen haben.

Sie schaute zur Balkontür, doch die schien geschlossen zu sein. Draußen war es stockdunkel. Ächzend rappelte sie sich auf und schleppte sich ins Badezimmer. Die heiße Dusche tat gut. Sie versuchte, den Kopf freizubekommen. Ihre Gedanken wurden klarer; das Wasser, das ihren Körper hinabströmte, hatte Wunder bewirkt.

Zurück im Salon schaute sie aus dem Fenster auf die Lichter der Stadt, wusste nicht, was sie tun sollte.

In ihrem Kopf pochte der Schmerz. Etwas frische Luft würde ihr guttun. Sie öffnete die Schiebetür, jedoch nur einen Spaltbreit, und spürte den Wind, der mittlerweile wesentlich sanfter geworden war, um ihre Nase wehen.

Plötzlich bauschten sich die Vorhänge wie Fallschirme auf, ein Windstoß fegte blitzartig durch die Wohnung, und dann hörte Elizabeth die Eingangstür ins Schloss fallen. In einem Anflug panischer Angst drehte sie sich um.

War jemand in der Wohnung? Ein Einbrecher? Möglich, sie wohnte schließlich in New York City. Und auch wieder nahezu unmöglich, denn ihre Wohnung war immerhin durch eine spezielle Sicherheitstür geschützt: Panzerstahl mit Sicherheitsschloss und Bolzen. Als sie hier einzog, hatte der Makler versichert, dass man eine Panzerfaust bräuchte, um die Tür aufzubrechen.

Sie riskierte ein paar Schritte durch den Salon in Richtung Ausgang, der sich am anderen Ende des riesigen

Korridors befand. Beim Heimkommen hatte sie die Tür geschlossen – da war sie absolut sicher! Außer ihr hatte niemand einen Schlüssel. Außerdem hätte Paul, der Wachmann, sie über jeden Besuch informiert.

Oder hatte sie die Tür womöglich offen gelassen? Sie war in letzter Zeit ziemlich vergesslich.

Sie überlegte, ob sie den Wachmann anrufen sollte, verwarf den Gedanken aber sofort. In letzter Zeit schaute er sie ohnehin so merkwürdig »besorgt« an. Um wenigstens nicht völlig unbewaffnet zu sein, nahm sie leise den Baseballschläger von der Wand, ein Geschenk der Red Sox als Dank dafür, dass sie James damals überzeugt hatte, als Co-Sponsor der Mannschaft einzutreten. Der Gedanke daran trieb ihr Tränen in die Augen.

Wie eine schleichende Katze erreichte sie die Tür. Geschlossen! Sie atmete auf. Es war also doch der Wind gewesen. Das Kontrollfenster des Schlosses war rot. Ja, die Tür war geschlossen, und zwar mit dem Schlüssel.

Niemand außer ihr war in der Wohnung.

Silverstone hatte gesagt, dass die Medikamente, die er ihr verschrieb, manchmal leichte Halluzinationen auslösten. Deshalb hatte er sie davor gewarnt, sie zusammen mit Alkohol einzunehmen.

Achtlos ließ sie den Baseballschläger zu Boden fallen. Ihr war übel. Sie schleppte sich den Korridor entlang ins Bad, wo noch die Dampfschwaden der heißen Dusche in der Luft lagen. Sie torkelte zum Waschbecken, um etwas gegen die Übelkeit einzunehmen.

Als ihr Blick den Spiegel streifte, erstarrte sie. Ein Kribbeln stieg ihren Nacken hoch wie ein eisiger Hauch.

Ich werde wahnsinnig!, dachte sie noch, bevor sie zusammensackte. Langsam verblassten die Zeichen, die jemand mit dem Finger auf den dampfbeschlagenen Spiegel geschrieben hatte.

Drei Zahlen nur: 5-32-35

*

Sie hatte keine Ahnung, wie lange sie in ihrem eigenen Erbrochenen unter dem Spiegel gelegen hatte. Mit beiden Händen schaufelte sie sich ein paar Sekunden lang kaltes Wasser ins Gesicht und säuberte den Fußboden notdürftig mit einer Handvoll Kosmetiktücher. Dann torkelte sie, immer noch halb benommen, zum Wandtresor. Aus dem untersten Fach zog sie eine schmale Mappe heraus. Ihre Versicherung, wie sie die Unterlagen damals genannt hatte.

Der Rapport war bloß zwei Seiten lang, das dünne Papier war ziemlich vergilbt. Kein Wunder, dachte sie, ist ja bald zwanzig Jahre alt. Die zwei Bogen raschelten wie feines Pergament, denn es handelte sich um Schreibmaschinendurchschläge, wie man sie seit Jahren nicht mehr benutzte. Sie überflog die Seiten, obwohl es nicht nötig gewesen wäre, denn sie kannte den Inhalt auswendig. Um in den Besitz der Durchschläge zu kommen, hatte sie alle Mittel eingesetzt.

Mit fahrigen Händen griff sie nach dem zerknitterten Zettel mit den fünf Worten und der Nummer. Zögernd nahm sie das Telefon vom Fußboden auf und begann, die erste Ziffer zu wählen. Jede weitere Bewegung ihrer

Finger auf der Tastatur des Telefons ließ ihr Herz höher schlagen. Das Freizeichen ertönte.

»Campbell.« Die Stimme erklang ganz klar aus dem Hörer.

»Ich bin's«, sagte sie nahezu tonlos, »ich, Elizabeth O'Brien.«

Für ein paar Atemzüge blieb die Leitung stumm, nur ein leises Summen war zu hören. Endlich ein ungläubiges: »Wer ist da?«

»Elizabeth O'Brien ... Wir kannten uns mal ... vor sehr langer Zeit.«

»Du?«

»Ja, äh, ich. Du weißt also noch, wer ich bin?«

Plötzlich bereute sie es, dass sie angerufen hatte. Am liebsten hätte sie aufgelegt, aber sie hörte diese seit zwanzig Jahren nicht mehr gehörte Stimme, die auf einen Schlag eine Kette von Erinnerungen in ihr wachrief. Bilder, die sie so lange verdrängt und begraben hatte, drängten mit dieser Stimme urplötzlich wie ein Naturereignis in ihr Gedächtnis zurück. Der Abend mit ihm. Die Liebesnacht. Die Gerichtsverhandlung, ihr Meineid, die Verurteilung. Alles war wieder präsent, als wäre es erst gestern gewesen.

Mein Gott, was habe ich ihm damals angetan!

Während er sprach, schaute sie unablässig auf den Rapport, die zwei Seiten, die gleichsam darauf warteten, dass man ihr Geheimnis preisgab.

»Wie geht es dir, Elizabeth O'Brien?«

»Gut. Danke, sehr gut«, sagte sie etwas zu schnell und zu hastig, mit einem nervösen Unterton.

»Schön. Es ist schön, deine Stimme zu hören. Mein Gott, ich hätte nie im Leben erwartet, dass ich deine Stimme je wieder hören würde.« Er schien auf eine Erwiderung zu warten, doch als sie ausblieb, sprach er weiter: »Du bist ja eine ganz große Nummer in der Businesswelt. Ich habe einen Artikel über dich gelesen, im ›Forbes Magazin‹, oder? ›Business Woman of the Year‹, glaube ich, hieß der Artikel. Gratulation, Elizabeth! Wer hätte das gedacht?«

»Die ›Business Week‹ war es, nicht ›Forbes‹. Ist aber schon eine Weile her, ein oder zwei Jahre, denke ich«, erwiderte sie automatisch. Sie hatte jeden größeren Artikel, der über sie veröffentlicht wurde, gesammelt. Eitelkeit aus einer fernen Vergangenheit, wie ihr nun schien.

»Ja, kann sein. Weißt du, ich bekomme hier immer nur ziemlich alte Magazine und Zeitungen in die Hände«, sagte er lachend, »und in der Regel habe ich kaum Zeit, alles durchzublättern, geschweige denn zu lesen.«

»Wo genau bist du jetzt eigentlich?«

»Afrika«, er nannte den Namen des Landes und der Stadt, »Townships, mitten in den Slums, um genau zu sein.«

»Oh …«, sie schien nach Worten zu suchen, »wie lange schon?«

»Lass mich nachdenken. Muss jetzt um die zehn Jahre her sein. Ja, ich denke, bald sind es zehn Jahre.«

»Ah.«

»Was ist der Grund für deinen Anruf, Elizabeth? Nach all den Jahren. Wie lange ist das eigentlich her, dass wir …?«

»Zwanzig Jahre, Chris, ja, schon zwanzig Jahre«, erwiderte sie nachdenklich. Sie war froh, dass er sie nicht sehen konnte – in ihrem Zustand. Ihr Blick klebte förmlich an den zwei Seiten des Rapports.

»Zwanzig Jahre! Nicht zu fassen, wie die Zeit verfliegt. Aber woher hast du denn meine Nummer?«

»Von dir selbst.«

»Ah, ich verstehe: der Brief. Jetzt erinnere ich mich. Aber du hast nie geantwortet, und den Brief habe ich vor wer weiß wie vielen Jahren …«

»Vor ziemlich genau zehn Jahren, Chris«, unterbrach ihn Elizabeth, und leise, fast flüsternd setzte sie hinzu: »Ich habe den Brief erst vor einer halben Stunde geöffnet – oder so.« Sie wusste selbst nicht, weshalb sie log. Ihr war, als spürte sie geradezu körperlich sein Erstaunen.

»Warum erst jetzt? Warum überhaupt?«

»Ich kann dir das nicht am Telefon erklären, aber es hat schon seinen Grund.« Die zwei Seiten lagen immer noch wie ein Mahnmal vor ihr, aber sie wusste nicht, wie sie es ihm gestehen sollte. »Darf ich dich besuchen?«, fragte sie stattdessen.

»Wie bitte?«

»Ob ich dich besuchen kommen darf.«

»Wo?«

»Na, dort, wo du jetzt bist.«

»Du? Elizabeth O'Brien, du treibst Scherze mit mir, ja?«

»Nein, ich scherze nicht, Chris« – schon zu lange nicht mehr, schob sie in Gedanken nach und hörte sich dann gleichsam flehen: »Bitte, Chris, lass mich zu dir kommen! Ich störe nicht und bleibe auch nicht lange, aber ich muss dir etwas sagen.« Ihre Hand lag noch immer auf den beiden Seiten.

»Du hast keine Ahnung, wie es hier zugeht. Und überhaupt …, deine Arbeit, nein, nein, das ist gar keine gute Idee. Vergiss das Ganze!«, wehrte er unwirsch ab. Irgendetwas verunsicherte ihn zutiefst: Was sollte dieses befremdliche Gefühl, das sich zwischen Kopf und Herz in ihm breitmachte? Ausgerechnet Elizabeth O'Brien! Wie ein Schatten hatte sie ihn all die Jahre verfolgt. Diese kurze Zeit mit ihr, dieser Abend … und dann die Verhandlung.

»Nein, auf gar keinen Fall!«, sagte er lauter als beabsichtigt, und als müsse er seinen Worten noch mehr Nachdruck verleihen und das peinigende Schauspiel beenden: »Also dann, es war nett, mal wieder von dir gehört zu haben, aber ich muss nun weiterarbeiten. Draußen warten einige Leute auf mich.«

»Chris, bitte, leg nicht auf.« Die Knöchel ihrer Hand traten weiß hervor, so stark hielt sie den Hörer umklammert. »Ich muss dir etwas Wichtiges sagen, etwas, das für uns beide lebenswichtig ist, Chris.«

Das Summen in der Leitung nervte. Sekunden vergingen.

»Weißt du überhaupt, wo ich lebe? Hast du eine Vorstellung davon?«, fragte er unüberhörbar bitter.

»Du sprachst von den Slums. Im Fernsehen habe ich …«

»Ja, im Fernsehen – aus weiter Ferne!«, er setzte ein spöttisches Lachen drauf. »Elizabeth O'Brien, diesen Ort kannst du dir nicht in deinen schlimmsten Träumen ausmalen. Ich bin in einer anderen Welt, in einem elenden Loch, das für deinesgleichen nicht existent ist. Es kümmert euch doch nicht einmal, wie die Menschen hier ums Überleben kämpfen! Im Fernsehen – dass ich nicht lache!«

Elizabeth konnte seinen schweren Atem hören, obwohl er jetzt schwieg.

»Chris?«, fragte sie nach einer Weile vorsichtig.

»Ja.« Er schien sich wieder gefangen zu haben.

»Kann ich bitte kommen?«, fragte sie erneut.

»Du bist alt genug, um das selbst zu entscheiden.« Dann fügte er hastig hinzu: »Wenn du es unbedingt willst, lass es mich wissen. Ich muss jetzt gehen, habe viel zu tun.«

Das Knistern in der Leitung war verstummt.

*

Tausende Meilen entfernt schloss Chris Campbell von innen die Tür seines kleinen Büros, setzte sich an seinen alten Schreibtisch, öffnete mit einem Schlüssel, den er immer bei sich trug, die Schublade und nahm einen beschriebenen Papierbogen heraus. Er kannte den Inhalt auswendig, seit sehr langer Zeit, seit ihm sein Onkel Frank den Rapport besorgt hatte.

Was soll ich tun? Ist es so weit?

Die drei Zahlen tauchten vor seinen Augen auf, als wären sie real und nicht bloß Irrlichter, ein Gedanke seines Geistes. Deutlich erinnerte er sich an die Worte, für die die Zahlen standen: 5–32–35. Er hatte sich geschworen, sie zu vergessen – nun waren sie wieder da: Worte des Hasses und der Rache.

Er löste die zur Faust geballte Hand, griff zaghaft zum Telefon, und obschon er wusste, dass er das Falsche tat, wählte er Franks Nummer.

Unfallbericht zu Flug Pan Am 103

19:02:00 GMT: FLIGHT PA103, N739PA »CLIPPER MAIDEN OF THE SEA« BESTÄTIGTE OCEANIC CLEARANCE UND NAHM KURS 316 EIN.

Es scheint sich alles wie in Superzeitlupe abzuspielen.

Frank sieht sie vor sich: Wie sie im Flugzeug scherzend miteinander sprechen, wie Sarah ihren gemeinsamen Sohn Michael stolz von der Seite her ansieht. Alles scheint sich langsam, überdeutlich und schließlich grausam zu wiederholen, immer und immer wieder: diese letzten drei Minuten im Leben seiner Lieben.

Ein Piepsen ertönt …

19:02:46.9 GMT: EINE HEFTIGE EXPLOSION RISS EIN LOCH IN DIE LINKE AUSSENHÜLLE DES FLUGZEUGS. DER DURCHMESSER DES LOCHES WAR ETWA EINEN HALBEN METER GROSS. DIE BOMBE MUSS NACH ALLEN ERKENNTNISSEN IM FRACHTRAUM LINKS UNTERHALB DES COCKPITS PLATZIERT GEWESEN SEIN.

Michael dreht den Kopf zu seiner Mutter neben ihm, just im selben Augenblick, als die erste Druckwelle sie erreicht.

Sarah wird von der Druckwelle in den Sitz gepresst, Michael bemerkt es kaum, sieht bloß mit Erstaunen, dass seine Mutter blutrote Tränen weint.

Wieder ein Piepsen …

19:02:47.3 GMT: Die Druckwelle der Explosion war, gemäss thermodynamischen Berechnungen, fünfundzwanzig Prozent stärker und schneller als die Explosion selbst. Des Weiteren bewegte sich die Schockwelle mit Überschallgeschwindigkeit von vorn nach hinten durch den Flugzeugrumpf.

Michael wendet den Kopf zur Stewardess, um zu fragen, was passiert sei. Ihren Arm sieht er zuerst – gestreckt, mit dem Glas Cola in der Hand –, doch an der Stelle, wo eben noch das wunderhübsch lächelnde Gesicht der jungen Frau ihn betörte, ist jetzt eine blutende Lücke.

Erneut dieses Piepsen …

19:02:47.6 GMT: Die Schockwelle riss einen Teil des Flugzeugdaches ab. Die Druckwelle bewegte sich überschallschnell und pulsierend durch die Flugzeugkabine und durch die Klimaschächte. Es wird angenommen, dass Gepäckstücke, Messer, Gabeln und andere Gegenstände infolge der Druckwelle zu tödlichen Geschossen wurden.

Michael sieht, wie die Außenhaut des Flugzeugs wie Seidenpapier weggerissen wird. Er kann nicht mehr atmen, seine Lungen blähen sich auf. Die Passagiere vor ihm werden wie von einer unsichtbaren Riesenfaust ins Freie gezerrt. Das Dach löst sich. Er schafft es noch einmal, seinen Kopf zu wenden. Seine Mutter sitzt in absurd verrenkter Haltung auf ihrem Platz.

Es piepst immer noch …

19:02:50 GMT: Es wird vermutet, dass etwa drei Sekunden nach der Explosion das Flugzeug auseinanderbrach. Die flugtechnischen Untersuchungen gehen davon aus, dass zuerst das Cockpit abgerissen wurde; einige Millisekunden später der linke Flügel samt Triebwerken und der Hauptteil der Passagierkabine mit dem rechten Flügel und den Triebwerken.

Der Captain zieht instinktiv am Steuerknüppel, doch sehen kann er nichts mehr. Captain James MacQuarrie und sein First Officer sind noch am Leben, als sie im Cockpit in die eisige, schwarze Nacht stürzen.

19:03:54 GMT: Es wird angenommen, dass sich die Kabine des Flugzeuges mit dem rechten Flügel demzufolge relativ stabil und waagrecht, doch schnell an Höhe verlierend, bis etwa 6000 Meter hielt. Die Untersuchungen haben ergeben, dass zu diesem Zeitpunkt das ausströmende Kerosin die Kabine und die Passagiere erfasste.

Das ausströmende Kerosin erfasst den hinteren Teil der Kabine, sodass die verbleibenden Passagiere auf den hinteren Sitzreihen lichterloh wie Fackeln brennen.

Senkrecht, immer schneller werdend, von den heulenden Triebwerken begleitet, rasen sie mit irrwitziger Geschwindigkeit unaufhaltsam auf die Erde zu.

Piep …, piep …, piep …

19:05:56 GMT: Die forensischen Untersuchungen haben festgestellt, dass etwa die Hälfte der Passagiere bis zum Zeitpunkt des Aufschlags noch am Leben waren. Der Aufschlag riss einen 47 Meter langen Krater mit einem Volumen von 560 Kubikmeter. Einige Häuser in Sherwood Crescent wurden laut lokalen Polizeiakten und späteren Untersuchungen praktisch vaporisiert. Häuser im Umkreis wurden stark beschädigt. Die Bewohner der direkt getroffenen Gebäude verstarben.

Piep …, piep …, piep …, piep …

Das Piepsen des Telefons schreckte ihn auf. Kalter Schweiß auf seinem ganzen Körper ließ ihn frösteln. Immer derselbe Traum, seit Jahren.

Oh Gott, du Ungnädiger, du, der du nicht vergibst, was willst du noch von mir? Du hast mir schon alles, alles genommen!

Er wischte sich die Tränen aus den Augen. Die Zeit hatte seinen Schmerz nicht gelindert, nein, der Schmerz war immer größer geworden – und mit ihm der Hass. Frank hatte alle forensischen Berichte gelesen, immer und immer wieder. Bis ins letzte Detail hatte man den Absturz rekonstruiert. Als Arzt wusste er nur zu genau, was mit ihren Körpern während dieser letzten drei Lebensminuten geschehen sein musste.

Das Telefon piepte erneut. Vielleicht versuchte einer seiner Patienten, ihn zu erreichen, sodass er es nicht übers Herz brachte, den Anrufer noch länger hinzuhalten. Er hob ab, holte dabei tief Luft und meldete sich, verbindlich und freundlich wie immer.

Schon nach dem ersten Wort seines Gesprächspartners war alles hinweggefegt: sein innerer Schmerz, seine Trauer, es gab kein Zurück mehr. Frank schwieg einen Moment, dann antwortete er: »Bist du sicher, Chris?«, und nachdem er die Antwort vernommen hatte, stieß er ein erleichtertes »Endlich!« aus.

Frank schaute aus dem Fenster. Der nahende Tag färbte den Himmel allmählich blutrot. Seine Augen waren hasserfüllt.

Gott sei Dank – deine Wege scheinen ja in der Tat unergründlich.

Kurz vor Weihnachten 2010, über dem Atlantik

Ich hätte es besser wissen müssen. Eine Scheißidee, die Reise überhaupt zu machen. Ich dumme Kuh habe noch darum gebettelt.

Afrika! Gerade noch. Und dann mitten in den Slums.

Mein Gott, ist der Mann naiv, damals wie heute. Klar, Chris Campbell wollte immer schon die Welt retten. Typisch, er hat nicht, aber auch rein gar nicht begriffen, wie das Leben läuft. Ist wahrscheinlich nach wie vor derselbe sentimental-dusslige Wuschelkopf, der er mal war.

Und das Ganze wegen eines Briefes, den er vor zehn Jahren geschickt hat, und einer kurzen Affäre, die bald zwanzig Jahre zurückliegt. Ein Wimpernschlag, und schon sind zwanzig Jahre verflossen.

Oh mein Gott, ich werde bald sterben. Ewige Nacht.

Wie lange sind wir schon in der Luft? Noch nicht mal drei Stunden. Was soll ich denn bloß tun?

»Hallo, Stewardess. Ja, Sie meine ich. Mein Champagnerglas ist schon wieder leer.«

»Madam, ich dachte bloß …, äh, weil wir bald essen und weil Sie sich vielleicht besser fühlen, wenn Sie den Champagner mit dem Essen zu sich nehmen und nicht auf nüchternen Magen.«

»Junge Frau, ich fliege und bezahle wohl kaum erste Klasse, um mir von Ihnen eine Predigt halten zu lassen, okay?«

Die Flugbegleiterin schluckte nur ein paarmal leer und schenkte endlich nach.

Wahrscheinlich hat sie sogar recht mit dem Saufen, immerhin habe ich seit Stunden nichts mehr gegessen. Warum sitze ich überhaupt in diesem Flug? Ach, stimmt, um mich zu entschuldigen. Elizabeth, du bist ein Rindvieh! Und was schulde ich dem Kerl überhaupt? Nichts, absolut nichts. Ich hab mich verdammt nochmal von dem sentimentalen Gedödel umhauen lassen, das mir dieser Schwächling von Miller vorgelallt hat. »Haben Sie sich überhaupt je bei einem Menschen entschuldigt?« So ein Quatsch! Warum sollte ich mich bei irgendjemandem für irgendwas entschuldigen? Ich musste in meinem Leben alles, aber auch alles alleine erreichen. Und da soll ich mich entschuldigen? Typische Loser-Parolen, und ich falle noch auf den Schwachsinn rein.

Elizabeth schlürfte den Rest aus ihrem Champagnerglas und goss gleich nach. Sie spürte einen dicken Kloß im Hals. Ihre Lippen zuckten ganz leicht – aber das bemerkte niemand, denn die Sitze in der ersten Klasse waren weit voneinander entfernt und die Stewardess mit einem Passagier in der ersten Reihe beschäftigt. Langsam füllten sich ihre Augen. Ihre Hände zitterten, als sie ein Taschentuch aus ihrer Tasche fingerte, um sich die lästigen Tränen von den Wangen zu wischen.

Nein, ich bin kein schlechter Mensch. Ich habe dich so sehr geliebt, Vater. Warum hast du mir das angetan? Du warst mein Ein und Alles.

Sie weigerte sich, den Gedanken weiterzudenken. Das Taschentuch fiel aus ihrer kraftlosen Hand zu Boden.

Der Champagner kühlte zwar ihre Kehle, jedoch nicht ihre Wunden. Elizabeth stierte mit leerem Blick auf die afrikanische Savanne, die zehntausend Meter unter ihr vorbeiglitt. Wolkenfetzen huschten am Fenster vorbei, irrwitzig schnell rasten die weißen Schleier dahin, so wenig fassbar wie ihre eigenen Gedanken.

Und jetzt auch noch Krebs. Ich will noch nicht sterben! Warum ich? Warum ich? Gott, warum bloß ich?

Ein stärker werdendes Vibrieren und Schütteln. Turbulenzen. Das Anschnallzeichen leuchtete auf. Weit unter ihr zogen die Savannen und Steppen gleichgültig vorbei, während Elizabeths Tränen langsam versiegend ihre Wangen hinunterrannen. Elizabeth O'Brien, du wirst bald sterben, doch niemand scheint sich dafür zu interessieren.

Afrika

»Madam«, die Stewardess zupfte energisch an Elizabeths Ärmel, »Madam, bitte wachen Sie auf! Ist Ihnen nicht wohl?«

»Doch, doch, schon. Ich muss wohl schlecht geträumt haben.«

Elizabeth war aufgeschreckt, mitten aus dem Albtraum in die Wirklichkeit. Sie konnte das Zittern ihrer Hände nur halbwegs verbergen. Eiskalter Schweiß hatte sich auf ihrer Stirn bis über die Schläfen und im Nacken breitgemacht. Die Kleidung auf ihrer Haut war unangenehm nass und ließ sie frösteln. Mit dem Taschentuch tupfte sie sich wenigstens notdürftig das Gesicht trocken.

»Madam, bitte schnallen Sie sich an, wir werden bald landen«, forderte sie die Flugbegleiterin höflich auf.

Elizabeth war müde, ihr schien, als döste sie sogar während des Landemanövers ein. Am liebsten wäre sie gleich im Flugzeug sitzen geblieben und nach New York zurückgeflogen. Je näher das Treffen mit Chris kam, umso mehr verfluchte sie den Einfall, jemals den Brief zu öffnen. Und sie ärgerte sich, dass sie seine Nummer gewählt hatte.

Noch vor Kurzem wäre es mir nie in den Sinn gekommen, wegen fünf lächerlichen Wörtern in einem idiotischen Brief einen so gut wie wildfremden – Kerl anzurufen.

Sie fasste sich instinktiv an die Brust. Das leise Rascheln des Papiers erinnerte sie an den Grund ihrer Reise.

Einmal etwas richtig machen in deinem Leben, Elizabeth O'Brien. Deshalb bist du hier. Dennoch spürte sie diese fürchterliche Angst in sich aufsteigen. Sie versuchte krampfhaft und mit aller Macht und Selbstbeherrschung, die sie aufbringen konnte, ruhig zu bleiben. Überlistete sich selbst damit, sich auf jede kleine, noch so unwichtige Bewegung und Tätigkeit, die sie sonst völlig automatisch und ohne nachzudenken machte, zu konzentrieren. Abschnallen – aufstehen – Koffer aus dem Gepäckfach nehmen – tief durchatmen.

»Jetzt haben Sie es überstanden, Madam«, tröstete die Stewardess sie scheinbar mitfühlend. »Sehen Sie, wir sind heil und sicher gelandet.« Noch ein nichtssagendes, unverbindliches Lächeln.

Elizabeth bemühte sich ebenfalls, ein Lächeln zustande zu bringen.

Der Beamte an der Passkontrolle musterte lange ihren Pass, eine halbe Ewigkeit. Eilig hatte er es offenbar nicht. Lahm wie eine alte Schnecke tippte er auf die Tasten seines Computers, schaute jedoch bei dieser nervenaufreibenden Prozedur kein einziges Mal auf.

Elizabeth war diese Art des Wartens in einer Schlange nicht mehr gewohnt. Als Topmanagerin war sie die letzten Jahre immer mit dem Privatjet der Corporation unterwegs gewesen und hatte selbstverständlich in jeder Hinsicht VIP-Status bei Formalitäten wie der Passkontrolle genossen. Das Ausharren in unendlichen Warteschlangen, das Einreihen in eine Kolonne von Normalsterblichen war ihr bislang fremd, sodass ihr Unmut von Minute zu Minute zunahm. Erschöpft und entnervt stand sie an dem schmuddeligen Zollhäuschen und betrachtete durch die schmutzige Scheibe den schwarzen Beamten.

Komm schon, du Langweiler, was kann denn an einer simplen Passkontrolle so diffizil sein? Der Typ kann womöglich nicht mal lesen und tut einfach wichtig. Irgendeiner hat ihm den Job gegen ein paar Kisten Schnaps zugeschanzt, oder wie? Sind doch eh alle korrupt in …

»Wie bitte?« Sie hatte die Frage nicht verstanden.

»Was ist der Grund Ihres Besuches in unserem Land?« Der Beamte schaute sie ohne jede Regung an.

»Das geht Sie gar nichts …«, ganz instinktiv hatte sie den Satz begonnen, besann sich aber gleich eines Besseren. Privilegien, ade! Sie war nicht mehr der CEO einer Corporation, war kein VIP mehr. Sie war ein ganz normaler Mensch, ein Tourist, und hatte wenig Lust, noch länger hier festgehalten zu werden, also musste sie sich zusammenreißen. Ein kurzes Räuspern und Hüsteln ihrerseits, um den misslungenen Satzanfang zu löschen. »Oh, Officer, ich war ganz in Gedanken. Der lange Flug und die Hitze hier.« Sie verzog die Mundwinkel, um eine möglichst freundliche Miene zu imitieren.

Im Gesicht des Beamten war keine Regung auszumachen.

»Ich komme einen alten Freund besuchen.«

»Also als Tourist.«

»Ja, als Touristin, Sir.«

»Haben Sie vor, länger als drei Monate in unserem Land zu bleiben?«

Beinahe hätte sie laut gelacht. Drei Monate? Dass ich nicht heule! Ich hab ja kaum noch so lange zu leben, du Trottel.

»Nein, Sir, ich denke nicht«, antwortete sie gespielt höflich.

Der Beamte knallte einen Stempel in den Pass. »Ich wünsche Ihnen einen angenehmen Aufenthalt in unserem Land.«

Durch die Menschenmassen schob sie sich in Richtung Ankunftshalle. Hunderte drängten schubsend und schwitzend nach draußen. Sie hatte keine Ahnung, wie er jetzt aussah.

Ein Mensch verändert sich in zwanzig Jahren, dachte sie.

In der Ankunftshalle zwängte sie sich an den Wartenden vorbei. Bis jetzt konnte sie keinen weißen Mann entdecken, der Chris auch nur annähernd ähnlich sah. Die meisten waren ohnehin schwarz. Ein Weißer wäre schnell aufgefallen.

Er hat es vergessen, dachte sie, oder er hat es sich anders überlegt. Mist, ich hätte nicht kommen sollen. Am besten suche ich mir gleich ein Hotel, und sobald ich dieses klitschnasse Klamottenzeug gewechselt und ein paar Stunden geschlafen habe, fliege ich umgehend wieder nach Hause.

»Mam, Madam!«

War sie gemeint? Vorsichtshalber drehte sie sich um. Ein junger, schwarzer Kerl mit blendend weißen Zähnen hatte sich in voller Größe hinter ihr aufgebaut und fragte schüchtern: »Miss O'Brien?«

Sie zögerte einen Augenblick und antwortete vorsichtig: »Warum willst du … Warum wollen Sie das wissen?«

»Mein Name ist Daniel, Madam. Ich wohne bei Mister Chris. Er konnte nicht kommen.« Er schien verunsichert. »Ähm, aber das wird Ihnen Mister Chris am besten selbst erklären, wenn wir im Heim sind.«

Elizabeth schaute sich den Jungen genauer an. Er war sehr groß, er überragte sie fast um einen halben Kopf. Sein Körper war kräftig, gar muskulös, die schwarze Haut glänzte und schien sehr gepflegt. Das sympathische, offene Gesicht eines Kindes auf einem jungen Männerkörper.

»Ja, ich bin Elizabeth O'Brien.«

Ohne Widerspruch ließ sie ihn das Gepäck aufnehmen.

»Wie alt bist du, Daniel?«

»Sechzehn – in einem halben Jahr aber schon siebzehn«, fügte er rasch an. »Und ich bin ein Fußballer, ein ganz guter Fußballer sogar.« Lachend trug er ihr Gepäck. »Der Fahrer wartet draußen.«

Sie bemerkte, dass er leicht hinkte. Hat sich wohl beim Kicken verletzt.

*

Sie verließen die Ausfallstraße und bogen schon nach ein paar Kilometern mit dem alten und verbeulten Geländewagen ab. Es ging weiter über eine Sand- und Schotterpiste. Nach einer Weile war von den Lichtern des Airports und der City nur noch ein fernes Glimmen am Horizont zu erkennen. Die Dämmerung tauchte das Land in ein düsteres Zwielicht. Elizabeth blickte durch die ziemlich verschmutzten Scheiben des Wagens. Am Straßenrand bewegte sich etwas, das dem Wuseln eines Ameisenhaufens unter dem Vergrößerungsglas ähnelte. Bei genauerem Hinsehen erkannte sie, dass es Menschen waren, unzählige Menschen.

Sie war auf den Anblick nicht eingestellt. Wie auch? Bis vor ein paar Tagen hatte sie in einer anderen Welt gelebt.

Der Fahrer hieß Sulimba, sprach aber kaum Englisch, hatte ihr Daniel gesagt. Aber er arbeite schon seit Langem für Mister Chris. Elizabeth saß neben Daniel auf der Rückbank und hielt sich so gut es ging fest, denn der alte Geländewagen holperte über eine Unzahl von Schlaglöchern. Sie konnte nicht sagen, wie lange sie schon unterwegs waren, aber sie nahm an, dass sie immer weiter in die Slums hineinfuhren.

Nach einer Weile stoppte der Wagen. Es habe gestern stark geregnet, erklärte ihr Daniel, deshalb müssten sie das letzte Stück zu Fuß gehen, damit der Wagen nicht im Schlamm stecken bleibe. Es tue ihm sehr leid.

Das sei schon okay, sagte Elizabeth, ohne zu ahnen, was ihr bevorstand.

Am Himmel stand der Mond. Fast Vollmond. Sein Licht tauchte die fremde Umgebung in einen silbernen, fahlen Schein. Ein Frösteln lief über Elizabeths Rücken, denn sie hasste den Mond. Sie hasste ihn seit ihrer Kindheit. Sein kaltes Licht erinnerte sie an den Tod.

Daniel hatte das Gepäck aus dem Wagen gehievt und bat sie höflich, ihm zu folgen. Sie solle bitte dicht hinter ihm bleiben.

Hunderte von Augenpaaren, nein, Tausende. Menschen, wohin sie auch schaute. Überall Menschen, Kinder, Kot, Urin und Gestank. Manche lagen am Boden, andere hockten inmitten des Abfalls. Tote Augen starrten sie an. Ausgemergelte Gestalten, in Lumpen gehüllt. Berge von Müll. Der Gestank war wie eine Explosion. Als würde eine Handgranate mitten in ihrem Hirn explodieren.

Dann entdeckte sie den Hund. Er schien etwas zu fressen. Als sie genauer hinsah, revoltierte ihr Magen: Es war der Rest einer menschlichen Hand, an der der Hund knabberte.

Elizabeth hielt würgend ihre Hand vor den Mund.

Ihr Körper stellte sich auf Flucht ein. Der ganze Körper wollte wegrennen, pumpte Welle um Welle Adrenalin in die Blutbahnen und Muskeln. Sich verkrampfend, in merkwürdig staksigen Schritten, setzte Elizabeth ihren Weg Schritt für Schritt fort, während die Augen Bild um Bild zur Verarbeitung an das Gehirn schickten.

Dann versank die Welt in einem schwarzen Nichts, die Beine gaben nach, das Bewusstsein schaltete aus, wie eine überlastete Maschine, deren Sicherungen durchbrannten, um diese Unerträglichkeit nicht weiter mit ansehen zu müssen.

*

Als sie aufwachte, hatte sie keine Ahnung, wo sie sich befand.

Ein Albtraum, was für ein schrecklicher Albtraum. Gott, oh Gott, jetzt schnell eine Dusche, dann einen starken Kaffee, und nichts wie weg. Womöglich komme ich zu spät zum Executive Committee Meeting. Peinlich!, ist mir in meiner ganzen Zeit noch nie passiert.

»Geht's wieder besser?«

In der sonoren Stimme schwang ein sorgenvoller Unterton mit. Sie schien ihr irgendwie vertraut, eine Erinnerung, weit zurück, Stimmen verändern sich kaum über die Zeit. Sie versuchte, sich ins Gedächtnis zu rufen, was geschehen war. Allmählich nahm sie eine verwitterte, schmutzig grau-gelbe Decke wahr, die auf ihrem Körper lag. Sie drehte den Kopf, fuhr mit der Zunge über ihre trockenen Lippen und bemerkte zuerst nur undeutlich einen Schatten, der sich über sie beugte. Alles verschwamm wie in dichtem Nebel, die Geräusche klangen merkwürdig gedämpft.

»Daniel, reich mir ein Glas Wasser, bitte«, hörte sie die Stimme leise sagen.

»Hier, Mister Chris.«

Wer war das bloß? Sie wollte etwas fragen, aber ihre Kehle war so trocken, dass ihr nur ein heiseres Krächzen gelang.

Der Schatten beugte sich über sie, dann fühlte sie etwas Kaltes an ihren Lippen.

»Trink, das wird dir guttun.«

Das kühle Nass rann in ihren Mund, gluckerte schwerfällig ihre Kehle hinunter, sodass sie unmittelbar darauf zu husten begann. Der diffuse Schleier vor ihren Augen lichtete sich allmählich, und der Schatten über ihr wurde zu einem hageren Gesicht mit Dreitagebart. Große braune Augen, die von einer Unzahl feiner Fältchen umrahmt waren. Er lachte wohl immer noch viel, obschon sie sich kaum vorstellen konnte, dass es an diesem Ort viel zu lachen gab. Das Haar war etwas schütterer, als sie es in Erinnerung hatte, und die glänzenden, gewellten Haare waren einem Kurzschnitt gewichen. Alles in allem ein Gesicht wie aus Stein gemeißelt.

Michelangelos David in der Hölle auf Erden, dachte sie unwillkürlich, auf eine merkwürdige Weise attraktiv …, aber keiner, mit dem ich ins Bett gehen würde. Zu alt, zu hart sein Gesicht. Und die Augen … so beunruhigend. Dann erinnerte sie sich wieder, dass etwas nicht stimmen konnte, dass diese Gedanken hier fehl am Platz waren.

»Wo bin ich?«

»In Afrika.«

»Was? Wo bin ich?«

»Du hast schon richtig verstanden.« Er schob seine Hand unter ihren Kopf, hob ihn an und hielt das Wasserglas an ihre Lippen. »Trink noch einen Schluck.«

»Chris? Christopher …«, ungläubig schaute sie ihn an.

»Korrekt. Das hast du wohl nicht erwartet? Na ja, wer ist schon auf so was vorbereitet? Ging mir ähnlich beim ersten Mal.«

»Es ist …, das kann doch …«, sie brachte nur ein Stammeln zustande.

»Beruhige dich.« Er deutete auf den Jungen: »Daniel hast du ja schon kennengelernt.«

»Hallo, Mam O'Brien, erinnern Sie sich an mich?« Daniel winkte schüchtern.

»Ja, jetzt erinnere ich mich. Diese Menschen, all diese Menschen – schrecklich!« Ihre Stimme versagte.

»Ruh dich erst mal aus, Liz. Das wird schon wieder.« Chris wandte sich an seinen Helfer: »Du kannst jetzt gehen, Daniel, ich komme klar.«

»Ist gut, Master Chris, wenn Sie mich brauchen, einfach rufen, ich bleibe in der Nähe.«

Der Junge war schon draußen, als Chris ihm nachrief: »Und nenn mich nicht immer Master.« Er wandte sich wieder Elizabeth zu. »Was für ein Bengel.« Sein Tonfall verriet, dass er den Jungen mochte.

»Ich habe ein sauberes Handtuch dort über den Stuhl gelegt. Du kannst dich später frisch machen. Die Dusche ist am Ende des Flurs.« Und als er bereits im Türrahmen stand: »Aber erwarte nicht zu viel, wir sind hier nicht im Ritz-Carlton, und Wasser gibt es erst gegen Mitternacht. Du kannst also ruhig ein paar Stunden schlafen. Ich schau dann nach dir.« Er löschte das Licht.

»Chris?«

»Ja?«

»Ich wollte …«

»Das hat bis morgen Zeit. Schlaf jetzt.«

»Chris?«

»Ja? Was ist denn noch?«

»Es hat nicht bis morgen Zeit.«

»Also, dann sag's schon.«

»Ich möchte dich um Verzeihung bitten.« Ein leichtes Husten. »Du weißt, dass ich dir heimlich Drogen ins Essen gemischt habe, an dem Abend, nicht? Du weißt es, stimmt's?«

Stille.

»Das war scheiße von mir. Ich hatte keine Ahnung, dass du am nächsten …«

»Ist schon gut. Das ist lange her.« Mehr zu sich selbst murmelte er weiter: »Ich hätte nicht …, vielleicht …« Er schrak aus seinen Gedanken auf, gab sich einen Ruck und sagte fest: »Ist schon okay. Man kann die Vergangenheit nicht ändern. Was geschehen ist, ist geschehen.« Seine Stimme klang eine Spur härter, als er anfügte: »Die Zukunft aber schon. Die Zukunft kann man ändern.«

Elizabeth wollte etwas erwidern, überlegte, ob sie aufstehen sollte. Sie spürte erneut eine leichte Übelkeit in sich aufsteigen. Sie war müde, wollte schlafen, deshalb sagte sie bloß:

»Die Zukunft? Wenn man eine Zukunft hat, ja, dann schon.«

»Und um mir das mit den Drogen zu sagen, bist du hier aufgetaucht? Den ganzen weiten Weg geflogen, um mir etwas zu sagen, das ich schon vor zwanzig Jahren wusste?«

»Ja«, sie dachte an den Rapport in ihrer Tasche. Das war die Gelegenheit, ihm die beiden Papierbogen zu zeigen, ein Geständnis abzulegen. Sie dachte angestrengt nach, versuchte abzuwägen, wie er wohl reagieren würde.

»Hm, erstaunlich.« Er wollte die Tür schließen.

»Chris?« Jetzt sag es ihm endlich!, dachte sie.

»Was denn noch?«

»Danke.«

Er brummte etwas, das wie ein »Gern geschehen« klang, dann zog er die Tür ins Schloss.

Morgen ist auch noch ein Tag. Mit diesem Gedanken schlief Elizabeth O'Brien ein, ohne zu ahnen, wen sie am nächsten Tag treffen würde.

*

Sie wachte früh auf. Im großen Innenhof spielten etwa ein Dutzend Kinder Fußball, machten einen Höllenlärm, kreischten, johlten – und mittendrin, alle überragend, dennoch wie ein Riesenkind: Daniel! Wild gestikulierend und schreiend, schien er so was wie der Coach dieser eigenartigen Mannschaft zu sein. Als er Elizabeth in den Hof treten sah, winkte er ihr fröhlich zu, und sie winkte lächelnd zurück.

Chris kam aus seinem Büro. »Hast du gut geschlafen?«

»Geht so«, sie schaute sich um, »was für ein Tag ist heute?«

»Freitag«, antwortete er, »der vierundzwanzigste Dezember, um genau zu sein. Morgen ist Weihnachten.«

»Feiert ihr das hier?«

»Ja, schon, nicht unbedingt traditionell, aber doch in der Art.«

»Es ist heiß heute«, sie schaute in den Himmel, »Weihnachten, und es ist so heiß.«

»Ja, Elizabeth, wir sind in Afrika und nicht in Big Apple.«

»Scheint so.«

»Hör mal, es ist ja ehrenwert, dass du die Reise gemacht hast, nur um mir zu sagen – na ja, dass es dir leid tut. Wäre nicht nötig gewesen.« Er schaute sie mit einem nicht zu deutenden, eindringlichen Blick an. »Ich hab ziemlich zu tun, der Kleine da drüben wird es wohl nicht bis morgen schaffen«, er deutete auf ein Bettchen unter der Veranda. »Kann ich dich hier alleine lassen? Vielleicht willst du den Kindern zuschauen oder was mit ihnen spielen.«

Sie schaute in die Richtung, in die er gedeutet hatte. »Welcher Kleine?«

»Lukas.«

»Wie alt ist er?«

»Er ist etwa acht … und wird es wohl auch bleiben. Acht, meine ich.«

»Was?«

»Lukas wird sterben«, antwortete er hart. »Ich muss jetzt wirklich zu ihm, denn sein Großvater wird ihn nicht mehr besuchen.« Die Worte klangen wütend und bitter.

Elizabeth wollte nachhaken, doch Chris nahm sie schon bei der Hand und führte sie quer über den Hof an eines der Kinderbetten. Ein Mückennetz war über das Bettchen gespannt. Chris hob es mit einer Hand an und zog Elizabeth etwas näher. Auf der Matratze lag ein … Etwas. Etwas aus Knochen, das mit einer schwarzen Haut überzogen, aber auch mit unzähligen blutenden Pusteln übersät war. Dieses Etwas war dennoch unverkennbar ein Kind.

Chris beugte sich über das Bett und streichelte sanft das Gesicht des Jungen. »Mein kleiner Lukas. Hab keine Angst.«

Elizabeth staunte über den Klang seiner Stimme: so sanft, so zart und mitfühlend, als wäre es sein eigener Sohn, der da im Bettchen lag.

Der Junge stöhnte, versuchte sich zu drehen, was ihm aber nur halbwegs gelang, denn seine Beine steckten in Windeln. Sein Winseln klang kaum mehr menschlich, eher wie das leise Heulen eines verletzten Tieres.

»Grandpa?«, flüsterte der Kleine und drehte seinen Kopf in ihre Richtung.

Nun sah Elizabeth sein Gesicht. Es sah aus wie eine Fratze. Ein Totenkopf, der auf einem bis aufs Skelett abgemagerten Körper saß. Das Stöhnen wurde von leisen, spitzen Schreien unterbrochen, dann wieder Stöhnen und Ächzen.

Chris redete auf den verendenden Jungen ein, streichelte ihn, versuchte ihn zu beruhigen. Aber Lukas heulte weiter, rief nach seinem Großvater. Elizabeth stand nur da, unfähig, sich zu bewegen, wie wenn ihre Füße am Boden festgenagelt wären.

Chris schob sie hart und bestimmt beiseite und rief nach Daniel, er solle ihm hier helfen und dann mit den Kindern nach draußen gehen, bis alles vorbei sei. Daniel hielt Lukas fest, sodass Chris ihm eine Spritze geben konnte. Nach ein paar Sekunden tat das Morphium seine Wirkung: Der Kleine erschlaffte, sackte in sich zusammen und zuckte noch leicht, bevor er beinahe ruhig dalag. Das leise Stöhnen wollte jedoch nicht aufhören.

Nach wie vor harrte Elizabeth an derselben Stelle aus. Wieder ein grauenhafter Film, der sich vor ihren Augen abspulte, ohne dass sie Einfluss darauf nehmen konnte.

Chris und Daniel zogen den Kleinen in seinem Bettchen aus, wuschen ihn, wechselten seine Windeln, puderten ihn ein. Nachdem sie ihm behutsam ein neues kurzes Höschen und ein T-Shirt angezogen hatten, nahm Daniel die blut- und kotverschmierten Sachen mit. Lukas stöhnte immer noch leise, betäubt vom Morphium.

Chris hob in aus seinem Bettchen in eines der großen Betten, die gleich daneben standen.

»Grandpa, Grandpa«, wie eine Beschwörung raunte es der Junge, als hoffte er noch, den Ersehnten kraft seines Namens herbeizurufen. Lukas begann zu husten, sodass erneut Blut aus seinem kleinen Mund spritzte. Geduldig und unerschütterlich wischte Chris die Flüssigkeit mit dem bereits rot verfärbten Tuch ab und fuhr fort, den Jungen mit seiner Melodie zu besänftigen, zwischendurch leise und sanft die immer gleichen Worte wiederholend: »Hab keine Angst, mein Kleiner, bald hast du keine Schmerzen mehr.«

Das war das Letzte, an das sich Elizabeth erinnern konnte, bevor sie erneut zusammenbrach.

*

Sie spürte, wie sie von starken Händen hochgehoben wurde. Dann fühlte sie die Matratze unter ihrem Rücken. Mit aller Macht öffnete sie die Lider. Jemand beugte sich über sie, ein grelles Licht blendete sie wie eine kleine Sonne, leuchtete direkt in ihre Augen. Sie konnte nur Wortfetzen verstehen.

»Shit …, hat sich schon wieder der Kopf …«

»Ja, zum Kuckuck … Ich geb ihr nochmals …«

Als der scharfe Lichtstrahl erlosch, sah sie einen Augenblick lang ein Gesicht ganz nah über ihrem eigenen. »Sie hier? Wie kommen Sie denn …«, dann versank die Welt um sie herum erneut in Dunkelheit. Das Letzte, was sie wahrnahm, war ein fernes, rhythmisches Trommeln.

*

Sie erwachte mitten in der Nacht. Chris stand neben ihrem Bett. Benommen blickte sie sich um.

»Was ist passiert?«

»Du hast dich erbrochen und bist, na, sagen wir mal zusammengeklappt.«

»Wie lange war ich bewusstlos?« Mühsam stützte sie sich im Liegen auf die Ellbogen.

»Eine Weile. Ich habe dir ein starkes Schlafmittel gespritzt, nachdem du versucht hast, aus dem Bett zu steigen, und dir deinen schönen Schädel am Boden angeschlagen hast.« Er grinste verlegen und sagte dann ernst: »Es war zu deiner eigenen Sicherheit.«

»Ich kann mich kaum erinnern, aber mir war, als hätte ich …«

»Was?«

»Ach nichts, ich habe wohl von jemandem geträumt. Muss an den Medikamenten liegen. Halluzinationen oder so.« Sie richtete sich vollends zum Sitzen auf. »Der Junge? Hab ich das auch geträumt?«

»Nein«, erwiderte Chris leise, »nein, das war kein Traum. Leider.«

»Was ist mit ihm?«

»Er ist …«, seine Stimme stockte, »er hat es geschafft. Hat jetzt keine Schmerzen mehr.« Er strich sich über die müden Augen. »Es ist drei Uhr früh. Schlaf noch ein wenig.« Er ging auf die Tür zu.

»Chris, ich kann nicht hierbleiben.«

Seine Silhouette zeichnete sich im Halbdunkel gegen die Tür ab. Er schwieg.

»Ich werde morgen zurückfliegen. Das hier ist zu viel für mich. Es ist einfach nicht meine Welt – tut mir leid.«

»Tut es dir nicht.«

»Warum glaubst du das?«

»Es ist dir scheißegal. Sei zumindest ehrlich.«

»Nein, das darfst du so nicht glauben. Ich …«

»Sei still, Elizabeth, halt einfach den Mund, oder sei wenigstens ehrlich.« Seine Stimme hatte einen giftig-traurigen Klang. »Ihr seid alle gleich. Alle!«

Sie war müde, wollte nicht streiten, zumal ihr Kopf schmerzte, aber die aufkeimende Wut war stärker.

»Christopher Campbell, hör auf mit dem moralinsauren Gequatsche! Was glaubst du denn? Dass du ein besserer Mensch bist – nur weil du hier lebst? Ich will dir mal was sagen: Du bewirkst hier gar nichts. Die Welt ist, wie sie ist. Menschen sind nun mal Egoisten.«

Er stand immer noch da. Sein Gesicht verhärtete sich, dann senkte er den Kopf und nickte.

»Ja, du hast recht – was bewirke ich schon?«

»Scheiße, Chris, tut mir leid. Ich hab's nicht so gemeint.«

»Ja, ja. Ich fahr dich morgen früh.« Dann schaltete er das Licht aus und murmelte beim Schließen der Tür: »Wessen Welt ist das hier schon, Elizabeth O'Brien? Wessen Welt ist das schon?«

Zweiter Teil

»Unsere Herzen sind Schlachtfelder, sich ständig verschiebende Landschaften und Länder, die wir Menschen nennen.«

Samstag, 25. Dezember 2010, Afrika

Weihnachten

Elizabeth wartete draußen vor dem großen Tor, während Chris den Wagen holte, um sie zum Flughafen zu fahren. Er hatte trotz ihrer Proteste darauf bestanden, sie selbst zu chauffieren.

Plötzlich, wie aus dem Nichts, war sie direkt vor Elizabeth aufgetaucht, die Kleine. Sie hatte ein blaues Kleid an, das wie eine alte Schuluniform aussah, schon etwas abgewetzt, aber sauber und gepflegt. Elizabeth schätzte das zierliche Mädchen auf sieben oder acht Jahre.

Teils verunsichert, teils skeptisch betrachtete Elizabeth die Kleine genauer: Sieht nach Armut aus, dachte sie etwas angewidert; die Welt ist beschissen, aber was soll's, ich kann schließlich nichts daran ändern – jetzt sowieso nicht mehr. Eine Welle von Selbstmitleid durchfuhr sie.

Die Kleine stand immer noch da und schaute Elizabeth neugierig an. Der intensive Blick wurde langsam unangenehm. Was sollte sie zu der Göre sagen?

Mehr oder weniger spontan entschloss sie sich zu einem »Hallo«, begleitet von einer Grimasse, die eigentlich als ein Lächeln gedacht war, jedoch eher einem verzerrten Grinsen glich.

Das Mädchen antwortet nicht und starrte sie weiter an.

Die versteht offenbar kein Wort, dachte Elizabeth und fragte sich nervös, wo zum Teufel denn Chris mit dem Wagen blieb.

Die Kleine schaute sie jetzt freundlich an. Ihre Haut war sehr dunkel. Sie hatte ein fein geschnittenes Gesicht, das von kurzem, pechschwarzem Haar umrahmt wurde. Das Erstaunlichste an diesem Mädchen waren die Augen: groß, haselnussfarbig – und irgendwie merkwürdig. Sie glitzerten wie zwei Seen oder Spiegel, die so intensiv mit dem Licht spielten, dass man glaubte, in zwei funkelnde Kristalle zu schauen.

Elizabeth hatte in ihrem Leben schon sehr viele Menschen getroffen, konnte sich jedoch nicht entsinnen, jemals in solche Augen geblickt zu haben. Sie hatten etwas Beruhigendes und Beunruhigendes zugleich, als würde einen der Blick wie Röntgenstrahlen durchdringen.

Elizabeth wollte sich gerade umdrehen und im Hof auf Chris warten, als die Kleine fragte: »Wie heißt du?«

»Elizabeth O'Brien«, gab sie verdutzt und gegen ihren Willen Auskunft; sie konnte gar nicht anders, als auf die Frage zu antworten. Die Stimme des Mädchens klang so glasklar und melodisch, eine Mischung aus kindlich und dennoch erwachsen. Die Stimme schien im Einklang mit den Augen. Elizabeth war wie benommen; mit aller Kraft musste sie sich besinnen, wo sie eigentlich war und was sie hier tat. »Und du? Wie heißt du?«, fragte sie zurück.

»Ich bin Marie.«

»Und was tust du hier?

»Och, ich bleibe eine Weile bei Onkel Chris.«

»Onkel Chris?«

»Ja, er ist sehr nett«, sie lächelte und fragte weiter: »Ist er dein Freund?«

»Äh, na ja, nein … Vor langer Zeit vielleicht mal.« Sie verfluchte sich insgeheim: Wieso ließ sie sich von dieser Göre aushorchen? »Das geht dich eigentlich gar nichts an«, sagte sie barsch, doch sogleich tat es ihr leid, denn die Kleine konnte schließlich nichts dafür, dass sie sich hierher verirrt hatte. »Wie alt bist du überhaupt?«

»Acht.«

»Oh, schon? Und wo sind deine Eltern?«

»Tot. Sie sind gestorben.« Und nach einer kurzen Pause fügte sie sachlich hinzu, als habe sie die Frage schon oft gehört: »Meine Großeltern sind auch tot.« Sie neigte den Kopf ein wenig zur Seite, als ob sie überlegte. Leise und nachdenklich ergänzte sie: »Alle sind tot …« Ein weiteres Zögern und Luftholen, um dann mit festem Ton zu bestätigen: »Doch, alle sind jetzt tot.« Sie schaute Elizabeth nun fröhlich an, gar nicht so, wie man es von einem Kind erwartet hätte, das gerade erzählte, seine gesamte Familie sei gestorben.

»Alle tot?«, fragte Elizabeth überrumpelt. »War es ein Unfall?«

»Nein, sie hatten Aids – und Hunger – und woran man sonst hier so stirbt.« Sie legte ihre Stirn in Falten und verdrehte die Augen Richtung Himmel, als grübele sie, ob sie nichts vergessen habe. »Aber die meisten sind an Aids gestorben.«

Elizabeth war nun völlig verwirrt, weil Marie sie nun mit einem strahlenden Lächeln ansah, und nahm an, dass die Kleine nicht richtig im Kopf sein könne. Deshalb machte sie Anstalten, zu gehen.

»Darf ich dich Liz nennen?«, fragte Marie, und noch bevor Elizabeth ein Ja oder Nein äußern konnte: »Woher kommst du denn?«

»New York City«, antwortete sie unwirsch.

Der Ekel erregende Gestank der Slums lastete wie jeden Tag in der Luft und verursachte ein Würgen in ihrem Hals und Gaumen. Sie hielt es hier nicht länger aus.

»Oh, ist das weit weg?«

»Ja, sehr weit.«

»Wie viele Tagesmärsche denn?«

»Tagesmärsche?«, Elizabeth musste nun doch grinsen. »Sehr, sehr viele. Und selbst wenn man wollte, könnte man nicht zu Fuß dorthin gehen, denn zwischen den Kontinenten liegt ein Meer.«

»Ein Meer?« Marie schien zu Elizabeths Verwunderung nicht einmal zu wissen, was der Begriff Meer bedeutete.

»Ja, ein Meer. Viel Wasser, sehr viel Wasser.«

»Ist es schön dort, wo du wohnst – in U'ork?«

»New York. New York heißt die Stadt. Ja, es ist sehr schön da«, und mehr zu sich selbst murmelte sie leise, »wenn man gesund und reich ist auf jeden Fall.«

Marie war der letzte Teil des Satzes nicht entgangen. »Bist du denn reich, Liz?«

»Das geht dich einen Dreck an, Kleine«, schnauzte sie zurück und verfluchte Chris, weil er sich so unverschämt viel Zeit ließ.

»Wirst du immer so böse, wenn man dich was fragt?« Marie ließ sich offensichtlich weder beeindrucken, noch schien sie zu begreifen, dass sie verschwinden solle. Stattdessen stellte sie die vorige Frage noch einmal und zupfte Elizabeth, die ihr den Rücken zugewandt hatte und so tat, als halte sie nach Chris und dem Wagen Ausschau, an ihrer Bluse. »Bist du denn reich?«

Elizabeth fuhr herum und wollte der Kleinen in einem Anflug von Wut die Leviten lesen, doch dann brachte sie es nicht übers Herz: Marie stand nach wie vor unschuldig dreinschauend vor dem Center und hob sich in ihrer blauen Schuluniform wie ein Farbtupfer vom schmutzigen Braun-Grau der restlichen Umgebung ab. Irgendwie tat sie Elizabeth nun leid. »Ja, ziemlich reich«, sagte sie, und weil sie sich vergegenwärtigte, wo sie sich befand: »Reicher, als du es dir vorstellen kannst.« Aber was nützt mir das ganze Geld schon in meiner Situation?, ergänzte sie verbittert in Gedanken.

»Merkwürdig«, antwortete Marie.

»Was ist merkwürdig?«

»Du bist gar nicht dick.«

»Nein, ich bin nicht dick. Warum sollte ich dick sein?«

»Bei uns sind reiche Menschen dick, denn sie haben viel zu essen. Daran sehen alle anderen, dass sie reich sind«, erklärte Marie.

»Aha«, meinte Elizabeth. So hatte sie diese Tatsache noch nie betrachtet.

»Aber was machst du denn mit all deinem Geld, wenn du es nicht für Essen ausgibst?«, fragte Marie verwundert.

»Na, andere Dinge eben«, wimmelte Elizabeth sie wortkarg ab. Sie hatte genug von dem Gespräch; es wurde ihr zu blöde, sich mit einem offensichtlich frühreifen schwarzen Waisenkind zu unterhalten.

Marie blieb hartnäckig. »Was kann man mit so viel Geld tun, wenn man genügend gegessen hat? Und wenn man ein Kleid hat oder sogar zwei und ein Zimmer, in dem man schlafen kann? Und vielleicht sogar ein Bett, wie hier bei Onkel Chris!? Was kann man sonst noch kaufen?«

»Alles, was du nie haben wirst, Kleine«, fauchte Elizabeth erbost. »Verschwinde jetzt, ich will Ruhe.«

»Ist gut, entschuldige«, sagte Marie fröhlich. Sie schien nicht beleidigt zu sein, denn sie hüpfte davon, gut gelaunt ein Liedchen summend. Plötzlich hielt sie inne, drehte sich noch einmal um und trat flink ein paar Schritte auf Elizabeth zu. »Ach, bin ich dumm, jetzt weiß ich, was du mit deinem Geld machst; du kaufst deiner Familie Essen und Kleider.« Sie nickte wie zur Bestätigung ihrer Worte mit ihrem Lockenköpfchen.

»Blödsinn, ich habe keine Familie. Verschwinde jetzt, du Göre.«

»Schon gut, ich geh schon.« Marie setzte leise singend ihren Weg fort, dann drehte sie sich erneut um. »Wie lange darfst du denn noch leben?«, und als sie nicht sofort eine Antwort bekam: »Du bist doch auch zum Sterben hier, oder nicht?«

Doch bevor die völlig irritierte Elizabeth etwas entgegnen konnte, war sie auch schon um die Ecke verschwunden.

*

Sie waren wieder am Airport, genau an der Stelle, an der Elizabeth von Daniel begrüßt worden war. Mitten im Strom unzähliger Menschen, die geschäftig im Terminal hin und her eilten, standen sie sich gegenüber und nahmen das Treiben um sich herum kaum war. Sie hätten unterschiedlicher kaum sein können, Chris Campbell und Elizabeth O'Brien. Keiner der beiden wagte etwas zu sagen, keiner wollte den ersten Schritt machen und Adieu sagen, wenn auch aus gegensätzlichen Gründen.

Elizabeth wippte nervös von einem Fuß auf den anderen, als wollte sie zu einem Spurt ins Flugzeug ansetzen. All diese Eindrücke, Gefühle, dieses Elend, diese Menschen: Sie wollte weg, so schnell wie möglich. Bloß weg von diesem schrecklichen Ort. Schon im Flugzeug würde sie alles vergessen. Heim nach New York! Sie würde schon etwas finden. Sie wollte leben – jetzt, da sie das Antlitz des Todes in einer Art und Weise gesehen hatte, wie sie es sich nicht schlimmer hätte ausmalen können: dieses Abkratzen, dieses Verrecken. Es war stickig heiß im Terminal.

Ich will leben, ja, ich will leben! Ich bin reich, sehr reich sogar. Ich muss einen Weg finden, gesund zu werden. Vielleicht haben sich die Ärzte doch geirrt – eine Verwechslung der Pathologen. Passiert immer wieder mal, wie man hört, auch die Nachdiagnosen sind bestimmt alle falsch. Und wenn nicht, dann suche ich mir einen Heiler. Spirituelle Heiler – man liest immer wieder von ihren Erfolgen. Ich habe doch sogar mal jemanden kennengelernt, der mir erzählte, er kenne jemanden, den die Ärzte abgeschrieben hatten und den dieser Heiler – wie hieß der Typ noch? Keine Ahnung, werde ich schon herausfinden –, den also dieser Heiler behandelt habe; und der Mann sei gesund geworden, einfach so. Die Mediziner hätten nur Kuhaugen gemacht vor Staunen. Oder hey, eine Spontanheilung ist ja auch möglich – selbst Ärzte geben das manchmal zu. Selbst Silverstone hat das gesagt, oder?

»Liz, haaalloo, hörst du mich?«

Sie zuckte zusammen. »Ja, ja, sorry.«

»Ich nehme an, du findest den Weg zur Passkontrolle selbst.«

Er schaute ihr in die Augen und streckte ihr zum Abschied die Hand entgegen. Sie erwiderte seinen Gruß automatisch in einer gewohnt professionellen Manier. Er hielt ihre Hand einen Moment fest. »Ich wünsche dir alles Gute, Liz. Es ist mir zwar nach wie vor ein Rätsel, warum du diese lange Reise auf dich genommen hast, nur um dich bei mir zu entschuldigen, aber trotzdem danke. War schön, dich wiedergesehen zu haben«, dann hauchte er ihr einen flüchtigen Kuss auf ihre Wange.

Ein Anflug von Röte überzog ihr Gesicht – etwas, das ihr seit Jahren nicht mehr passiert war –, dann zog sie ihre Hand aus der seinen und erwiderte mit leicht belegter Stimme: »Ja, gewiss. Danke für alles. Auch ich wünsche dir alles Gute bei deiner Arbeit und bei allem – na, du weißt schon, eben bei dem, was du hier tust.« Als müsste sie etwas wiedergutmachen, sagte sie hastig: »Du bist ein edler Mensch, Christopher Campbell«, und ihr Lächeln war diesmal ehrlicher.

»Leicht gesagt, Elizabeth«, antwortete er schroffer, als sie erwartet hätte.

Sie wollte zuerst etwas erwidern, ließ es dann jedoch sein und hob ihr Gepäck vom Boden hoch. Sie war schon auf dem Weg zur Zollkontrolle, als sie eine kleine Wendung machte und ihm über ihre Schulter zurief: »Die Kleine mit der blauen Schuluniform?«

Chris, der ihr nachgeschaut hatte, als habe er geahnt, dass sie sich noch einmal umdrehen würde, hakte nach: »Marie?«

»Genau, die meine ich.«

»Was ist mit ihr?«

»Pass gut auf sie auf. Sie ist … etwas Besonderes.«

»Ich weiß«, Chris nickte. Und nach einem kurzen Zögern: »Ich werde sie wie meinen Augapfel zu hüten versuchen …«

»Dann ist es ja gut.«

»… bis sie stirbt.« Sein Blick irrte über den Fußboden der Halle, als zählte er die Steinplatten.

Bevor Elizabeth die zwangsläufige Frage stellen konnte, kam er ihr zuvor: »Bald. Sie hat noch zwei, drei Monate; ich kann es nicht genau sagen.« Dann wandte er sich seinerseits in Richtung Ausgang und strebte davon.

Er war schon einige Meter gegangen, da hörte er Elizabeth ganz nah hinter sich: »Chris, hat die Kleine etwa auch …?«

Er blieb stehen. Ein leichtes Zucken um seine Mundwinkel schien ihn zunächst am Sprechen zu hindern. »Ja, ich hatte so gehofft, dass sie nicht angesteckt worden wäre«, ein Räuspern, ein leichtes Tremolo in seiner Stimme, als er den Satz beendete, »von dem einen Mal.«

Sein Gesicht schien jetzt mit den zusammengekniffenen Augen wie versteinert. Er wirkte auf einmal sehr alt. Die Szene hatte etwa Surreales an sich. Sie waren im Korridor zu den Passkontrollen. Hunderte Menschen eilten an ihnen vorbei, schubsten, drängelten, schoben, während die beiden wie zwei Felsen in einem schwarzen Meer menschlicher Körper standen. Die anderen zogen in gleichgültigen Wogen an ihnen vorbei, nahmen keine Notiz von dem Entsetzlichen, das gerade gesagt worden war. Die Worte waren verhallt, die letzten Schwingungen fortgespült von den schwarzen Wellen.

Chris sprach weiter, als könnte er damit das Geschehene ungeschehen machen – ein Aufbäumen gegen die Grausamkeit der Gleichgültigkeit: »Marie hat ihre ganze Familie verloren. Alle sind an Aids und Hunger gestorben. Der einzige Mensch, den die Kleine noch hatte, war ihr eigener Vater. Sie wohnte bei ihm.« Chris schluckte, er versuchte sachlich zu bleiben, dennoch konnte er seine Wut nicht verbergen, als er fortfuhr: »Er hat sie vergewaltigt, Liz, vergewaltigt und angesteckt. Wie viele hier dachte er, er könne sich selbst heilen, wenn er eine Jungfrau nimmt.« Er stöhnte, und um seine Lippen machte sich ein weißer Zug bemerkbar. »So eine Scheiße ist das hier!« Resigniert erklärte er: »Die Krankheit ist bei Marie schon zu weit fortgeschritten. Ich kann ihr nicht helfen – niemand kann das.« Dann murmelte er: »So ist das eben hier, aber wen kümmert es schon? Das ist Afrika.« In seinen Augen lag eine zentnerschwere Traurigkeit, als er schulterzuckend sagte: »Ja, da kann man nichts machen. Pech gehabt, die Kleine, sie ist eben auf der falschen Seite des Lebens geboren.«

Elizabeth stand einfach da. Keine Regung verriet, was in ihr vorging. Sie stierte ins Leere, als wäre Chris gar nicht vorhanden.

Schnellen Schrittes eilte er aus dem Terminal, ohne sich noch einmal umzuschauen.

Grand Hotel, Afrika

Elizabeth hatte sich auf einem bequemen, burgunderroten Barsessel an der Hotelbar niedergelassen. Aus einem Grund, den sie nicht hätte benennen können, hatte sie sich spontan entschlossen, noch nicht zu fliegen und eine Nacht in der City zu verbringen. Sie schaute sich um. Ein Luxusschuppen, klassisch kolonialer Stil, nicht mein Geschmack, dachte sie. Dann drängten sich wieder die Bilder der Slums in ihre Erinnerung, der elende Ort, wo die Menschen krepierten – keine zwanzig Kilometer Luftlinie entfernt. Unter Aufbietung aller Willenskraft versuchte sie, den Gedanken zu verdrängen und ihn durch Tagträumereien zu ersetzen. Sie nahm einen großen Schluck Whisky und schloss die Augen. Morgen früh würde sie den ersten Direktflug zurück nach New York nehmen. Inzwischen hatte sie zweieinhalb Gläser Whisky intus, und ihr wurde langsam schwindelig. Sie hatte früher nie viel getrunken, sodass ihr der Alkohol schnell zu Kopf stieg. Das dämpfende Gefühl tat ihr jedoch gut. Alles um sie herum schien leichter zu ertragen. Die Geräusche verschmolzen zu einer einzigen sinnlosen Kulisse.

Klaviermusik schwebte gedämpft an sie heran, etliche Akkorde und Töne der Melodie schienen sich gar auf dem Weg zu ihr zu verlieren; die ohnehin dezenten Gespräche der anderen Gäste in der Bar murmelten wie von fern an ihre Ohren. Ihr ganzes Leben war auf einmal gedämpft, selbst der nahende Tod schien ihr nicht mehr so schrecklich, sondern gedämpft. Eigentlich war alles gar nicht so schlimm.

Auf der gegenüberliegenden Seite des riesigen Foyers traf nun eine Masse von Menschen ein, die sich vor dem Grand Ballroom versammelten und sich in kleinen Gruppen unterhielten. Als Elizabeth sie genauer ins Visier nahm, konnte sie erkennen, dass es meist junge Menschen waren, und alle waren schick angezogen. Es musste sich um eine Weihnachtsfeier handeln.

Aus den offenen Türen des Grand Ballrooms drang nun Musik, allzu laut und sehr modern. Die meisten begannen in den Ballroom zu strömen, aber einige blieben im Foyer, tranken aus schmalen Cocktailgläsern, lachten, flirteten und scherzten.

Elizabeth ertappte sich dabei, dass sie wohl minutenlang zu den jungen Menschen gestarrt hatte, während die ganze Zeit dieselben Gedanken in ihrem Kopf kreisten: Alle noch so jung, so lebendig, voller Leben – das Privileg der Jugend. Warum muss ich sterben und die dort nicht? Sie werden leben, lachen, essen, trinken, verzweifeln, hoffen und lieben. Und ich werde sterben.

Unbändiger Hass ballte sich in ihr zusammen.

Vielleicht war sie mit diesem Hass nicht einmal alleine. Vielleicht empfanden ihn ja auch viele alte oder andere junge, aber todkranke Menschen beim Anblick der Jugend. Einen abgrundtiefen Hass. Mit dem eigenen Ende konfrontiert, schien ihr die Jugend der anderen bloß noch hassenswert.

Sie wischte sich die Tränen und die tropfende Nase mit dem Ärmel ihrer Armani-Bluse ab und trank einen weiteren Schluck Whisky aus dem halbvollen Glas. Als junge Studentin, so fiel ihr ein, hatte sie die Geschichte von einem Mann gelesen, der nicht sterben konnte. Sie versuchte, sich an den Titel des Buches oder an den Autor zu erinnern, aber weder das eine noch das andere wollte ihr gelingen. Die wesentlichen Züge der Story hatte sie jedoch nicht vergessen. Sie begann im Mittelalter – zwölftes oder dreizehntes Jahrhundert – in Italien … oder Frankreich? Egal. Der Protagonist, irgendein Graf oder Lord oder dergleichen, nahm einen Zaubertrank zu sich, den er von einem alten Kerl bekommen hatte.

Warum eigentlich? Elizabeth konnte sich nicht mehr erinnern. Jedenfalls trank der Mann das Zeug trotz der Warnung des Alten, dass der Trank ihn unsterblich machen würde – auf immer und ewig. Der Lord glaubte dem Alten nur halbwegs, aber er verspürte dieselbe Gier wie alle Menschen: die Gier auf ewiges Leben und ewige Jugend.

Die Geschichte nahm ihren Lauf. Der Lord oder Baron oder was auch immer war also nun unsterblich. Die Geschichte begleitet diesen Unsterblichen nun durch mehrere Jahrhunderte, in denen er Kriege gewinnt und verliert, sich verliebt und Kinder zeugt. Er sieht aber alle Anstrengungen seinerseits immer wieder in seinen unsterblichen Augen. Im Verlauf der Jahrhunderte erlebt er im Grunde immer wieder das Gleiche. Alles entsteht und vergeht wieder. Nur er sieht ständig dieselben Zyklen, weil er ja unsterblich ist: Aufstieg und Fall von Ländern und Reichen; seine Geliebten und Frauen, die alt werden und sterben, seine Kinder, die ihn selbst nicht altern sehen, jedoch selbst von Alter und Tod dahingerafft werden. Nur er selbst altert nicht. Er selbst kann nicht sterben.

Nach mehreren hundert Jahren ist er des Lebens müde. Er ist es leid, immer und immer wieder das Gleiche zu sehen; unzählige Male zu erleben, wie alle Menschen, die er liebt, alt und gebrechlich werden und sterben; immer wieder zu essen, zu lieben, zu kämpfen, jahrelang stets dasselbe zu tun. Er will endlich sterben, doch er ist und bleibt unsterblich. Keine Verletzung kann ihm etwas anhaben, jeder Versuch, sich selbst umzubringen, scheitert.

Elizabeth bestellte das nächste Glas Whisky und ignorierte den Blick der Kellnerin, die ihr jedoch anstandslos das Gewünschte brachte. Sie sinnierte über die Geschichte. Der Held des Buches – auch an seinen Namen konnte sie sich nicht erinnern – war auf jeden Fall am Ende verzweifelt und zutiefst unglücklich. Er war terrorisiert ob des Wissens und der Tatsache, dass er schon Hunderte Jahre alt war, jedoch trotz seines innigen Wunsches, zu sterben, eben nicht sterben konnte. Zum Schluss gelangte er zu der Einsicht, dass es einen Grund geben musste – ob einen göttlichen Grund oder nicht, wurde aus der Geschichte nicht recht klar –, dass alle Menschen sterben müssen.

Wie wäre es wohl, tatsächlich ewig zu leben?, überlegte Elizabeth. Zu leben bis ans Ende aller Dinge, bis die Sonne erloschen wäre, bis alle Sterne im Universum nach Abertrilliarden von Jahren ausgebrannt wären und bis das Letzte aller Materieteilchen verschwunden wäre? Und am Schluss wäre bloß noch ewige Dunkelheit in einem absolut leeren, kalten Raum. Und nun wäre nur noch sie da, kein anderes menschliches Wesen. Bloß noch sie, Elizabeth O'Brien, in einem leeren, kalten, schwarzen Raum – nein, nicht in einem Raum, sondern in einem Nichts. Sie selbst, mit sich selbst – auf alle Ewigkeit.

Sie nahm einen großen Schluck aus dem Glas.

Was für ein grässlicher Gedanke! Noch schlimmer als der Tod!

*

Der Alkohol war Elizabeth zu Kopf gestiegen. Allerdings hatte sie sich noch so weit unter Kontrolle, dass sie sich bemühte, sich das Schwindelgefühl und ihren umnebelten Zustand nicht anmerken zu lassen. Ihr war übel, trotzdem süffelte sie weiter. Ihr Blick fiel wieder auf die Ansammlung der jungen Partygäste: Sie waren nur ein paar Meter von ihr entfernt und doch Lichtjahre weit weg – fast genauso wie der Slum und Chris, nur in einer anderen Richtung. Ein paar Kilometer Luftlinie von hier war die Hölle.

Sie hegte auf einmal den dunklen Wunsch, dass all die lachenden, feiernden Hotelbesucher sterben müssten. Jetzt, genau in diesem Moment. Alle dort drüben und um sie herum sollten sterben, noch vor ihr – oder zumindest mit ihr. Alle. Ihr zum Trost, weil sie selbst auch sterben musste. Hatten nicht die Pharaonen im alten Ägypten ein ähnliches Ritual?

Ihr war inzwischen zum Speien übel. Beinahe verlor sie die Orientierung, denn der Sessel schwankte, sodass sie Halt an den Armlehnen suchte. Ihr trüber Blick schweifte durch die Bar. Wo zum Teufel war die Kellnerin?

Elizabeths Innereien rebellierten. Ob sie wohl im Hotel schnell genug einen Arzt organisieren konnten, falls sie zusammenklappte? Oh Himmel, war ihr schlecht!

Da, an der Bar, war das nicht …? Ach Quatsch, wieso sollte sich der ausgerechnet hier herumtreiben? Sie überlegte, ob sie aufstehen sollte. Mist, ich bin besoffen, habe schon wieder Halluzinationen. Ha, was für ein Schicksal, Elizabeth O'Brien, dachte sie, an Krebs zu sterben und erst noch verrückt zu werden.

Scheiße, ich muss jetzt zahlen und schlafen gehen. Vielleicht ist morgen alles besser. Vielleicht ist alles ein Traum. Morgen bin ich dann wieder in Ordnung. Alles nur der Alkohol.

»He, Sie da«, nur mit größter Konzentration gelang es ihr, ihre Aussprache einigermaßen zu kontrollieren, »ich will tsssahlen«, schnauzte sie die Kellnerin an.

Die Kellnerin, eine junge schwarze Beauty, war es gewohnt, mit reichen, arroganten weißen Gästen umzugehen, und tat so, als habe sie den rüden Ton, den Elizabeth angeschlagen hatte, nicht bemerkt. »Ihre Rechnung wurde schon beglichen, Madam«, erwiderte sie charmant.

»Be---glichen? Vonwemdenn, hä?«

»Von diesem Herrn an der Bar.« Ohne sich umzudrehen, deutete die Kellnerin diskret auf einen Punkt hinter ihr.

Elizabeth neigte den Kopf zur Seite, so unauffällig es ihr in ihrem Zustand möglich war, und schaute in Richtung der betreffenden Stelle. Sie zwinkerte, blinzelte, presste die Lider zusammen und öffnete sie wieder.

»Was soll der Scheiß, Kindchen?« Schwankend erhob sie sich und schaute die Kellnerin böse funkelnd an. »Da ist kein Mann.«

Die Kellnerin schwenkte herum, um sich selbst zu versichern.

Tatsächlich, die betrunkene Lady hatte recht. »Pardon, Madam, aber dort saß vor wenigen Minuten noch ein Herr.« Und frostiger als zuvor erklärte sie nochmals: »Er hat Ihre Rechnung schon beglichen.« Dann kehrte sie Elizabeth, ohne ein weiteres Wort zu verlieren, den Rücken zu und bediente einen anderen Gast.

Die spontane Idee, der Hotelangestellten nachzugehen, um zu fragen, wie der Mann ausgesehen habe, verwarf Elizabeth nach den ersten, völlig unsicheren Schritten. Ein Gang auf einem schwankenden Schiff bei Windstärke 10 wäre dagegen ein Klacks gewesen. Mit Mühe und Not schaffte sie es vor ihre Zimmertür, angelte umständlich den Schlüssel aus ihrer Handtasche, der zunächst absolut nicht ins Schloss passen wollte, und ließ sich schließlich mittels eines beinahe schnurgeraden Sturzflugs in den nächstbesten Sessel fallen. Ihr Gehirn lieferte plötzlich wieder Bilder von Marie und von all dem Entsetzlichen, was sie gesehen hatte.

Mein Gott, die Kleine ist noch so jung! Wohin soll ich schon? Niemand wartet auf mich. Ich bleibe hier, ja genau, ich bleibe hier.

Marie stand vor ihr, in ihrem blauen Kleidchen, in einer Welt aus Hunger, Dreck und Gewalt. Und sie lächelte. Dieses Lächeln, der einzige Reichtum, den sie hatte, dieses Lächeln war wohl ihr Geheimnis: Es strahlte grenzenlose Zuversicht aus, die von ganz tief im Inneren zu kommen schien.

Elizabeth ächzte sich aus dem Sessel hoch, warf sich bäuchlings, in voller Bekleidung aufs Bett und begann aus tiefster Seele zu schluchzen. Nach all den Jahren als eine knallharte Frau, in denen sie die Erinnerung an ihre Kindheit getilgt hatte, war sie jetzt plötzlich wieder das kleine Mädchen, das auf furchtbare Weise an Leib und Seele verletzt worden war.

*

Der Taxifahrer glaubte zuerst, sich verhört zu haben, als Elizabeth ihm das Fahrtziel mitteilte. Nachdem er sich versichert hatte, dass mit seinen Ohren alles in Ordnung war, weigerte er sich kategorisch, ihrer Anweisung zu folgen.

»In die Slums? Oh no, dorthin fährt niemand«, winkte er ab und murmelte: »Schon gar nicht mit einer vornehm gekleideten weißen Frau auf dem Rücksitz.«

Erst als sie ihm eine vergleichsweise unerhörte Summe Geld bot, für die er ansonsten zwei Wochen lang chauffieren musste, akzeptierte er.

Geld, wie immer; Geldgier bewirkt alles, dachte Elizabeth.

Ein fahler Silberstreifen am Horizont kündigte den neuen Tag an. Weil es nicht regnete und noch fast dunkel war, brachte sie der Fahrer trotz unzähliger Schlaglöcher mitten durch den Slum bis vor das große Eisentor des Centers. Niemand war zu sehen.

Elizabeth klopfte vorsichtig an das Tor. Eine Weile war es still, dann hörte sie, wie jemand den Riegel zurückschob. Der Nachtwächter, der sich sofort an sie erinnerte, ließ sie lächelnd eintreten.

Mister Chris sei schon vor einer Stunde ins andere Center gefahren, wie jeden Morgen. Sie könne aber gerne auf ihn warten; er werde in ungefähr einer Stunde wohl zurück sein.

Als Elizabeth auf ihre Armbanduhr schaute, registrierte sie erst, dass das Zifferblatt immer noch New Yorker Zeit anzeigte. Hier, in Afrika, war es noch nicht mal sechs Uhr. Sie ließ sich auf einem der Plastiksessel nieder, auf denen bald die unzähligen Patienten Platz nehmen würden. Die Sonne heizte bereits unaufhaltsam den Morgen auf. Endlich hörte sie einen Wagen vor dem Tor. Sie stand auf.

Aber es war nicht Chris. Ein älterer Mann schritt durch das Tor. Sein Anzug hatte sicherlich schon bessere Tage gesehen, aber dafür, dass sie mitten in einem afrikanischen Slum waren, sah der Herr distinguiert gekleidet aus.

Sicher so ein korrupter Regierungsbeamter, dachte Elizabeth und entschied, den Fremden einfach zu ignorieren.

Schnurstracks schritt jedoch der Mann auf sie zu: »Ist Doktor Campbell zu sprechen, Madam?«, fragte er höflich.

»Keine Ahnung, ich arbeite nicht hier«, erwiderte sie barsch.

»Dann werde ich auf ihn warten«, antwortete der Mann nach wie vor freundlich.

»Keine Ahnung, wann Mister Campbell wiederkommt«, meinte sie erneut ungnädig. Die Anwesenheit des Mannes störte sie. Sie hatte gehofft, mit Chris bei seiner Rückkehr alleine zu sein.

»Das ist kein Problem, Madam, ich warte gerne auf ihn.«

Elizabeth musterte den Mann genauer. Er war groß, wohl noch ein paar Zentimeter größer als sie selbst, hatte kurzes, dicht gelocktes graues Haar und einen akkurat geschnittenen, gepflegten Bart. Seine atypisch schmale Nase verlieh ihm ein nahezu aristokratisches, würdiges Aussehen. Der Mann erinnerte Elizabeth entfernt an den Generalsekretär der UN, den sie einmal persönlich getroffen hatte, denn auch die Stimme des Mannes hatte diesen eigenartig gelassenen, tiefen, sanften und dennoch bestimmten Ton.

»Wer sind Sie überhaupt?«, fragte sie ihn und schien vollends jegliche Manieren abgelegt zu haben.

»George N'Ukebe, Madam, man kennt mich aber wohl besser unter dem Namen ›King George‹.« In seinem Lächeln lag ein melancholischer Zug, als er weitersprach: »Doktor Campbell hat mich gebeten zu kommen – wegen meines Enkels Lukas.«

Elizabeth glaubte, sich verhört zu haben, denn Chris hatte ihr aufgebracht erzählt, dass Lukas' Großvater einst ein für die hiesigen Verhältnisse wohlhabender Geschäftsmann gewesen sei; Genaueres wisse er nicht, aber über einen Mann, der nicht mal seinen sterbenskranken Enkel besuche – über so einen wolle er auch gar nicht mehr wissen.

»Sie sind Lukas' Großvater?«, fragte Elizabeth mit großen Augen.

»Ja, Sie scheinen meinen Enkel zu kennen?« Solch eine Begegnung hatte King George offenbar nicht erwartet. »Wer sind Sie denn, Madam, wenn es gestattet ist zu fragen?«

Seine gewählte Art, zu formulieren und zu sprechen, schien so gar nicht an diesen Ort zu passen und verwirrte Elizabeth. Obwohl sie eigentlich gar nicht wollte, antwortete sie automatisch: »O'Brien, Elizabeth O'Brien.« Fast hätte sie dem Mann noch die Hand gereicht, zog sie aber mit einer ruckartigen Bewegung zurück und verschränkte demonstrativ die Arme vor der Brust. Dann fragte sie in eisigem Tonfall: »Wo waren Sie denn vorgestern, als Ihr Enkel hier starb, Mister Newkewe?«

Seine Hand, mit der er sie hatte begrüßen wollen, war immer noch ausgestreckt. Jetzt zog er sie langsam zurück. »Mein Name ist N'Ukebe, Madam, aber meine Freunde – die wenigen, die mir noch geblieben sind – nennen mich King George oder einfach George«, sagte er mit bewundernswerter Ruhe.

»Ich bin aber nicht Ihr Freund, Mister, und werde es wohl kaum werden«, antwortete Elizabeth giftig.

»Madam O'Brien, Sie kennen mich nicht. Bitte hören Sie mir nur eine kurze Weile zu – und dann urteilen Sie über mich.«

Elizabeth fühlte sich hin- und hergezogen zwischen Widerstreben und Neugier. Sie schwieg, und George N'Ukebe nahm es als Zeichen, seine Geschichte zu erzählen: Vor langer Zeit sei er ein sehr bekannter Schreinermeister mit eigenem kleinem Betrieb gewesen und habe viele noble Kunden gehabt – weiße Kunden, wie er nicht ohne Stolz betonte. Er habe mit seiner Frau und seinen Kindern in der Nähe der großen Stadt gelebt. Alle seien glücklich gewesen, auch die beiden Zwillinge, die Enkel, die ihm schließlich geschenkt wurden. Bis sich alles änderte. Bis die »böse Krankheit« über sie hereinbrach, wie man sie am Anfang noch bezeichnete und wie er sie noch immer nenne, weil das Wort Aids so harmlos klinge. Alle seine Angehörigen seien krank geworden.

Als seine weißen Kunden erfuhren, dass seine Familie an der »bösen Krankheit« litt, und es nicht mehr geheim zu halten war, weil sein ältester Sohn als Erster starb, da durften er und seine Familie nicht mehr in der Wohngegend bei den Siedlungen der Weißen bleiben. Sie wurden vertrieben, immer weiter weg, bis sie am Schluss in die Slums ziehen mussten.

Er hatte kein Auskommen mehr, denn die Schreinerei hatte man ihm weggenommen. Und selbst als er mit einfachsten Mitteln versuchte, Tische und Stühle herzustellen, kaufte sie niemand, denn im Elendsviertel konnte sich niemand die Möbel von George N'Ukebe leisten. Die meisten Menschen hatten nicht einmal genug zu essen oder ein Dach über dem Kopf.

Selbst in den Slums begann man sie zu meiden. Die Menschen hatten eine panische Angst, sich anzustecken.

Man glaubte, dass sich die »böse Krankheit« durch die Luft verbreitete. Niemand half ihnen. Die Menschen hatten sogar Angst, mit ihnen zu sprechen, denn sie waren überzeugt, dass böse Geister und Dämonen die Krankheit hervorriefen und dass man alle Infizierten meiden müsse. Manchmal warf man auch Steine nach ihnen, um sie auf Abstand zu halten. Also zogen sie immer tiefer in die Slums, dorthin, wo es nichts außer Müll, Dreck und Ratten gab. Wenige Jahre nur habe das Virus gebraucht, um seine Familie wegzuraffen: seine Frau, seine drei Söhne, seine Tochter, ihren Mann und einen der Enkel. Alle starben – bis auf Lukas.

King George hatte die Tragödie in einer fast stoischen Art und Weise erzählt, die Elizabeth erschaudern ließ. Dann fuhr er fort: »In unseren Gesellschaften bist du nichts wert ohne Ehefrau und ohne Geld. Niemand hört auf dich, du bist einfach nichts ohne eine Familie. Die größte Scham ist es, wenn du es nicht schaffst, dich um deine Familie zu kümmern.« Er sah Elizabeth mit traurigen Augen an. »Und ich habe es nicht geschafft, meine Familie zu retten – die größte Schande überhaupt. Als Ältester und Einziger habe ich überlebt, und Gott ist mein Zeuge, Madam O'Brien: Jedes Mal, wenn jemand aus meiner Familie krank wurde, habe ich den Herrgott angefleht, er möge mich anstelle meines Angehörigen nehmen und meine Familie am Leben lassen. Es hat nichts genutzt. Gott hat geschwiegen.«

Als er weitersprach, untermalte ein bitterer Ton seine Worte: »Sehen Sie, Madam O'Brien, ich weiß, es ist in Ihren Augen unverzeihlich, dass ich nicht an Lukas'

Seite war in seinen letzten Stunden, doch ich hatte nicht mehr die Kraft, meinen letzten Verwandten, den allerletzten Teil meiner selbst, sterben zu sehen. Gott möge mir vergeben, aber ich hatte einfach nicht mehr die Kraft dazu.« Mit zitternden Händen nahm er ein Taschentuch aus seiner Westentasche, trocknete sich die Augen und steckte das Tuch zurück an seinen Platz. Dann berührte er Elizabeths Arm und sagte: »Niemand auf dieser Welt sollte alleine und ungeliebt sterben müssen – deshalb danke ich Ihnen und Doktor Campbell, dass sie bei Lukas waren und ihm ein klein wenig Liebe und Trost am Ende seines Weges gaben.«

Elizabeth war unfähig, sich zu bewegen oder irgendetwas zu sagen.

»Ich muss jetzt gehen, Madam O'Brien. Bitte danken Sie Doktor Campbell in meinem Namen«, dann drehte sich King George um und schritt auf das große Eisentor zu.

»Mister N'Ukebe!« Elizabeth war aus ihrer Erstarrung erwacht und ihm nachgelaufen. Jetzt streckte sie ihm ihre Hand entgegen. »Ich möchte Sie um Verzeihung bitten – und ich wäre sehr stolz, Sie ›George‹ nennen zu dürfen.« Sie lächelte ihn ungekünstelt an.

Dankbar schüttelte er ihre Hand. Dann ging er erhobenen Hauptes den Sandweg entlang, bis er irgendwann zwischen den Hütten aus Elizabeths Blickfeld verschwand.

Im Hof wartete Daniel. Er schien sich nicht über ihre Rückkehr zu wundern, fragte lediglich, ob sie durstig sei.

Als er sich auf ihr Nicken hin auf den Weg machte, um ein Glas Wasser zu holen, bemerkte Elizabeth, dass er stärker humpelte als bei ihrer ersten Ankunft und dass er das rechte Bein schleifend hinter sich herzog. Sie rief ihm nach, er solle sein Bein von Chris untersuchen lassen. Lachend antwortete er: »Machen Sie sich keine Sorgen, Mam. Wird schon werden.«

Sie mochte den Jungen immer mehr. Er war so sympathisch, so jung und so voller Leben.

*

Elizabeth saß unter dem großen Baum im Hof, als Chris endlich auftauchte. King George war längst gegangen, und außer dem Zirpen der Grillen war es ruhig im Center. Daniel hatte sich auf sein Zimmer verzogen. Sie war so tief in ihre Gedanken versunken, dass sie Chris erst bemerkte, als er schon vor ihr stand.

»Was machst du denn noch hier? Ich dachte, du seist abgeflogen?« Seine Stimme klang nicht so erstaunt, wie sie erwartet hätte.

Sie zögerte einen Moment, dann fasste sie sich ein Herz und fragte: »Kann ich hierbleiben? Ich meine, eine Weile?«

»Du? Was ist denn in dich gefahren? Ich dachte, das sei nicht deine Welt, Elizabeth O'Brien.«

»Du hast doch selbst gesagt: Wessen Welt ist das schon?«

»Ja, das hab ich gesagt. Es sollte niemandes Welt sein hier«, er machte mit seinem Arm eine kreisende Bewegung, um seine Worte zu unterstreichen. »Aber du, Elizabeth … Es sind doch Menschen aus deinem Milieu, die sich einen Dreck drum kümmern, was hier passiert«, er stieß die Worte mit hörbarem Ärger aus und hob seine Hand, um anzudeuten, dass sie schweigen solle. »Du hast es doch mit deinen eigenen Augen gesehen, wie der Kleine krepiert ist, Liz, oder nicht?« Er wollte gar keine Antwort haben und steigerte sich immer mehr in seinen Zorn hinein. »Findest du das in Ordnung, frage ich dich? Findest du es in Ordnung, dass Kinder wie Lukas nicht den Hauch einer Chance auf ein würdiges Leben haben? Und warum scheren sich Menschen wie du, die die Möglichkeiten hätten, etwas dagegen zu tun, einen Scheißdreck um die Menschen hier und anderswo?«

Elizabeth hatte den Kopf schweigend gesenkt, nun stand sie auf, machte einen Schritt auf ihn zu und stammelte: »Aber ich …, ich wollte doch …«

»Was wolltest du? Wolltest du mal ein Abenteuer erleben und schauen, wie es so ist? Wolltest du dich mal weiterbilden? Sag mir nicht, du wolltest mal sehen, wie es ist, wenn ein Kind elendiglich stirbt!« Er hatte sie mit beiden Händen an den Oberarmen gepackt und zog sie ganz nah an sich heran. Als er weitersprach, tat er es auf einmal leise, eindringlich und eiskalt: »Der Kleine hätte eine Chance verdient gehabt, wie alle Menschen hier. Aber sie haben keine, Elizabeth, denn ihr gebt ihnen keine Chance!« Dann ließ er sie los und trat einen Schritt zurück. Verbittert und müde fuhr er fort: »Aber das interessiert dich ohnehin nicht. Geh zurück in deine Welt, Elizabeth O'Brien, und ignoriere auch für den Rest deines Lebens, was …«

»Ich werde sterben, Chris«, unterbrach sie ihn.

»Eines Tages müssen wir alle sterben.« Er winkte mit der Hand ab und schien den Satz völlig falsch verstanden zu haben.

»Pankreaskrebs, Phase vier«, erläuterte sie bündig. »Dir als Arzt brauche ich ja nicht zu erklären, was das heißt.«

Sie konnte ihm jetzt seine Betroffenheit ansehen. Als er zum Sprechen ansetzte, legte sie ihre Hand sanft auf seine Lippen. »Bitte, Chris.« Ihre Augen füllten sich gegen ihren Willen mit Tränen und verrieten ihre Gefühle. »Ich habe sonst niemanden. Bitte, Chris! Ich möchte nicht alleine sterben.«

Er schwieg. Endlose Sekunden standen sie mitten im Hof und schauten einander in die Augen. Wäre die Umgebung illustrer gewesen, hätte man annehmen können, ein Liebespaar habe sich just in diesem Moment geküsst und schaue sich nun verliebt in die Augen.

Chris war innerlich verunsichert. Das ist nicht fair, dachte er. Soll ich es ihr …? Dann rang er sich zu einer Antwort durch: »Okay, bleib, wenn du willst. Nein, bedanke dich nicht.« Dann wandte er sich zum Gehen und sagte mit einem merkwürdigen Klang in der Stimme: »Ich zeige dir später, wo du dich einrichten kannst. Beschäftige dich in der Zwischenzeit selbst, ja?«

»Chris?«

»Was?«

»Danke.«

»Ich habe doch gesagt, du sollst dich nicht bei mir bedanken«, brummte er im Gehen. »Wenn du wüsstest …«, die letzten Worte waren so leise, dass Elizabeth sie nicht mehr verstand.

Sie setzte sich unter die Veranda und wartete. Die Wärme der Morgensonne jagte Dampfschwaden der nächtlichen Feuchtigkeit in die Luft und erinnerte Elizabeth an den Morgennebel um diese Jahreszeit in New York. Allerdings war die Assoziation hier eher fehl am Platz. Sie nahm die Umgebung nun bei vollem Tageslicht wahr, erhob sich und schlenderte durch das Gelände.

Das Center war aus Steinen gebaut. Die flachen Gebäude waren u-förmig um den Innenhof angeordnet. Elizabeth blieb stehen und schaute auf das kleine, verwitterte Schild an der Wand, das offenbar vor langer Zeit dorthin gehängt worden war. Dennoch war der Satz, der in roter Farbe darauf stand, noch deutlich zu lesen:

Wer ein einziges Menschenleben rettet,
rettet die ganze Menschheit.

Auf einmal waren die Übelkeit und der dumpfe Schmerz wieder da. Sie lehnte sich an einen großen Baum, um nicht umzufallen, und versuchte, ruhig zu atmen und die Angst zurückzudrängen. Trotz der Hitze fühlte sie den kalten Schweiß auf ihrer Stirn.

Nach ein paar Minuten hatte sie sich wieder im Griff.

Ihr Atem wurde regelmäßiger, sie wischte sich den Schweiß von der Stirn und ließ ihren Blick erneut über den Innenhof schweifen.

Eine Insel – ja, dieser Vergleich schien ihr passend. Chris hat eine Insel aufgebaut, und draußen tobt ein Meer des Elends.

Die Stimme schreckte Elizabeth aus ihren Gedanken hoch, und sie war fürs Erste ausgesprochen dankbar dafür. Doch einen Atemzug später glaubte sie, sich verhört zu haben, und fragte ungläubig:

»Was hast du gesagt? Sorry, ich war ganz in Gedanken.«

Die Kleine stand wieder direkt hinter ihr, hatte sie am T-Shirt gezupft und wiederholte ihre Frage.

»Hast du Angst vor dem Tod?« Die Frage klang unbekümmert.

»Was soll das, Kleine?« Elizabeths Antwort fiel wütender als gewollt aus. »Jeder hat Angst vor dem Sterben«, sie beugte sich zu Marie hinunter. »Du etwa nicht?«

»Nein.«

Die Kleine ist doch nicht so hell, wie ich dachte, überlegte Elizabeth. Sie hat ja keine Ahnung, wovon sie redet. Aber irgendetwas ist an ihr.

»So, so, du hast also keine Angst. Und warum nicht, wenn man fragen darf?«

»Weil ...«, Marie suchte offenbar nach den richtigen Worten. »Hast du Angst vor dem Schlafengehen, Liz?«

»Ach, das ist doch nicht dasselbe«, antwortete Elizabeth barsch, aber Marie insistierte weiter.

»Warum hast du Angst vor dem Tod, Liz?«

»Weil ich dann nicht mehr bin. Nicht mehr sein werde. Nicht mehr atme, esse, denke, mich bewege und so weiter.«

»Aber du isst und denkst doch auch nicht, wenn du schläfst.«

»Ich weiß aber, dass ich wieder aufwachen werde.«

»Warum weißt du das?«

»Weil ich bis jetzt immer aufgewacht bin.«

»Na, ist doch klar, wenn du nicht aufgewacht wärst, würdest du jetzt nicht hier sitzen.« Marie grinste.

»Ach komm, lass mich in Ruhe! Der Tod ist eben endgültig, da wacht man nicht mehr auf.«

»Das kannst du doch gar nicht wissen – oder warst du schon mal tot?« Das Mädchen schaute sie ernsthaft an, und Elizabeth sah ihrer Miene an, dass sie die Frage wirklich ernst meinte.

»Nein, das nicht, aber … Quatsch, natürlich war ich noch nie tot, oder?«

Marie ließ ihr keine Zeit zum Überlegen. »Was also soll denn schon so schlimm sein am Tod, Liz?«

»Na eben … Mein Gott, dass man eben nicht mehr ist.«

Marie kicherte.

»Was gibt's da zu lachen?«, fragte Elizabeth ungehalten.

»Du hast ›mein Gott‹ gesagt, aber du glaubst gar nicht an ihn.« Sie kicherte weiter und fand das offensichtlich sehr lustig.

»Ach, Kleine, ich wünschte, ich wäre wie du«, flüsterte Elizabeth, doch Maries Ohren entging es nicht.

Marie schaute nun ernst drein. »Wie bin ich denn?«

»Na, so …, wie soll ich dies nun wieder sagen, … so naiv, nein, nicht naiv.«

»Naaif? Was heißt das?«

»Zum Beispiel, wenn man Dinge glaubt, die nicht wahr sind.«

»Ah, wenn man an Gott glaubt, meinst du?«

»Hmm, so in etwa. Ich weiß nicht, ob man unbedingt Gott als Beispiel nehmen sollte.«

»Aber dann sind ja ganz, ganz viele Menschen naaif.«

»Vielleicht mehr, als es gut wäre.«

Marie zog eine kleine Schnute und schien zu überlegen. »Hey, Liz, lass uns ein Spiel spielen«, schlug sie vor.

»Oh, mein Go… Ich meine, meine Güte, nein, ich habe echt keine Lust auf Spiele.«

»Och, komm, Liz, sein kein Spielverderber. Es dauert auch nicht lange – versprochen!« Marie schaute sie mit ihren großen Kulleraugen an, wie ein kleiner Hund, wie ein niedlicher Welpe mir großen, bettelnden Augen, sodass Elizabeth nicht widerstehen konnte.

»Also gut, aber nur ganz kurz.«

»Oh ja, prima!«

»Also, wie geht das Spiel?«

»Also, das Spiel heißt: Es gibt keinen Gott.«

»Was soll denn das für ein Spiel sein?« Elizabeth hatte ihre Stirn in Falten gelegt, aber um die Sache abzukürzen, drängte sie: »Na gut, Marie: Es gibt also keinen Gott. Und was nun?«

»Jetzt sind wir tot.«

»Was?«

»Ja, jetzt sind wir tot.«

»Und?«

»Fühlst du was?«, fragte Marie treuherzig.

»Blödes Spiel«, zischte Elizabeth.

»Liz, du musst dich schon etwas anstrengen bei dem Spiel«, rügte Marie sie gutmütig. »Also, fühlst du was?«

»Schei…«, sie biss sich auf die Lippen, »was soll ich denn fühlen?«

»Na, nichts!« Die Kleine grinste über das ganze Gesicht.

»Nichts?«

»Ja, wie im tiefen Schlaf. Eben nichts. Keine Angst, keine Schmerzen, keinen Hunger, keinen Durst – nichts, überhaupt nichts!« Marie lächelte sie unschuldig an. Dann verkündete sie: »Ich geh jetzt spielen.« Auf zwei Riesenschritte folgten vier kleine Tapser, bei denen sie jeweils die Ferse des einen Fußes vor die Spitze des anderen setzte. Nach ein paar Hopsern blieb sie stehen. Sie schien etwas vergessen zu haben. »Liz?«, sagte sie.

»Ja?«

»Und nun stell dir vor: *Es gibt Gott*!« Dann setzte sie ihren Weg fort. Bevor sie vollends um die Ecke verschwand, hielt sie noch einmal inne und rief: »Dann kann doch *alles* nur noch besser sein, hi, hi!«

*

»Ich möchte dir jemanden vorstellen. Hast du Lust, ihn kennenzulernen?«

»Wen denn?«

»Du wirst schon sehen.« Ein Lächeln huschte über Chris' Gesicht – es erinnerte Elizabeth an den jungen Arzt, der er einst gewesen war –, doch sogleich wurden seine Züge wieder hart.

Sie gingen über den großen Platz, in dessen Mitte eine mächtige Eiche wuchs. Um diese Zeit war nicht mehr viel los. Die meisten ambulanten Patienten waren gegangen, und die Kinder hielten ihren Mittagsschlaf. Auch heute herrschte wieder eine brütende Hitze, die Luft war drückend schwül und lastete bleischwer auf den Wellblechdächern der Hütten.

Der Mann saß im Schatten der Veranda.

»John, dürfen wir Sie stören?« Chris deutete auf Elizabeth.

»Ich möchte Ihnen Elizabeth O'Brien vorstellen, eine gute Freundin aus Amerika, die hier für eine Weile zu Besuch ist.«

»Misses O'Brien. Es ist mir eine große Ehre. Niemals hätte ich mir träumen lassen, dass ich Sie persönlich kennenlernen würde.« Der Mann erhob sich langsam aus seinem Sessel und kam, ein wenig hinkend, jedoch um aufrechte Haltung bemüht, auf sie zu.

Elizabeth hatte automatisch ihre Hand ausgestreckt, die der Mann mit einem warmen, kräftigen, doch nicht zu festen Griff umfasste, andeutungsweise schüttelte und dann, nach alter Gentleman-Manier, mit einer elegant angedeuteten Verbeugung küsste, ohne sie mit seinen Lippen zu berühren.

Elizabeth kannte diese Geste nur vom Fernsehen oder aus alten Hollywoodfilmen und hätte sie am allerwenigsten hier, an einem Ort wie diesem, erwartet. Sie schaute sich den würdevollen Herrn genauer an: Er musste Mitte vierzig sein, ging vielleicht sogar auf die fünfzig zu, doch sein Gesicht wies kaum Falten auf, er machte einen jugendlichen Eindruck. Das kurze, schwarze Kraushaar wurde nur von einigen grauen Locken durchzogen. Er ist auf eine einnehmende Art sehr attraktiv, dachte Elizabeth.

»Darf ich mich vorstellen, Madam«, sagte der Mann mit einer tiefen, warmen Stimme und mit einer Aussprache und Gewandtheit, wie sie heutzutage wohl nur noch am britischen Königshof zu hören waren. »Ich bin John K. Sawimbi«, und erneut deutete er eine leichte Verbeugung mit dem Oberkörper an.

»Sie kennen mich?«, fragte Elizabeth erstaunt.

»John ist einer der bekanntesten Journalisten Afrikas«, erklärte Chris, bevor dieser selbst antworten konnte.

»War. Das war ich einmal, Chris.« Er schaute nachdenklich, fast traurig durch seine feinen Brillengläser und murmelte laut genug, dass man es noch hören konnte: »Das ist lange her.« Er deutete ein Lächeln an. »Und der Superlativ ist auch leicht übertrieben, Doktor Campbell.« Mit einem flinken Augenzwinkern klopfte er auf Chris' Schulter. »Aber ein ganz guter Journalist war ich schon.«

»John, Sie untertreiben wie immer, und ich habe Ihnen schon tausendmal untersagt, mich ›Doktor‹ zu titulieren.« Mit einem Seitenblick auf Elizabeth beendete er seinen Widerspruch: »Ein richtiger Arzt bin ich schon lange nicht mehr.«

»Also gut, Chris, ich nenne Sie so, wie Sie es wünschen, aber nur, wenn Sie nie wieder in meiner Gegenwart sagen, Sie seien kein Arzt mehr.« Und zu Elizabeth gewandt: »Chris ist der beste Arzt, den man sich überhaupt vorstellen kann.«

»Ich denke, da hat Mister Sawimbi recht.« Die Antwort kam ihr irgendwie verlogen vor, aber sie war ihr einfach über die Lippen entwichen.

»Also gut, was immer ihr meint. Ich lasse euch eine Weile alleine, wenn's recht ist, denn ich habe noch viel zu tun.« Dann ging er davon.

»Leider kann ich Ihnen nicht gerade viel anbieten, Misses O'Brien«, er sah sich um, »wie Sie sehen, bin ich zurzeit leider etwas indisponiert.«

»Das ist schon in Ordnung, Mister Sawimbi.«

Sie setzten sich unter die Veranda in den Schatten, wo John bereits vorher seine Mittagsruhe gehalten hatte.

»Also, so eine Freude, so eine Ehre.« Er schaute sie an, als wollte er sich versichern, dass er keiner Fata Morgana erlegen sei. »Die große Elizabeth O'Brien, hier bei uns, hier mit mir auf einer Veranda, mitten in Afrika.« Er konnte die Tatsache offenbar nur schwer fassen.

Elizabeth winkte etwas müde ab. »Ach, lassen Sie das bitte, Mister Sawimbi, ich bin nicht die, für die Sie mich halten«, sie schaute auf das Laub des Baumes und murmelte fast unhörbar, »nicht mehr zumindest …, nicht mehr lange.« Sie bemerkte den erstaunten Blick ihres Gegenübers und schob schnell und etwas verlegen nach: »Entschuldigen Sie, Mister Sawimbi. Was führt Sie denn hierher an diesen Ort?«

»John. Bitte machen Sie mir die Freude und nennen Sie mich John.«

»Sehr gerne; ich bin Elizabeth.« Sie nickte ihm zu. »Also, John, warum sind Sie hier?«

»Um zu sterben.«

Betretenes Schweigen, minutenlang. Ein endgültigeres Thema gibt es nicht.

»Und was führt Sie hierher, Elizabeth?«

»Dasselbe wie Sie, John: der Tod.«

Um sie herum war es sehr still. Nur ein leichter Wind bewegte die Baumkronen der mächtigen Akazie und verursachte ein sanftes Rauschen. Wenn man die Augen schloss, hätte man sich der Illusion hingeben können, man höre Meeresrauschen, wie von einer fernen Brandung. Genau so ein Rauschen, das Erinnerungen und Sehnsüchte im Menschen wachrief und das Leben verhieß.

Keiner der beiden wagte diesen Augenblick zu brechen, keiner wollte, dass sich dieser kurze Moment der Illusion verflüchtigen solle.

Schließlich fand John Sawimbi zuerst in die Realität zurück. Seine Frage klang wie ein Fanal: »Warum hier?«

Die Frage hing zäh in der feucht-heißen Luft, eine ganze Weile, dann war der Bann gebrochen.

»Können Sie sich einen besseren Ort vorstellen als diesen?«

»Wenn ich an Ihrer Stelle wäre: ganz gewiss. Tausend bessere Orte.«

»Weshalb? Ist der Tod nicht überall derselbe?«

»Der Tod vielleicht schon«, er beugte sich etwas zu ihr vor, nahm seine Brille ab und flüsterte, »aber das Sterben wohl kaum, Elizabeth.«

»Dasselbe dachte ich auch. Noch vor ein paar Tagen hätte ich Ihnen ohne Zögern zugestimmt, John. Jetzt allerdings bin ich nicht mehr dieser Meinung. Nein, ich denke, man sollte das Sterben nicht über sich ergehen lassen.« Sie suchte die richtigen Worte. »Man muss – wie soll ich das ausdrücken? – an ihm teilhaben.«

»Teilhaben? Am Sterben? So ein Unsinn! Entschuldigen Sie meine Gereiztheit, meine Liebe, aber für Sie ist es leicht dahingesagt. Sie sind ja nicht krank, leben nicht hier; Sie schauen sich alles an und fliegen bald wieder erster Klasse zurück. Was wissen Sie schon über den Tod und das Sterben, Elizabeth?« Offenbar hatte er völlig missverstanden, warum sie hier war, und ließ sie nicht einmal mehr zu Wort kommen. »Teilhaben am Sterben – wie das schon klingt. Haben wir etwa teil an der Geburt, Elizabeth? Nein, und genauso wenig haben wir teil am Sterben. Es geschieht einfach, und es ist zum Kotzen. So ist das.« Beschämt senkte er den Kopf und setzte an, sich für sein Benehmen zu entschuldigen, doch Elizabeth kam ihm zuvor.

»Sie haben mich missverstanden, John, ich bin zum Sterben hier, genau wie Sie.«

Dann stand sie abrupt auf und rannte auf ihr Zimmer.

*

Am nächsten Morgen saß Elizabeth erneut bei John unter der Veranda. Das Lachen der Kinder, die im Innenhof spielten, drang zu ihnen herüber.

»Wir sind beide Teil des Systems, Elizabeth.«

»Von welchem System sprechen Sie, John?«

»Von dem der Unterdrückung, der Gier, der Selbstbefriedigung um jeden Preis, der Maßlosigkeit, der Unmenschlichkeit – und von den Folgen, die daraus resultieren.« Er deutete auf einen imaginären Punkt jenseits der Mauern. »Von diesem System spreche ich, dem System des *Ungleichgewichtes.*«

»Kommen Sie schon, John, Sie sind ein gebildeter Mann, Sie wollen mir doch jetzt nicht mit linkslastigem Teeniegeschwätz kommen?«

»Zum System gehört auch die Art von Zynismus, den Sie gerade zur Schau stellen, meine liebe Elizabeth.«

»Blödsinn, gleich werden Sie noch behaupten, dass die bösen imperialen Kapitalisten schuld am Elend auf der Welt seien – speziell an der Not dieses Kontinentes – und dass ich persönlich die Ursache dafür sei, dass die Kinder hier infiziert sind. Und zu guter Letzt werden Sie womöglich noch mir die Schuld geben, dass Sie selbst krank und zum Sterben verurteilt sind.« Elizabeth versuchte, ihre harschen Worte mit einem Lächeln zu mildern, was ihr aber nicht recht gelang.

»Nein, ich selbst bin schuld, ein Teil der Sünde zu sein, Elizabeth, ein Teil der Sünde, ja, genauso ist es. Ich bin schuld daran, dass ich Aids habe – mehr noch, als Sie sich vorstellen können.« Er schaute seine Hände an, als ob er dort eine Erklärung finden könnte. »Ich hatte schon gesagt, dass ich mich selbst auch als Teil der Schuldigen betrachte.«

»Mein Gott, John, nun quälen Sie sich doch nicht so. Die Probleme Afrikas hat weder ein Einzelner verschuldet noch kann sie ein Einzelner lösen. Alle wissen, dass es eine Tragödie ist und …«, sie versuchte, versöhnliche Worte zu finden, »… alle wissen, dass gerade Afrika ein schweres Los gezogen hat.«

»Ha, hören Sie auf, Elizabeth. Das Märchen von den ach so armen Afrikanern. Nein, nein, da kennen Sie mich schlecht. Ich selbst war immer einer der größten Kritiker meiner Landsleute. Als Journalist habe ich es nicht verschwiegen, dass wir selbst auf diesem Kontinent eine riesige Schuld an unserem Schicksal tragen, eine Kardinalschuld, wenn Sie es vielleicht sogar theologisch betrachten möchten.«

»Aber …«

»Lassen Sie mich bitte zu Ende sprechen, Elizabeth. Auch wenn es meine eigenen Leute nicht zugeben würden und Leute wie Chris so was nicht schätzen, aber als Afrikaner sei es mir erlaubt, die Wahrheit zu sagen: Korruption wird Afrika zugrunde richten. Vor Jahrzehnten hätte man sie bekämpfen oder gar ausrotten können, jetzt ist es zu spät. Alle nehmen, alle zahlen, jede Gefälligkeit kostet, Korruption ist Teil unserer Kultur, unseres Alltags. Sie frisst uns auf. Wir haben aufgehört zu lieben. Wenn du deine Familie zurücklässt, weil du sie nicht mehr ernähren kannst, wenn du jahrelang am Morgen aufwachst, ohne eine Zukunftsperspektive zu sehen, wenn jeder Tag wie der vorige ist, ein Morgen im Grunde nicht mehr existiert, dann beginnst du mit Frauen zu schlafen, nur um nicht mehr alleine zu sein, oder einfach, um alles für einen kurzen Augenblick zu vergessen. Denn wenn du um Essen, Kleidung und einen Platz zum Leben kämpfen musst, bleibt kein Platz für Liebe.« John klang erschöpft und resigniert. »Das ist die Wahrheit über Afrika, Elizabeth.«

Sie hatte ihn bisher nicht unterbrochen, nur seinen Worten gelauscht. »Sie urteilen hart, John.«

»Mag sein, aber all das soll nicht darüber hinwegtäuschen, dass Sie selbst, Menschen mit Macht und Einfluss, sich nicht mit dem Gesagten reinwaschen dürfen. All das berechtigt Sie nicht dazu, sich von der Schuld freizusprechen, die Sie selbst auch tragen, meine liebe Elizabeth.« Er erhob sich stöhnend und schaute sie mit einem traurigen Lächeln an. »Ich weiß, das alles klingt ziemlich moralisch und verbittert. Ich bin müde, bitte verzeihen Sie, ich muss mich eine Weile hinlegen und schlafen.«

»John«, sie musste die Frage stellen, »glauben Sie …« Ihr Zögern war Beweis genug, dass sie die Frage kaum zu stellen wagte. »Glauben Sie, dass der Tod gerecht ist?«

»Dass der Tod gerecht ist?« Er lachte kurz und bitter. »Ha! Nein, nicht wenn es einen selbst betrifft.« Und nachdem er sich ein paar Schweißperlen von der Schläfe gewischt hatte: »Nun gut, man könnte andererseits auch sagen, das einzig demokratisch Gerechte am Leben sei doch der Tod, ja. Da könnte man doch glatt gläubig werden und an einen Schöpfer glauben. Man stelle sich vor, es wäre möglich, unsterblich zu sein – wie in dem Buch ›Alle Menschen sind sterblich‹ von Simone de Beauvoir. Schrecklicher Gedanke!«

»Sie haben es auch gelesen? Erst vor einigen Stunden habe ich verzweifelt nach dem Titel und dem Autor gesucht, und nun erwähnen Sie es wie zufällig.«

»Hab's vor vielen Jahren gelesen. Es war zu der Zeit Pflichtlektüre für all die Linken und Pseudointellektuellen, die was auf sich hielten.« Seine Miene verzerrte sich, als habe er Schmerzen. »Theoretisch hatte die gute Simone recht, aber nur theoretisch, denn in meiner jetzigen Situation würde ich alles darum geben, ewig zu leben. Und Sie selbst würden wahrscheinlich auch alles tun, um ewig zu leben. Aber wer würde das schon nicht? Wer in Gottes Namen würde nicht um ein ewiges Leben bitten?« Mit einem erschöpften Winken machte er sich auf den Weg in sein Zimmer.

»Marie. Marie würde nie um ein ewiges Erdenleben bitten«, murmelte Elizabeth, als John längst gegangen war.

*

Marie spielte vor dem Tor. Mit einem kurzen Holzstock hatte sie Kreise und Quadrate in den Sand gezeichnet und hüpfte von einem Feld zum nächsten. Dabei sang und summte sie fröhlich eine Melodie. Dann wieder schien sie zu irgendeiner imaginären Musik zu tanzen. Auch die zirpenden Grillen trotzten der feuchten Mittagshitze, die in bleierner Schwere in der Luft hing und jeden Atemzug zur Qual werden ließ.

Die meisten Menschen hatten sich in ihren elenden Baracken verkrochen. Kein Windstoß mischte die Luft auf. Es stank, es stank bestialisch. Eine undefinierbare Mischung aus Kot, Urin, Blut, verfaulten Früchten und Bananenschalen. Der Atem der Slums wurde von der schweren Decke aus feuchter, heißer Luft niedergehalten.

Der Gestank war jenseits dessen, was Elizabeth je an anderen Orten der Welt gerochen hatte. Und er war allgegenwärtig.

»Nach einer Weile wirst du ihn nicht mehr riechen«, hatte Chris kurz nach ihrer Ankunft gesagt. »Du wirst dich daran gewöhnen wie an eine verkehrsreiche Straße dicht neben deinem Haus – oder wie an den Lärm, wenn du in der Abflugschneise von JFK wohnst. Nach einer Weile gewöhnt sich der Mensch an fast alles.«

Elizabeth konnte diesem Trost wenig abgewinnen. Sie hatte nie an einer Autobahn oder im Bereich einer Flugzeuglandebahn gelebt, außerdem konnte sie schlecht glauben, dass man sich je an diesen Gestank gewöhnte. In einem Punkt hatte Chris allerdings recht gehabt: Der Gestank verursachte bei ihr wenigstens kaum noch Übelkeit. Elizabeth beobachtete Marie eine Weile. Das Mädchen war so in sein Spiel und seinen Tanz vertieft, dass es die Zuschauerin gar nicht bemerkte.

Weshalb ist sie so glücklich?, rätselte Elizabeth wie schon oft. Sie weiß doch, dass sie sterben wird; Chris hat es ihr gesagt. Jeden Tag sieht sie Menschen, die hier zugrunde gehen. Und die meisten sind noch halbe Kinder.

»Hey, Marie«, rief Elizabeth der Kleinen zu.

Das Mädchen hielt beim Springen inne und blieb auf einem Bein stehen. »Hallo, Liz!«

»Du tanzt ohne Musik?«

»Wieso sagst du das? Hörst du denn die Musik nicht? Sie liegt doch in der Luft, die um uns herum ist …, zu der Musik!« Sie wiegte ihre Arme im Takt einer unhörbaren Melodie, um ihre Erläuterung zu unterstreichen.

Die Kleine scheint heute wieder etwas verwirrt zu sein, vermutete Elizabeth. Wahrscheinlich war es eben doch zu viel für ein so junges Mädchen, zu wissen, dass es sterben würde, und deshalb ging die Fantasie mit ihr durch. Oder war das normal bei Kindern ihres Alters?

»Tanz doch einfach mit mir, Liz«, vernahm sie Maries Aufforderung. »Vielleicht hörst du die schöne Musik dann auch.«

Elizabeth steckte die Hände in die Hosentaschen, um ihre Unsicherheit zu überspielen. »Marie, welche Musik? Da ist keine Musik.«

»Doch, ehrlich«, Marie tanzte weiter und drehte sich mit in den Nacken gelegtem Kopf im Kreis, »du musst nur genau hinfühlen. Wenn du das tust, kannst du sie hören, die Musik.«

»Blödsinn.« Elizabeth musste sich zusammenreißen, um nicht wütend zu werden.

Marie hörte mit dem Tanzen auf, nahm Elizabeth bei der Hand und zog sie mit sich.

»Wohin willst du?« Elizabeth stolperte hinter Marie her, die wie verrückt an ihrem Arm zog.

Kurz darauf standen sie in Chris' kleinem Büro. Auf dem Schreibtisch stand ein Transistorradio.

»Was soll das, Marie?«, protestierte Elizabeth. »Chris ist bestimmt verärgert, wenn wir uns einfach in seinem Zimmer zu schaffen machen.«

Doch die Kleine hatte schon das Gerät eingeschaltet und auf volle Lautstärke gedreht.

»I can get no satisfaction«, krächzte es aus dem uralten Radio, und es klang, als hätte Mick Jagger eine Nacht durchgezecht. Sekunden später schwebte Mozarts »Kleine Nachtmusik« durch den Raum und wurde sofort von wilden afrikanischen Trommeln abgelöst.

Marie wollte schon weiter am Frequenzknopf drehen, aber Elizabeth nahm nun das Radio mit einem entschlossenen Handgriff an sich und schaltete es aus. Dennoch tanzte die Kleine im Takt der unsichtbaren Musik weiter und hüpfte fröhlich summend aus dem Raum. Elizabeth folgte ihr in den Hof.

»Siehst du, Liz?«, jubelte das Mädchen.

»Was soll ich sehen?«

»Dass die Augen nicht alles sehen können, was wichtig ist.«

Marie hüpfte auf das große Tor zu, drehte sich mehrmals um ihre eigene Achse, breitete die Arme aus und sang: »… aber das Herz schon, das Herz kann es sehen.«

*

Sonntag. Der Vormittag war ruhig gewesen. Chris war offenbar auswärts, und Marie verbrachte die Zeit bei Daniel. Dem Jungen ging es schlecht, er klagte über schlimme Schmerzen im Bein.

Gegen Mittag fasste sich Elizabeth ein Herz und schaute nach den beiden. Daniel schlief, während Marie seine Hand hielt.

»Wie geht es ihm?«, fragte sie leise.

»Nicht gut. Onkel Chris ist in die Stadt gefahren, um andere Medikamente zu holen.«

»Ich bin draußen, wenn was ist.«

»Ist gut, Liz.«

Sie schlenderte über den Innenhof und setzte sich auf den Schaukelstuhl, den King George inzwischen für

Chris gezimmert hatte und der im Schatten des Baumes stand. Sie schloss die Augen.

Drei Wochen war sie nun schon hier. Die Zeit war wie im Flug vergangen. Allmählich, zuerst mit allergrößter Überwindung, hatte sie sich an den Tagesablauf gewöhnt. Tagelang hatte sie nur im Center »herumgehangen«. Inzwischen fühlte sie sich bemerkenswert gut, fast zu gut. Die Medikamente, die ihr Silverstone verschrieben hatte, schienen ihre Wirkung zu entfalten – eine Wirkung, die jedoch nicht lange anhalten würde, wie er erklärt hatte: keine Heilung, nur ein kurzer Zeitgewinn – er hatte das Adjektiv betont, als er ihr die Pillen in die Hand drückte. »Nutzen Sie die Zeit gut, Elizabeth«, hatte er ihr mit auf den Weg gegeben. Sie hatte damals nichts erwidert, hatte es für puren Zynismus gehalten. Angesichts ihres eigenen Endes und in Anbetracht dessen, was sie hier in Afrika erlebt hatte, war sie sich nicht mehr sicher, ob Silverstones »Rat« tatsächlich zynisch gemeint war.

Sie lehnte sich im Schaukelstuhl zurück und döste ein.

Das Klappen einer Autotür weckte sie auf. Chris machte eine dunkle Miene, als er mit einer Plastiktüte unter dem Arm aus dem Wagen stieg. Ein knappes Nicken in ihre Richtung, dann eilte er in Daniels Zimmer.

Als er wieder herauskam, setzte er sich neben sie, faltete seine Hände wie zum Gebet und starrte wortlos auf den Boden.

»Was hat der Junge eigentlich?«, fragte Elizabeth. »Kannst du ihm nicht helfen?«

»Nein, kann ich nicht«, sagte er verbittert. »In New York oder sonst wo vielleicht, aber nicht hier. Inzwischen wäre es ohnehin zu spät; selbst wenn er einen Pass hätte, den er wohl nie bekäme, könnte er einen Transport nicht überleben.«

Soll ich es ihm nun sagen?, überlegte Elizabeth. Ja, sag es ihm endlich!, versuchte sie sich selbst zu überzeugen. Sie schaute ihn verstohlen von der Seite an. Seine dünnen Lippen, die zusammengekniffenen Augen, alles schien so hart an ihm zu sein.

Sie konnte sich nicht überwinden, ließ stattdessen ihren Blick über die flachen Gebäude gleiten. »Wie finanzierst du das Ganze hier eigentlich?« Eine Sachfrage, typisch für dich, Elizabeth O'Brien, dachte sie.

»Es gibt genügend Menschen mit einem schlechten Gewissen«, knurrte er, ohne sie anzuschauen. »Ist es nicht beruhigend, zu Weihnachten ein paar Dollars zu spenden? Dann hat man es doch zumindest versucht.«

Nach einer Weile wagte sie einen neuen Anlauf: »Eigentlich weiß ich gar nichts von dir. Wo bist du aufgewachsen?«

»In Schottland.«

»Ein Highlander also«, es sollte scherzhaft klingen.

»Kein Highlander. Kleines Kaff, Sherwood Crescent«, gab er knapp Auskunft. »Kennt heute kein Schwein mehr unter dem Namen.«

Eine undefinierbare, dunkle Ahnung kroch in ihr hoch, deren Bedeutung sie jedoch nicht fassen konnte, eine Erinnerung, die flüchtig und tief im Unbewussten lag. Es hat nichts damit zu tun, wischte sie den Blitzgedanken weg, dennoch wollte das unheilvolle Gefühl nicht verschwinden. Ihre Stimme hatte den Klang rostigen Eisens, als sie fragte: »Und deine Eltern leben noch?«

»Sind beide gestorben. Unfall.«

»Oh, das tut mir leid.«

»Weshalb? Du hast sie doch gar nicht gekannt.«

»Schon …, aber das sagt man halt so.«

»Falsch!«, sein Blick war so hart wie seine Stimme. »Eben nicht. Man sollte das sagen, was man denkt, dann wäre die Welt ein besserer Ort.«

Dunkle Gewitterwolken waren aufgezogen, und das dumpfe Grollen kam rasch näher. Erst als die ersten Tropfen, hohl pochend, auf den Blechdächern aufschlugen, standen sie auf.

Die ganze Zeit hatte sie mit sich gerungen, ob sie es ihm sagen sollte. Nein, nein, ich kann nicht! Der Albtraum schien nicht mehr aufzuhören. Das würde er ihr nie im Leben verzeihen – außer … Die Frage kam über ihre Lippen, ohne dass sie es wollte: »Glaubst du an die Liebe, Chris?«

Er mied ihren Blick und antwortete nicht. Seine Lippen waren zusammengepresst, und ein fast unmerkliches Zucken umgab seine Augen.

Der Regen prasselte hernieder und durchnässte sie in kurzer Zeit, aber sie standen immer noch an derselben Stelle.

Chris trat näher an sie heran und sagte endlich: »Definiere Liebe.«

»Mann, was gibt es denn da zu definieren?« Ihre Brüste zeichneten sich nun durch die nasse Bluse deutlich ab. »Liebe ist Liebe. Jedes Kind weiß, was das heißt. Das muss man nicht definieren.«

»Nein, ich glaube nicht an die Liebe.«

»Warum nicht?«

Das Zucken um seine Mundwinkel war nun nicht mehr zu übersehen. Der Regen lief in Strömen über sein Gesicht. Er nahm es erleichtert, ja dankbar wahr, denn das Wasser vom Himmel vermischte sich mit seinen Tränen, sodass diese nicht zu sehen waren. Ein trauriger Zorn schwang mit in seiner Antwort: »Weil die Liebe infamer ist als der Tod.«

Moby Dick

Gespenstisch und stroboskophaft erhellten die Blitze den Raum, während der Regen wütend auf die Wellblechdächer donnerte.

Chris lag auf dem Bett und las »Moby Dick«, eines seiner Lieblingsbücher. Schon in seiner Kindheit hatte ihm seine Mutter von diesem »riiiesigen Ungeheuer«, wie sie es nannte, vorgelesen. Er sah sie noch vor sich, wie sie sich auf den Rand seines Bettes setzte und jeden Abend vor dem Einschlafen manchmal ein ganzes oder, wenn es schon zu spät war, ein halbes Kapitel der Geschichte las. Als wäre es erst gestern gewesen, erinnerte er sich sogar an das Gefühl, wie die eisige Angst seine Kehle zuschnürte, als seine Mutter ihm zum ersten Mal von Moby Dick erzählte. Erst später stellte er fest, dass ihre unheimliche Beschreibung zunächst so gar nicht mit dem Text des Buches übereinstimmte, denn sie erfand gerne ein paar Dinge hinzu und schmückte sie dann mit einer dramatisch klingenden Stimme aus. Mit ihrer Gabe als Vorleserin jagte sie ihm, ohne sich dessen bewusst zu sein, eine Gänsehaut über den Rücken.

Er war nun bei jener Passage angelangt, da der Wal das Schiff von Kapitän Ahab zum wiederholten Male attackierte. Mittlerweile war er zwar heftig harpuniert und verletzt, aber nicht so schwer verletzt, dass er aufgegeben hätte oder gar sterben würde. Nein, Moby Dick griff das Schiff von unten an und versenkte es. An dieser Stelle hatte seine Mutter beim ersten Mal eine lange Pause gemacht, ihn zunächst sanft lächelnd angeschaut und dann ohne Vorwarnung einen markerschütternden, tiefen Ton ausgestoßen, der wohl für einen Walschrei stehen sollte. Später fand er heraus, dass Wale gar nicht schreien können.

Damals hatte er zu diesem Zeitpunkt vor lauter Angst unter der Bettdecke in die Hose gemacht, traute sich aber nicht, es seiner Mutter zu sagen. Unbekümmert las sie ihm weiter vor, immer wieder diesen grässlichen Schrei ausstoßend.

Moby Dick hatte nun also die Harpunenboote angegriffen, Kapitän Ahab hatte seine letzte Harpune geworfen, sich aber in den Seilen verheddert und würde gleich von Moby Dick in die Tiefen des Meeres gezogen. Vor seinem Untergang winkte Ahab seinen verbliebenen Männern zu, er schien ihnen mitteilen zu wollen, sie sollten ihm folgen in sein nasses, kaltes Grab.

Das Ganze endete damit, dass Chris wochenlang nicht mehr alleine schlafen konnte und sich jeden Abend bei seiner Mutter im Bett verkroch.

*

Die Straße ist pfeilgerade und mit einer dünnen Schicht Schnee bedeckt. Links und rechts ein Haus neben dem anderen, aufgereiht wie Soldaten, uniform, backsteinfarben. Erst auf den dritten Blick sind sie zu unterscheiden. Es ist schon dunkel, Schnee nieselt vom Himmel herab und überzuckert die Landschaft und die strammstehenden Häuser mit einer weißen Decke aus feinen Kristallen.

Der Schnee dämpft seine Schritte, als er, bedächtig auf der Straße entlangschreitend, die kalte, reine Dezemberluft einatmet. Schritt um Schritt geht er voran, in der Vorfreude, seine Familie zu sehen. Was für Augen würden seine Mutter, sein Vater und seine Großeltern machen, wenn er unverhofft und kurz vor Weihnachten an die Tür klopfen würde! Er lächelt still vor sich hin und dankt Gott für das Leben.

Als er das Haus erreicht, schaut er durch das Fenster des Wohnzimmers. Das flackernde Kaminfeuer taucht den Raum in goldfarbenes Licht. Sein Vater und seine Großeltern sitzen in den gemütlichen Sesseln. Ihr lautes Lachen und Scherzen ist selbst durch das geschlossene Fenster zu hören.

Wo ist denn Mom?, überlegt er, doch im gleichen Augenblick entdeckt er sie schon: im Flur stehend, hält sie das Telefon an ihr Ohr und scheint sich angeregt zu unterhalten.

Den hellen Schein und das merkwürdig singende, zuerst ganz leise Pfeifen und Grollen nimmt er zunächst nicht wahr. Er klopft ans Fenster, drückt sein Gesicht nah an die kalte Scheibe, um auf sich aufmerksam zu machen. Spitzbübisch grinst er und pocht nun erneut, diesmal stärker. Doch drinnen scheinen sie das Klopfen nicht zu bemerken, denn keiner schaut zum Fenster.

Der Schein am Himmel wird heller, das singende Pfeifen wächst zu einem Heulen an, wie bei einem Sturm. Wie verrückt hämmert er nun ans Fenster – und endlich bemerken sie ihn, denn seine Mom hat den Hörer auf dem kleinen Tisch abgelegt, ohne ihn auf den Apparat zurückzulegen, und kommt ans Fenster. Er winkt und klopft, doch sie starrt durch ihn hindurch zum Himmel und ruft den anderen etwas zu. Alle stehen eilig auf und versammeln sich am Fenster, doch keiner sieht ihn.

Das Pfeifen schwillt zu einem grässlichen Heulen an. Er dreht sich um.

Dann sieht er *ihn*! Moby Dick …, er ist es!

Riesengroß, mit einem Feuerschweif rast er mit irrwitziger Geschwindigkeit, ein grässliches Gebrüll durch seinen aufgerissenen Rachen stoßend, fauchend und wutentbrannt auf das Haus zu. Das Letzte, was er wahrnimmt, sind die brennenden Menschen im offenen Rachen des Monsters – zuallervorderst, eingeklemmt, aufgespießt von den spitzen Zähnen des Ungeheuers, erkennt er sie, ihre Körper, sie brennen lichterloh.

*

Er wälzte sich im Bett, schlug seine Augen auf und versuchte seinen Atem und Herzschlag unter Kontrolle zu bringen.

Jemand klopfte an der Tür. Sein Atem ging schwer, sein Herz pochte viel zu schnell. Dieser entsetzliche Traum, immer der gleiche schreckliche Traum! »Moby Dick« lag auf seinem Bauch. Er klappte das Buch zu und beschloss, nie wieder darin zu lesen, in der Hoffnung, der Albtraum würde verschwinden, doch er wusste im Grunde, dass dem nicht so war. Wieder klopfte es. Er stand auf und öffnete.

»Darf ich reinkommen?« Ohne seine Antwort abzuwarten, huschte Elizabeth ins Zimmer. Chris schloss die Tür. Als er sich wieder umdrehte, stand sie am Bett. Nackt. Das fahle Licht des Mondes, das durch das Fenster fiel, umhüllte ihren Körper wie eine Tunika. Er öffnete seinen Mund, um etwas zu stammeln, aber ihre Lippen, die sich sanft auf die seinen legten, ließen keine Worte mehr zu. Sie liebten sich stundenlang.

Das Gewitter war weitergezogen, nur das Rauschen und helle Trommeln des schwächer werdenden Regens auf dem Blechdach war noch zu hören. Sie lagen nackt auf dem Bett. Er streichelte über ihren Rücken und ließ seine Hand auf ihrem Po liegen.

»Du bist sehr schön, Liz.«

»Krank bin ich und werde bald sterben«, erwiderte sie wehmütig.

»Ich auch.«

»Du? Sterben? Bist du etwa …«, fragte sie, indem sie ihm erstaunt ins Gesicht schaute.

»Eines Tages müssen wir alle sterben, wusstest du das etwa nicht, Elizabeth O'Brien?« Er sagte es ohne eine Spur Ironie in der Stimme.

»Verarsch mich jetzt nicht, Chris. Nicht du! Was glaubst du denn? Dass es mir Spaß macht, hier an diesem Scheißort zu sein, um zu sterben?« Sie konnte ihre Tränen nicht zurückhalten. »Warum ich? Warum ich, Chris?« Weinend vergrub sie ihr Gesicht im Kissen.

Er sagte nichts, ließ sie ihr Leid ausheulen. Schließlich nahm er ihr Gesicht in seine Hände und sagte: »Erst wenn du den Tod akzeptierst, wirst du fähig sein, zu leben, Liz.«

»Niemand kann das!« Wütend schwang sie sich aus dem Bett und warf sich den Morgenmantel über die Schultern. »Ich sage dir: niemand!« Sie zurrte den Gürtel fest und riss die Tür auf.

»Ich weiß. Der Satz stammt übrigens nicht von mir.« Und bevor sie davonrennen konnte, schob er schnell nach: »Liz, ich möchte dir eine Frage stellen.«

»Hab keine Lust auf Fragen. Lass mich einfach gehen!«

»Du brauchst die Frage nicht *mir* zu beantworten, nur dir selbst.« Er richtete sich im Bett auf und umfasste seine Knie mit beiden Händen, wie ein Ruderer, der zu einem imaginären Endspurt ansetzt.

»Okay, dann stell die Frage endlich«, zischte sie.

»Wenn du wie durch ein Wunder geheilt würdest«, er machte eine Pause, während der er sie eindringlich anschaute, »was genau würdest du in deinem Leben ändern, Elizabeth O'Brien?«

Es hatte aufgehört zu regnen und die Stille wirkte irreal. Chris stand vom Bett auf und stellte sich nackt, wie er war, vor sie hin. Seine Augen hatten einen eigenartigen Glanz.

»Du kennst die Antwort, Liz.« Er strich eine Haarsträhne aus ihrem Gesicht. »Vielleicht ist dies der Grund, weshalb uns Gott kein längeres Leben zugesteht.«

*

Sie trat in den Innenhof. Auch heute Morgen erinnerten sie die leichte Übelkeit und der dumpfe Druck im Bauch gnadenlos an das nahende Ende. Chris saß wie so oft seit Stunden an seinem kleinen Schreibtisch und studierte irgendwelche Unterlagen. Krankengeschichten, Lebensschicksale Verlorener, zusammengefasst auf jeweils einer Seite Papier. Die meisten dieser Menschen waren noch Kinder. Viele schienen sich mit ihrem Schicksal irgendwie abgefunden zu haben, aber sie, Elizabeth O'Brien, wollte sich nicht arrangieren. Ich will leben – und wenn ich schon nicht leben darf, dann will ich heute Morgen zumindest nicht ans Sterben denken.

Es war wenig Betrieb im Center, denn Sonntag war der einzige Tag, an dem Chris keine Patienten empfing. Sie klopfte an die angelehnte Tür und steckte ihren Kopf halb ins Büro.

»Wie fühlst du dich heute?«, fragte er.

»Ziemlich mies«, antwortete sie und brach unvermittelt in Tränen aus. »Ich fühle mich miserabel, Chris, ich will nicht sterben!«

»Hey!«, wies er sie scharf zurecht. »Geh in dein Zimmer, heul dich dort aus und komm dann zurück.«

Sie starrte ihn verdutzt an, wollte etwas erwidern, doch ohne aufzuschauen befahl er: »Jetzt!«

Als sie später zurückkehrte, stand er auf und schlug in bestimmendem Tonfall vor: »Komm, wir fahren aufs Land.«

Sie war von seiner Idee nicht besonders begeistert. »Was gibt es dort so Besonderes?«

»Ich möchte dir einen alten Freund vorstellen.«

»Einen Freund?«

»Ja, Elvis Presley. Er ist dort zu Besuch.«

Sie schaute ihn entgeistert an und vergaß über seiner Erläuterung sogar den dumpfen Schmerz in der Magengegend. »Elvis Presley? Du hast sie wohl nicht alle? Mir ist echt nicht nach deinen Späßen zumute.«

»Er ist einer der Cleverman, ein Walemira-Talmai oder Karadji, wie es gewisse Stämme nennen.«

»Ich verstehe kein Wort.«

»Einer, dem das Wissen weitergegeben wurde«, er lächelte, »ein Auserwählter, ein Stammesführer. Einer, der Kontakt zu der Traumzeit oder zu den großen Ahnen hat. Und noch viel mehr als das.«

»Chris, was soll ich denn bei diesem Wulemura oder wie immer er auch heißt?« Verärgert hob sie die Hände. »Kann denn dein Wulu-was-auch-immer den Krebs heilen? Kann er das?«

»Keine Ahnung, am besten fragst du ihn selbst. Los, lass uns fahren! Du wirst ihn mögen.« Er nahm sie bei der Hand, um jede Widerrede im Keim zu ersticken.

Vor der Tür wartete Marie. »Ihr geht weg?«, fragte sie. »Darf ich mitkommen?«

Chris grinste. »Sicher, Marie, ich wollte dich sowieso fragen, ob du uns begleiten willst, denn wir besuchen heute deinen alten Freund, den Chief.«

»Wir besuchen Onkel Matimba?« Das Mädchen hüpfte vor Freude und wollte schon zum großen Tor rennen, als Chris sie zurückrief.

»Nicht so schnell, Marie, ich will zuvor noch einmal nach Daniel schauen.«

Aber Marie zog Chris am Saum seines Hemdes und versicherte ihm: »Hab ich schon getan. Er schläft jetzt, aber heute Nacht hatte er große Schmerzen und hat viel geweint.«

»Du warst bei ihm heute Nacht?«, hakte Chris nach.

»Ja, ich hatte ihn weinen gehört und wollte nicht, dass er alleine ist.« Offenbar wollte sie nicht weiter darüber sprechen und zerrte erneut an seinem Hemd. »Komm jetzt, Onkel Chris.«

Während der dreistündigen Fahrt ins Dorf schlief Elizabeth fast die ganze Zeit. Chris weckte sie nach ihrer Ankunft. Mitten im Busch. Ein einfaches, aber ziemlich sauberes Dorf, wie es schien. Es bestand aus etwa einem Dutzend Hütten mit Strohdächern. Die Kinder waren gut genährt und tollten lachend herum. Sie betraten eine etwas größere Hütte im Zentrum des Dorfes, in deren Mitte ein kleines Feuer brannte. Zwei alte Männer mit Lendenschurz und nacktem Oberkörper hatten sich dort niedergelassen. Es roch nach Fett, ranzigen Fellen und Schweiß. Elizabeth hatte größte Mühe, sich nicht wieder zu übergeben. Am liebsten hätte sie die Behausung gleich fluchtartig verlassen. Die beiden Männer standen von der Feuerstelle auf.

»Ah, mein alter Freund«, rief Chris und umarmte den Größeren der beiden. Dieser stieß ein kehliges Lachen aus und flüsterte Chris etwas ins Ohr, das Elizabeth nicht verstehen konnte, worauf beide in schallendes Gelächter ausbrachen. Endlich wandte sich Chris an Elizabeth: »Ich möchte dir meinen sehr guten Freund Elvis Presley vorstellen.«

Der Alte zeigte beim Lachen zwei Reihen blendend weißer Zähne, die wie Perlen leuchteten. Dann gab er Elizabeth die Hand und sagte etwas in einer fremden, guttural klingenden Sprache.

Elizabeths Augen hatten sich langsam ans Zwielicht im Inneren der Hütte gewöhnt, sodass sie den Alten genauer betrachten konnte: ein Hüne, fast einen Kopf größer als sie selbst, verfilzte Haare, die sie absurderweise an eine Rastafrisur à la Bob Marley erinnerten; der Lendenschurz, der lange, graue, verfilzte Bart und die dichten, fast weißen Brusthaare ließen den Mann noch surrealer erscheinen, als die ganze Szene schon war. Elvis' Haut war pechschwarz, viel dunkler noch als jene der anderen Menschen, die Elizabeth hier getroffen hatte.

Automatisch hatte sie dem Alten die Hand gereicht und hoffte, dass er nicht bemerkte, wie abstoßend sie seinen Anblick empfand, vor allem das Gesicht, das sie an einen Neandertaler erinnerte. Er nahm ihre Hand, schüttelte sie kräftig und brabbelte wieder etwas Unverständliches, gefolgt von einem weiteren Schwall schallenden Gelächters.

Elizabeth war nun völlig entnervt und zischte Chris zu: »Und der andere ist wohl Bob Dylan?«

Chris lächelte nur und tat, als habe er die Bemerkung überhört, denn inzwischen hatte er sich vor dem anderen Mann verbeugt. »Marimba! Oba wanu kalunga, nete matu nulunga.«

Der Alte strahlte über das ganze Gesicht. »Nabo owango, Master Chris, kulona mata hui dedunga keno.«

Chris legte seine Hand auf Elizabeths Schulter. »Darf ich vorstellen: Chief Matimba, der Dorfälteste und Stammesführer.«

Elizabeth reichte dem Alten anstandshalber die Hand und nuschelte: »Freut mich, Sie kennenzulernen.« Sie wollte schnellstmöglich weg von hier. Weg aus dieser stinkenden, verrauchten Hütte, weg von diesen beiden alten, ranzigen Männern, weg von diesem Ort, an den sie nicht hingehörte.

Chris sprach jedoch ungerührt weiter und erklärte den beiden Männern, während sein Arm immer noch auf Elizabeths Schulter lag: »Freunde, dies ist Elizabeth O'Brien, eine gute Freundin, die bei mir zu Besuch weilt.«

Elizabeth stand nach wie vor leicht gebückt in der Mitte der Hütte und wusste nicht, wie sie in dieser absurden Szene reagieren sollte. Marie, die sich still hinter Chris' Rücken versteckt hatte, rettete sie vor einer Entscheidung, als sie unvermittelt mit einem riesigen Satz den Chief ansprang und ihm um den Hals fiel.

»Onkel Matimba«, sie gab ihm einen schmatzenden Kuss auf die Wange, »natumbo oro sanango.«

»Marie, n'owangi mahai?« Matimba hielt die Kleine wie eine Puppe in seinen kräftigen Armen und streichelte zärtlich ihren kleinen Kopf.

Die Männer schienen Elizabeths Abneigung gegen dieses Treffen und den Ort nicht mitzubekommen.

Wie lächerlich, ein alter schwarzer Mann mitten im afrikanischen Busch, der sich Elvis Presley nennt – ha, so ein Bullshit!, dachte sie.

Der Chief setzte Marie wieder ab und flüsterte ihr etwas ins Ohr. Kichernd kniff sie den Chief in seine dicke Nase und verschwand flink nach draußen, und noch bevor Elizabeth fragen konnte, ob sie Marie Gesellschaft leisten könne, deutete der Chief auf die flachen, ziemlich schmutzigen Kissen am Boden.

Prompt setzte sich Chris auf eines der Kissen und signalisierte Elizabeth, dass sie sich ebenfalls niederlassen solle.

Unsicher und verärgert stand sie herum. Einmal mehr schoss ihr der Gedanke durch den Kopf, dass sie besser zurück nach New York fliegen sollte; nach ihrem Empfinden hatte sie hier nichts verloren, das war eine Welt für sich und ganz bestimmt nicht die ihrige. Deshalb beugte sie sich zu Chris hinunter und flüsterte: »Chris, bitte, ich will gehen! Was soll das Ganze? Ich verstehe kein Wort, und diese schwarzen Männer …«

Bevor Chris antworten konnte, tat es der Chief, der ein Gehör wie ein Luchs zu haben schien: »Bitte, Elizabeth, beschämen Sie mich und mein bescheidenes Heim nicht und seien Sie mein Gast!« Sein Englisch war mit einem leichten Akzent gefärbt, ansonsten jedoch makellos.

Elizabeth war vor den Kopf gestoßen. Der Chief sprach ihre Sprache, hatte offenbar alles verstanden – schon vorhin musste er alles verstanden haben –, was sie nicht leise genug in Chris' Ohr geflüstert hatte. Das Blut schoss ihr ins Gesicht, sodass es schamrot anlief. Welch eine Blamage! Doch innerhalb von Sekunden schlug ihre Scham in Wut um. »Warum geben Sie vor, kein Englisch zu sprechen, und lassen mich ins Messer laufen?«, entfuhr es ihr.

Chief Matimba schien völlig unbeeindruckt von ihrem Vorwurf und antwortete gelassen: »Afrikaner begegnen euch Weißen mit Respekt. Ihr aber behandelt uns, als wären wir nicht nur arm, sondern dreckig, dumm und gefährlich. Wir behandeln euch, wie ihr es niemals verdient: als Überlegene und Meister. Wir vergessen niemals, dass wir schwarz sind. Wie könnten wir das vergessen in dieser Welt?« Er hielt kurze inne und schien sich die Frage nochmals in Erinnerung zu rufen. »Habe ich denn so getan, als wäre ich Ihrer Sprache nicht mächtig? Oder haben Sie nicht vielmehr einfach angenommen, dass dies so sein müsse? Zwei alte Männer im Lendenschurz, da kann man doch aus Ihrer Sicht kaum anders urteilen, nehme ich an?«

Elizabeth zögerte, ob sie sich entschuldigen oder aufstehen und einfach gehen sollte. Sie schaute zu Chris, doch dieser machte keinerlei Anstalten, sich in den Dialog einzumischen.

Chief Matimba sprach indessen weiter: »Der unbekannte Gast bei uns wird immer als Letzter begrüßt – und wenn möglich, in seiner eigenen Sprache, falls man diese auch beherrscht.«

Er schien sich über sie lustig zu machen, aber der dumpfe Druck in Elizabeths Bauch dämpfte nun ihre Wut, denn die Angst wurde schlagartig übermächtig und stieg wie ein Prickeln in ihr empor. Die Hitze, der Rauch und der Geruch in der Hütte sowie die aufkeimende Panik erfassten sie wie ein Nebel, der sich unaufhaltsam immer enger an sie schmiegte.

Die Männer schienen davon nichts mitzubekommen, denn der Chief sprach weiter: »Ich möchte Ihnen eine Geschichte erzählen, die wir hier jedem Kind erzählen.«

Sie wollte protestieren, doch der Chief hob seine Hand, um sie zum Schweigen aufzufordern: »In der Brust jedes Menschen wohnen zwei Löwen, die einen ewigen Kampf gegeneinander führen: Der eine Löwe ist das Böse – Wut, Neid, Schmerz, Leid, Arroganz, Selbstmitleid, Schuld, Unmut, Niedertracht, Lüge, falscher Stolz und Egoismus. Der andere Löwe ist das Gute – Freude, Frieden, Liebe, Hoffnung, Gelassenheit, Demut, Güte, Freundlichkeit, Empathie, Großmut, Wahrheit, Mitgefühl und Glaube.« Er machte eine Pause, schaute Elizabeth eindringlich an und fragte: »Und Elizabeth, wissen Sie, welcher der beiden Löwen den Kampf gewinnt?«

Sie hatte die Frage infolge ihrer Angstgefühle und körperlichen Reaktionen kaum verstanden und musste sich nun mit äußerster Anstrengung konzentrieren. »Nein, weiß ich nicht, aber Sie werden es mir bestimmt gleich sagen, nehme ich an.«

Chief Matimba schien sich auch diesmal nicht durch Elizabeths Zynismus beirren zu lassen. »Der, den man füttert!«, sagte er. »Der, den man nährt, Elizabeth.« Dann grinste er so breit, dass das Weiß seiner Zähne sogar das Weiß seiner Augäpfel in den Hintergrund treten ließ.

»Unsere Herzen sind voll von Licht und Schatten, meine liebe Elizabeth«, sprach der Chief weiter, »je mehr Licht in unseren Herzen, desto mehr Schatten, beides geht Hand in Hand. Unsere Herzen sind Schlachtfelder, sich ständig verschiebende Landschaften und Länder, die wir Menschen nennen. Und hier in Afrika gilt dies noch mehr als anderswo auf dieser Erde.«

Elizabeth hatte kaum zugehört, die Übelkeit wurde immer schlimmer.

»Sie fühlen sich nicht besonders wohl?« Der Alte, der sich Elvis nannte, sprach ebenfalls ihre Sprache!

Elizabeth wunderte sich über nichts mehr, nicht einmal darüber, dass Elvis einen amerikanischen Akzent hatte. Ich stehe jetzt auf und verlasse die Hütte, dachte sie nur. Die Übelkeit war jetzt so stark, dass sie ein Würgen im Hals spürte und die Befürchtung hegte, sich in den nächsten Sekunden zu erbrechen. Oh Gott, gleich werde ich alle ankotzen!

Elvis erhob sich aus dem Schneidersitz, ohne sich mit seinen Händen abzustützen und mit der Geschmeidigkeit einer Raubkatze, die man ihm nie zugetraut hätte, und ging vor Elizabeth in die Hocke. Bevor sie auch nur reagieren konnte, legte er seine Hände mit festem Griff auf ihre Schultern, fixierte sie kurz und eindringlich, murmelte ein paar Worte in einer unverständlichen Sprache und setzte sich dann genauso behände, wie er aufgestanden war, wieder an seinen Platz.

Die Übelkeit, der Druck und die Panik waren weg! Verschwunden, wie weggeblasen. Elizabeth legte unwillkürlich die flache Hand auf ihr Brustbein, atmete tief durch und konnte es nicht fassen. Wie hatte der Alte das gemacht? War er etwa einer dieser Medizinmänner, einer von denen, die immer wieder mal die Sommerloch-Klatschspalten der Boulevardpresse füllten? Sollte sie ihn fragen – sie überlegte fieberhaft –, sollte sie ihm die Frage stellen?

Elvis schien ihre Gedanken gelesen zu haben, denn bevor sie auch nur die Lippen öffnen konnte, antwortete er ungefragt: »Nein, das kann ich nicht.«

»Was …, wie bitte?«, stammelte sie.

»Sie wollten mich fragen, ob ich Krebs heilen kann, nicht wahr? Die Antwort darauf ist: Nein, das kann ich nicht.« Der Abglanz des Feuers spiegelte sich in seinen Augen. »Ich möchte Ihnen jedoch eine Geschichte erzählen. Es ist die älteste aller Geschichten überhaupt – jene von der großen Regenbogenschlange und den Gesetzen des Lebens.«

»Ach, hören Sie mit diesem Mumpitz auf, bitte! Das Letzte, was ich noch brauche, sind irgendwelche afrikanischen Märchen.«

»Es ist keine afrikanische Geschichte, sondern eine der Aborigines. Nun, vielleicht erzähle ich Ihnen die Geschichte ein andermal.« Er fixierte sie wie eine Schlange, die ein Kaninchen anstarrt, bevor sie es verschlingt. »Gehören Sie auch zu den Menschen, die vorzeitig aufgehört haben zu leben, Elizabeth? Obwohl Sie weiter arbeiten, essen, ihre sozialen Kontakte pflegen? Machen Sie auch alles automatisch, wie nebenbei, ohne den magischen Augenblick zu begreifen, den jeder einzelne Tag in sich birgt? Halten Sie denn überhaupt noch einmal inne, um das Wunder des Lebens zu begreifen? Haben Sie in gesunden Zeiten in Betracht gezogen, dass der nächste Augenblick ihr letzter auf diesem Planeten sein könnte?«

»Ah, hören Sie auf mit diesem New-Age-Käse! Ich bin nicht so blöd, mich auf Budenzauber und Hokuspokus einzulassen. Das ist Nonsens für Ihre afrikanischen Ne…, Buschleute! Legenden, die jeder normale Mensch als Schrott abtun muss. Schon mal was von Zivilisation gehört, *Elvis*?« Sie presste die Lippen aufeinander. Sie wusste, dass sie zu weit gegangen war. Wenn sie ehrlich zu sich selbst war, hatte sie sich nicht nur von ihren depressiven Gefühlen angesichts des eigenen Endes zu diesen Beleidigungen hinreißen lassen: Auch ihr Unvermögen, zu glauben, und der Mangel an einem Anker in ihrem Leben hatten sie dazu verleitet, ihre Frustration an diesen einfachen Menschen auszulassen. Sie hatte diese beiden sicherlich auf ihre Weise ehrbaren alten Männer total überrumpelt. Elvis zog kräftig an seiner langen, schmalen Pfeife. »Euer Problem ist es, dass ihr überall nach dem Höher, Schneller und Weiter sucht und seit langem den Kontakt zu den schöpferischen Ahnen der Traumzeit, deren Wirken unsere Welt erst zu dem geformt hat, was sie ist, verloren habt. Und seitdem ihr deshalb eure geistige Existenz auf die Rationalität reduziert habt, hat sich eine Leere in eurem Geist breitgemacht, die ihr auch nicht mit noch so viel Freizeit, Geld, Macht und irgendwelchen Vergnügungen füllen könnt.« Abermals zog er an der Pfeife und stieß den Rauch in Kringeln aus.

Elizabeth hielt es kaum mehr aus, doch irgendeine geheimnisvolle Kraft hielt sie auf ihrem Kissen.

»Der Verlust des Kontaktes zu einer metaphysischen Sphäre der Welt und zu den tiefen, unbewussten Schichten eures Geistes – diese Leerstelle in eurer Existenz lässt sich nicht mit irgendetwas Beliebigem ausfüllen. Gegen die elementare Leere helfen keine Ersatzgüter. Auf diese Weise findet ihr den sinnvollen Zusammenhang, der über die materielle Welt hinausgeht, nie. Alles ist verbunden. In Ihren Ohren mag es unsinnig erscheinen, aber alle Menschen sind unsichtbar miteinander verbunden – und diese Verbindung können wir beeinflussen, zum Guten wie zum Schlechten. Wenn Sie wollen, können Sie es auch als eine Art Gleichgewicht betrachten, Elizabeth.«

Nur das leise, gleichgültige Knistern des Feuers war nun noch zu hören. Elizabeth hielt zuerst den Kopf wie zum Gebet gesenkt, dann stand sie wortlos auf und ging hinaus. Niemand hinderte sie daran.

*

Sie stolperte aus der Hütte. Irgendetwas hatte der Alte mit ihr angestellt. Zwar fühlte sie die Übelkeit und den dumpfen Schmerz nicht mehr, aber seine Worte hatten sie zutiefst beunruhigt. Sie brauchte Luft. Jeder Atemzug im Freien war besser als die Inhalation des entsetzlichen Miefs in der Hütte.

Nachdem sich Elizabeth ein paar Minuten lang die Beine vertreten hatte, entdeckte sie Marie, die unter einem großen Magnolienbaum am Rande des Dorfes kauerte und wie gebannt auf den Erdboden schaute. Elizabeth rief nach ihr, aber die Kleine schien nicht zu hören. Ohne Hast und immer noch tief ein- und ausatmend, schritt Elizabeth auf das Mädchen zu.

»Hey, Marie, was gibt es denn so Interessantes auf der Erde?« Elizabeth stand jetzt neben Marie, aber diese antwortete nur, ohne den Blick zu heben: »Ameisen.«

»Ameisen?« Elizabeth rümpfte die Nase. »Aha, und was fasziniert dich so an ihnen?«

»Hm, schau mal genau hin!«

Zu Hunderten krabbelten die kleinen Tierchen am Boden herum.

»Ja, ich seh's«, meinte Elizabeth stirnrunzelnd. »Toll, so viele Ameisen«, doch in Wahrheit hatte sie weder Lust noch Laune, sich das emsige Treiben des Viehzeugs anzuschauen, und spielte mit dem Gedanken, Chris aus der Hütte zu holen, damit sie endlich ins Center zurückfahren würden. Immerhin lag auch noch ein Weg von drei Stunden vor ihnen.

Marie ließ nicht locker. »Komm, Liz, schau genau hin.«

»Meine Güte, kannst du nerven«, stöhnte sie, ging aber dennoch in die Hocke und kauerte nun neben der Kleinen.

Das scheinbar wirre Gekrabbel schien, aus der Nähe betrachtet, System zu haben. Außerdem waren es zwei verschiedene Arten von Ameisen: schwarze und rotbraune. Die schwarzen waren größer als die roten; diese wiederum schienen sich schneller und wendiger als die schwarzen zu bewegen.

»Schau, Liz, sie kämpfen.«

Tatsächlich, die schwarzen Ameisen hatten mehrere Kolonnen gebildet. Gestaffelt, hintereinander, in Wellen – genau so, wie man es aus Historienfilmen kannte – griffen sie die roten Ameisen an. Letztere waren scheinbar an Kraft unterlegen, denn die schwarzen zerfetzten immer mehr der roten Ameisen, die, wie es schien, einen Verteidigungsring gebildet hatten, um sich so zur Wehr zu setzen.

Krieg, dachte Elizabeth, ein richtiger Krieg der Ameisen.

Die schwarzen griffen nun immer stärker an. Dann plötzlich, einem unhörbaren Kommando folgend, stoben die roten Ameisen in alle Richtungen auseinander, gaben den Kampf auf, versuchten zu flüchten. Den meisten gelang es jedoch nicht, denn die schwarzen Feinde hatten mehrere Ringe um die roten Flüchtenden gebildet, fingen diese ab, zerfetzten und fraßen sie.

Elizabeth hatte nicht bemerkt, dass Marie mittlerweile den Baum hinaufkletterte. Erst jetzt schaute sie auf und starrte entgeistert auf Maries Treiben.

»Marie«, rief sie resolut, »komm sofort wieder herunter, du wirst dich noch verletzen!«

Marie dachte gar nicht daran, sondern stieg lachend weiter und setzte sich weit oben auf einen dicken Ast. »Komm rauf, Liz«, winkte sie.

»Spinnst du? Nein, du kommst jetzt sofort da runter!«

»Sei kein Feigling, Liz, komm, ich will dir etwas zeigen.«

Ja, was hatte sie schon zu verlieren?

Der Baum weckte eine alte Sehnsucht in ihr, eine Erinnerung an eine ferne Zeit, an einen der letzten unbekümmerten Sommertage ihres Lebens – das Picknick, mit ihm. Später waren sie zusammen auf einen Baum geklettert.

Oh, wie glücklich und sorglos war sie damals gewesen … Bis die Nacht kam.

Während sie Ast für Ast emporstieg, zerstoben die düsteren Erinnerungen mit jedem Höhenmeter. Prustend setzte sie sich schließlich neben Marie auf den mächtigen Ast und grinste wie befreit.

»Siehst du, war doch gar nicht schwer«, sagte Marie strahlend. »Schau mal hinunter.«

Elizabeth schätzte, dass sie sechs oder sieben Meter über dem Erdboden waren. »Wow, ganz schön hoch. Halte dich ja gut fest, Marie.«

»Das meinte ich nicht, Liz. Die Ameisen, kannst du sie noch sehen?«

Elizabeth hatte bisher keine Brille gebraucht, sie sah noch sehr gut. Aber die offenbar winzigen Tiere konnte sie von hier oben beim besten Willen nicht mehr erkennen.

»Nein«, sie schüttelte den Kopf.

»Die sind aber noch alle da, und wahrscheinlich bekämpfen sie sich immer noch«, mutmaßte Marie.

»Ja, da magst du recht haben.«

»Denkst du, es gibt gute und schlechte Ameisen, ich meine, so wie es gute Menschen und böse Menschen gibt?« Sie schien die Frage ernst zu meinen.

»Keine Ahnung.« Elizabeth fühlte plötzlich wieder die Übelkeit im Magen. »Komm, es reicht, ich möchte wieder hinunter.«

»Also wäre es dir egal, ob es gute und böse Ameisen gibt, oder rote und schwarze, nette oder weniger nette, wie bei den Menschen eben.«

»Ja, egal«, antwortete Elizabeth halbherzig, während sie sich nach einem geeigneten Ast umsah, der sich für den Abstieg anbot.

»Warum ist dir das egal?«

»Herzchen, ich hatte einfach nie die Muße, über Ameisen nachzudenken.«

»Warum nicht?«

»Ich hatte anderes zu tun, zu arbeiten, mich um die Firma zu kümmern, Entscheidungen zu treffen – tausend andere Dinge eben, die meine Zeit beansprucht haben.«

»Siehst du?«

»Was soll ich sehen?«

»Gott wird im Moment auch anderes zu tun haben – wie du, als du noch gearbeitet hast. Da hattest du auch keine Zeit, dich darum zu kümmern, ob es gute oder böse Ameisen gibt. Aber jetzt, Liz, jetzt hast du Zeit. Jetzt sitzt du hier mit mir auf einem Baum in Onkel Matimbas Dorf, weit weg von deinem Zuhause, und denkst über Ameisen nach.«

»Hm, du kommst auf Ideen«, Elizabeth wusste nichts Besseres zu erwidern.

»Eines Tages, wenn Gott wieder etwas mehr Zeit hat, wird er vielleicht auch auf einem riesengroßen Baum sitzen und sich um die guten und die bösen Menschen kümmern.« Marie machte eine ernste Miene.

Als sie endlich wieder am Boden waren, schaute sich Elizabeth die Ameisen nochmals an und beugte sich dazu ganz nah über den Boden: Die rotbraunen hatten Verstärkung erhalten. Von allen Seiten und in großer Überzahl griffen sie die schwarzen an und vernichteten sie.

*

Wochen waren ins Land gezogen. Elizabeth konnte es kaum fassen. Sie lag noch im Bett, fühlte sich schlapp und müde. Der Druck in der Magengegend und die Übelkeit waren wiedergekommen, ja, sie nahmen von Tag zu Tag zu. Chris hatte ihr versichert, das sei noch nicht so schlimm; trotz der Nebenwirkungen solle sie weiterhin die Medikamente nehmen, die ihr der Arzt in New York verschrieben habe. Die Metastasierung der Karzinome werde dadurch immerhin verzögert. Wie harmlos dies alles aus dem Mund eines Arztes klang: klinisch sauber, so gar nicht nach Schmerzen, Verzweiflung, Erbrechen und Sterben.

Später, wenn ihr Arzneimittelvorrat zur Neige gehe, könne er ihr andere Mittel besorgen, und wenn die Schmerzen wirklich einsetzten, werde er ihr Morphin geben. Professionell, ohne spezielle Regungen hatte er ihr dies mitgeteilt, so ganz, als ob er mit ihr übers Wetter geplaudert hätte. Elizabeth wurde aus ihm einfach nicht schlau.

Dieser Umstand erleichterte ihr zu allem Überdruss auch nicht die Entscheidung, wann der richtige Zeitpunkt sei, um ihm die ganze Wahrheit zu sagen, um ihm endlich zu sagen, was wirklich geschehen war vor zwanzig Jahren.

Heute, warum nicht heute? Genau, ich passe heute den richtigen Moment ab.

Sie rollte sich zur Seite und schaute dabei auf die aufgehende Sonne. Wenn sie nicht gewusst hätte, wo sie war und dass sie bald sterben würde, hätte sie sich sogar wohlgefühlt, wäre vielleicht sogar glücklich oder … verliebt.

Jäh wurden ihre Gedanken unterbrochen, als die Zimmertür aufgerissen wurde.

»Wach auf, Liz!«, bat Chris.

»Ich bin schon wach. Was ist los?«

»John liegt im Sterben«, sagte er erregt. »Willst du ihn noch mal sprechen?«

Sie nickte und saß auch schon auf der Bettkante.

»Du weißt, wo er ist.« Dann eilte er hinaus.

Elizabeth stand hastig auf, besprengte sich kurz mit zwei Handvoll Wasser das Gesicht und zog sich an.

Chris hatte John in eines der kleinen Einzelzimmer legen lassen. Am Ende war das immer so. Leise klopfte sie an die Tür und trat ein.

John öffnete die Augen, und als er sie erblickte, gelang ihm sogar ein Lächeln.

»Hallo, John. Wie geht es?« Sie war sich der Sinnlosigkeit der Frage bewusst, aber was sollte sie stattdessen sagen?

»Elizabeth, ich hab nicht mehr lange«, er hustete trocken. Sein Atem ging angestrengt, stoßweise, keuchend und unangenehm gurgelnd.

Elizabeth fühlte sich unwohl und musste sich mit aller Macht zusammenreißen, doch John hatte ihren Gesichtsausdruck korrekt interpretiert.

»Sie müssen nicht lange hier sein. Wer möchte das schon?«

»Nein, John, ich bleibe gerne hier bei Ihnen.«

»Ach Elizabeth, wir sind beide erwachsen und intelligent genug.« Er machte eine müde Handbewegung. »Sie müssen mich nicht mit unnötig höflichen Floskeln trösten. Bitte setzen Sie sich doch kurz, ich möchte Sie etwas fragen.«

Sie zog einen Stuhl neben das Bett und setzte sich.

»Ich wollte Sie das schon länger fragen«, er hustete erneut. Das Betttuch, in das er gehustet hatte, war voller kleiner Bluttropfen. Er hatte es nicht bemerkt. Elizabeth faltete das Tuch ein wenig, sodass man die Flecken nicht mehr sehen konnte.

»Glauben Sie an Gott und das ewige Leben?«, fragte er.

Elizabeth stand auf, nahm einen sauberen Lappen aus dem kleinen Schrank an der Wand, machte ihn ein wenig feucht und legte ihn auf Johns Stirn. Dann nahm sie seine Hand und hielt sie fest. Er atmete wieder etwas ruhiger.

»Ich … weiß es nicht, John.«

»Ha, natürlich wissen Sie es nicht – wer kann das schon wissen? Ich habe Sie aber gefragt, ob Sie daran glauben, Elizabeth.«

»Wollen Sie eine ehrliche Antwort?«

»Nein, natürlich nicht. Ich liege hier am Ende meiner Zeit und habe Sie gerufen, um mich anlügen zu lassen.« Heftig drückte er ihre Hand, während sich sein Gesicht unter Schmerzen verzerrte. »Selbstverständlich will ich eine ehrliche Antwort von Ihnen! Das ist ja der Grund, warum ich Sie frage und nicht Chris oder sonst wen. Auf irgendeinen salbungsvollen, verlogenen ›Glaube an deinen Herrn‹-Quatsch kann ich in meiner Situation gut verzichten.« Er ließ seinen Kopf erschöpft ins Kissen fallen.

»Nein, ich glaube nicht an das ewige Leben.« Sie fasste sich mit der freien Hand an die Stirn. »Kein vernünftiger Mensch kann an das ewige Leben, an die Engelein im Himmel, an einen gütigen Vater und all den Mist glauben. Und wenn Sie die ganze Wahrheit wissen wollen, dann sage ich Ihnen, dass jeder aufgeklärte Mensch das auch weiß, aber wer gibt das schon gerne zu, wer …«, sie stockte, denn John hatte seine Augen geschlossen.

War er etwa schon tot?

Jetzt hatte sie ein schlechtes Gewissen, war beschämt, weil sie vielleicht nicht die richtigen Worte gefunden hatte. Sie beugte sich über den bewegungslosen Körper. War es denn zu verantworten, einem Sterbenden jegliche Hoffnung zu nehmen und mit kalter Logik jeglichen Funken Hoffnung im Keim zu ersticken?

Sie wollte irgendetwas Milderndes tun, irgendetwas Hoffnungsfrohes sagen – oder Chris holen. Ja, bestimmt würde er John hilfreichere Worte vermitteln können.

Sachte versuchte sie ihre Hand aus Johns Hand zu ziehen, als er die Augen öffnete.

»Keine Sorge, Elizabeth, Sie brauchen mich noch nicht ganz abzuschreiben.« Seine Mundwinkel verzogen sich, als wollte er über einen guten Witz schmunzeln, doch keinem der beiden war nach Lachen zumute. »Ich danke Ihnen für die ehrliche Antwort, doch in meiner Situation klingt sie nicht so sehr überzeugend, Elizabeth.«

»Es tut mir leid, John, ich meine, dass ich so herzlos bei meiner Antwort war.«

»Nein, nein, Sie haben mich missverstanden. Ich dachte mein ganzes Leben genau wie Sie. Was ich sagen will, ist: Sie haben mir noch nicht erklärt, weshalb Sie zu wissen glauben, dass es weder Gott noch ein ewiges Leben geben kann.«

Sie schaute ihn verwundert an, denn diese Antwort hatte sie nicht erwartet.

Plötzlich richtete sich John auf, zog sich aus eigener Kraft mit dem Oberkörper hoch und bat sie, ihm ein zweites Kissen zu reichen, sodass er besser mit ihr sprechen könne. Seine Stimme klang plötzlich klar, sie schien nicht mehr die Stimme eines Sterbenden zu sein, ganz so, als wollte John zu seinem letzten, aufrichtigen Gefecht antreten.

Der Lebenswille … Wir wollen einfach nicht sterben, dachte Elizabeth unwillkürlich, in der Hinsicht scheint jemand ganze Arbeit geleistet zu haben.

»Also, ich warte«, sagte er bestimmt.

»Sie warten – worauf?«

»Ach Elizabeth, bitte spielen Sie nicht mit der kurzen Zeit, die einem sterbenden Mann wie mir bleibt. Auf die besten Argumente, die Sie haben! Alles, was gegen Gott und das ewige Leben spricht.« Er schaute sie beinahe verschmitzt an und schien sein letztes Aufbäumen zu genießen.

»Aber John«, sie wäre am liebsten aufgestanden und gegangen, »lassen Sie uns morgen darüber sprechen. Ich denke, Sie sollten sich ausruhen.«

»Für mich gibt es kein Morgen, Elizabeth. Heute ist mein Tag, mein letzter Tag. Bitte, Elizabeth, es wird auch für Sie selbst wertvoll sein – da bin ich mir ziemlich sicher.«

»Also gut, wie Sie wollen«, gab sie nach. »Was soll dieser Glaube an einen *lieben Gott*? Wie lachhaft das schon klingt! Wir haben keinen einzigen Beweis für die Existenz Gottes, und es wird einen solchen auch nie geben, weil es eben keinen Gott gibt.«

»Hmm«, er schien nicht beeindruckt.

Furios fuhr sie fort: »Lassen Sie es mich mit den Worten Ludwig Feuerbachs sagen: Religion und Gott sind pure Projektion, ein Wesenswunsch des Menschen, der seine eigene Vergänglichkeit nicht akzeptieren kann oder will. Oder mit Freud, der zu Recht immer davon überzeugt war, dass Religion und Gottglaube reine Illusion seien, gar ein Ausdruck von Unreife, Infantilität oder Neurosen.« Sie schaute ihn betrübt an. »Es tut mir leid, John, aber so ist es nun einmal: Wir werden geboren, leben ein bisschen und sterben. Kein Zuvor, kein Danach!«

»Ist das alles?« Er hustete heftig, bevor er weitersprechen konnte. »Sie nehmen ein paar Zitate von irgendwelchen Psychologen und Philosophen und machen sie hinsichtlich der Frage des Glaubens – vielmehr des Nichtglaubens – zu Ihrem Lebenscredo? Ihrem Feuerbach antworte ich mit Immanuel Kant: Was nicht beweisbar ist, muss noch lange nicht falsch sein. Und zu Freud sage ich selbst: Ist nicht jeder Moment – jeder Augenblick wie Lieben, Hoffen, Bangen und so fort – eine Projektion, Elizabeth?«

»Ach, John, was beweist das schon?«

»Beweise, Beweise – meine Güte«, seine Stimme wurde schwächer. Elizabeth reichte ihm sein Wasserglas. Er trank einen Schluck, und sein abgemagerter Körper schien sich noch einmal wie eine Feder zu spannen. »Auch wenn dies harsch klingen mag, meine Liebe, aber bald schon werden Sie an meiner Stelle hier liegen. Spätestens dann werden auch Sie sich der Frage aller Fragen stellen – der Frage, die wir doch alle so gerne verdrängen, hoffend, dass sie uns nie einholen werde. Und dennoch holt sie uns eines Tages ein.« Er beugte sich unter großer Anstrengung vor und wisperte: »Und wissen Sie, was die Frage ist, Elizabeth?«

Sie schluckte leer. »Ich kann es mir vorstellen – ja, ich denke, ich kenne die Frage.«

»Nein!«, das Wort kam wieder erstaunlich heftig, »nein, ich glaube es nicht! Denn man weiß es immer erst spät, meist erst, wenn es zu spät ist.« Sein Gesicht verkrampfte sich. »Denn die Frage aller Fragen ist: *Was haben wir schon zu verlieren?*« Wie triumphierend ließ er sich ins Kissen fallen und lächelte.

Die Zeit schien stehen geblieben zu sein. Stille.

Dann endlich brach Elizabeth das Schweigen. »Das verstehe ich nicht ganz, John.« Sie wollte ihn nicht weiter aufregen und hatte beschlossen, dass es erbarmungslos und sinnlos war, einen Sterbenden zu nerven.

»Die Wette, Elizabeth – das Leben ist wie eine Wette und damit der Glaube im Hinblick auf den Sinn des Lebens. Es gab einmal einen Mann, der sagte, dass es mit dem Glauben und Gott wie eine Wette sei. Wie bei jeder Wette muss man auch bei dieser Wette setzen. Allerdings geht es bei dieser Wette um den ultimativen Einsatz, und zwar um ›null‹ oder ›unendlich‹. Anders gesagt: alles oder nichts! Und wissen Sie was, Elizabeth?«

Sie schüttelte leicht den Kopf.

»Wenn man diese Lebenswette annimmt, kann man alles gewinnen und nichts verlieren. Aber vielleicht ist es für mich schon zu spät. Vielleicht gibt es Regeln für die Wette, so wie im Casino. Vielleicht ist Gott ja ein Croupier«, er lachte kurz auf, »vielleicht sagt Gott: ›Les jeux sont faits, rien ne va plus.‹ Ja, vielleicht habe ich dieses Spiel schon verpasst, oder nicht? Wer weiß? Wie sind die Regeln? Kann man auch noch eine Sekunde, eine Tausendstel-Sekunde vor dem Tod setzen? Gilt es dann noch?« Seine Stimme begann zu versiegen. »Kennen Sie die Regeln des Spiels, Elizabeth?« Er streichelte über ihre Hand. »Ich werde jetzt eine Weile schlafen. Danke, dass Sie bei mir waren. Es war mir eine Ehre, Sie kennengelernt zu haben.«

Sie schluckte ihre Tränen, berührte seine Wangen, stand auf und ging zur Tür.

»Elizabeth?«

»Ja, John?«

»Die Wette, Elizabeth. Man kann nur gewinnen.« Von seiner Miene war jegliche Angst gewichen. »Aber man muss setzen!«

*

Deprimiert saß Elizabeth im Hof unter dem Baum. John war in der Nacht gestorben. Chris war bis zum Ende bei ihm geblieben. Sie hatte erst nicht gewagt, ihn zu fragen, dann war es ihr doch herausgerutscht, so wie wenn man Hi, wie geht's? sagt und doch nie eine ehrliche Antwort auf die Floskel erwartet.

»Wie war's?« Wie konnte sie bloß diese hirnrissige Frage stellen?

»Schmerzhaft«, hatte Chris kurz angebunden geantwortet, dann war er in seinem Zimmer verschwunden.

Elizabeth war hin- und hergerissen, als sie die Kleine kommen sah.

»Wirst du John vermissen, Liz?« Marie setzte sich neben sie.

»Und du, was wirst denn du in deinem Leben vermissen? Ich nehme an, so ziemlich alles«, zischte sie, doch im selben Augenblick tat es ihr leid. Sie fühlte sich mies dabei, dass sie ihre Wut auf das Leben und den Tod an dem Mädchen ausließ, und haspelte: »Verzeih, Marie, ich habe es nicht so gemeint.«

Doch Marie schien es überhört zu haben und rief sehnend: »Das Meer werde ich vermissen – ich habe noch nie das Meer gesehen!« Aber dann fügte sie hastig und verlegen an: »Na, macht nichts. Ist auch nicht so schlimm.«

»Es gibt vieles, das du noch nicht gesehen hast, Kleine«, meinte Elizabeth.

»Hm, wohl schon, aber Onkel Chris hat mir erzählt, dass das Meer wunderschön sei.« Marie wies in eine imaginäre Ferne und breitete ihre dünnen Arme aus. »Es ist blau, das Meer. Aber nicht immer dasselbe Blau. Am frühen Morgen, wenn die Sonne aufgeht, ist es fast grau, so wie der Himmel, und man könnte meinen, dass Meer und Himmel dasselbe seien; nicht wie Bruder und

Schwester sind dann der Himmel und das Meer, sondern wie eine unendlich große graue Decke, die die ganze Erde zudeckt, damit die Erde in der Nacht nicht so frieren muss. Und weit ist das Meer, unendlich weit, genau wie der Himmel so weit. Man kann das Ende des Meeres nie sehen. Und wenn die Sonne aufgeht und ihre ersten roten und orangefarbenen Strahlen die riesige graue Decke von der Erde ziehen, dann kann man langsam erkennen, dass der Himmel und das Meer getrennt, jeder für sich, den Tag verbringen, aber dennoch sind sie verbunden, denn keiner kann ohne den anderen auskommen. Sie gehören einfach zusammen – wie Geschwister. Je mehr die Sonne aufgeht, desto blauer wird das Meer. Zuerst ein ganz dunkles Blau, später nimmt es an manchen Stellen ein helles Blau an und an anderen Stellen ein grünliches Blau. Es sieht aus wie ein riesiger, toll farbiger Teppich, der in den allerschönsten Farben leuchtet, die man sich vorstellen kann. Und der Himmel spiegelt sich im Wasser, die Wolken spiegeln sich in sanftem Weiß und vermischen sich mit dem Blau-Grün. Wenn die Sonne am Himmel noch höher steigt, dann beginnt das Meer auch noch zu glitzern, wie Tausende kleiner Glasscherben. Und am Abend kommt der Mond und heißt die Nacht willkommen. Der Mond wacht über die Erde und über uns. Er ist unser Freund und sorgt dafür, dass wir alle ruhig schlafen können. Er ist wie ein Nachtwächter oder wie ein Hirte … oder wie ein Vater oder Bruder, und …«, ihr Kichern klang merkwürdig, »… so einen Vater oder Bruder muss man doch lieben und gern haben, Liz, oder?« Sie schaute Elizabeth mit großen Augen an. »Ist doch so, Liz, einen Vater und einen Bruder muss man doch lieben, Liz, ja?«

Elizabeth konnte sich in dieser Sekunde weder regen noch äußern, doch Marie sprach schon weiter. Sie war ganz außer Atem, hatte vor Eifer und Erregung vergessen, Luft zu holen.

»Und es ist nass, das Meer. Aber nicht unangenehm nass, sondern manchmal ein frisches Nass und manchmal ein warmes Nass. Und das Wasser wirft rauschende Wellen. Wenn der Wind ganz fest bläst, dann tönt es wie ein Donnergrollen während der Regenzeit. Und manchmal ist es ganz leise und sanft wie das Rauschen der Blätter in den Bäumen und Palmen bei einem leichten Morgenwind oder an einem lauen Abend.« Die Worte sprudelten nur so aus Maries Mund, und das Mädchen ruderte mit den Armen, um seine Worte zu unterstreichen. »Und salzig ist das Meer, hat Onkel Chris gesagt, salziger noch als die Rinde des Kikoka-Baumes, salziger als die Frucht der Mulinda-Blüte.« Die Kleine war nun vollkommen außer Atem. Sie holte tief Luft, dann drehte sie sich zu Elizabeth herum und fragte: »Stimmt das alles, Liz? Hast du das Meer schon mal gesehen?«

»Ja, es stimmt«, antwortete Elizabeth nachdenklich, »ja, ich habe das Meer schon oft gesehen – aber wie du es beschrieben hast, so habe ich es noch gar nie gesehen, Marie.« Sie strich dem Kind sanft über das Haar und lächelte es aus tiefstem Herzen an. »Würdest du denn das Meer wirklich gerne sehen?« Sie legte ihre Hände zu beiden Seiten an Maries kleinen Kopf. »Wollen wir uns zusammen das Meer anschauen, Marie?«

Marie konnte die Frage zuerst nicht fassen, doch dann zappelte sie aufgeregt herum und jubelte: »Oh ja, das wäre toll!« Plötzlich schien ihr jedoch etwas einzufallen, und mit gesenktem Blick meinte sie: »Aber das geht ja gar nicht. Das Meer ist furchtbar weit weg, und ich …«, sie stockte, »und du auch … Na, du weißt schon, Liz«, sagte sie ganz ernst.

In Elizabeth jedoch erwachte der alte Elan. Ich bin noch nicht tot, trotzte sie, und die Kleine auch nicht! Wäre ja gelacht, wenn wir es nicht schaffen würden, ans Meer zu fahren. Und ich möchte es genau so sehen, wie es Marie vorhin beschrieben hat.

»Mach dir keine Sorgen, Kleine. Ich habe schon ganz andere Dinge zustande gebracht.« Entschlossen grinste sie das Mädchen an. »Darin bin ich echt gut, Kind, denn was man mit Geld alles anstellen kann – das glaubst du gar nicht.«

Und ohne es auszusprechen, vervollständigte Elizabeth den Satz in Gedanken: Dich und mich kann ich mit all meinen Millionen zwar nicht heilen. Aber ans Meer kann ich uns beide sehr wohl bringen. Und wie! Sei es auch das Letzte, das ich bewältige.

Sie spürte, wie sie ihre Lebenslust und den Lebenswillen wiedergewann, wie sich jede Faser ihres Körpers auf einmal erfrischt anfühlte – wie wenn ein Adrenalinstoß durch ihren Körper raste. Sie fühlte sich gut. Sie fühlte sich gut und stark wie lange nicht mehr. Endlich eine Aufgabe!

*

Elizabeth klopfte und fiel gleichsam mit der Tür ins Haus.

»Marie möchte das Meer sehen«, verkündete sie ohne Umschweife.

Chris zog die Augenbrauen nach oben.

»Ja, das Meer. Du hast es ihr doch so schön geschildert«, meinte sie.

»Hat sie dir das erzählt?«

»Klar, Frauengequatsche, aber davon verstehst du wohl nichts«, sagte sie neckisch.

»Na, da hast du ausnahmsweise recht. Nee, davon verstehe ich tatsächlich nicht viel.«

»Also, was meinst du, Doktor Campbell?«, ganz bewusst versuchte sie ihn zu provozieren.

Er schaute immer noch in seine Papiere auf dem Schreibtisch. Dann seufzte er, drehte sich auf seinem alten Bürostuhl in ihre Richtung und sagte halb ironisch, halb vorwurfsvoll: »Liz, Liz, du wirst dich wohl nie ändern. Wie willst du das denn anstellen, Frau Managerin? Das Meer ist weit weg. Wir sind hier in Afrika.« Er schluckte fast unmerklich und versuchte, seiner Stimme einen sachlichen Klang zu geben. »Und die Kleine hat nicht mehr lange – ein paar Wochen vielleicht noch.«

»Ja, ich weiß, gerade deshalb.« Fast trotzig wie ein Teenager fuhr sie fort: »Und gerade deshalb habe ich schon ein Flugzeug gechartert.« Beim Blick in seine erstaunten Augen musste sie schelmisch grinsen.

»Ah, so ist das«, er vertiefte sich wieder in seine Unterlagen. »Warum fragst du mich denn überhaupt?«

»Weil ich dir vertraue und weil ich …«

»Was?«

»Nichts.« Sie drehte sich zum Fenster und kehrte ihm den Rücken zu, damit er ihre Tränen nicht sah. »Weil du sie am besten kennst.«

»Mach, was du für richtig hältst.«

»Chris?«

»Was denn noch?«

»Ich werde ihr das Meer zeigen, aber ich kann nicht …, du weißt schon.«

»Nein, ich weiß nicht. Was kannst du nicht?«, fragte er mit eisigem Unterton.

»Wenn es so weit ist, ich meine, wenn sie stirbt, Chris … Ich kann nicht bei ihr sein. Das schaffe ich einfach nicht.«

Nur ein Zucken um die Mundwinkel schien etwas von seinem Inneren preisgeben zu wollen. »Hast du es ihr gesagt?«

Sie schaute betreten zu Boden. »Nein«, dann fügte sie murmelnd hinzu, »sie hat aber auch nicht danach gefragt.«

Er stand auf, ging auf sie zu und drehte sie mit einem harten Griff an der Schulter zu sich. Stahlhart, wie Schraubstöcke schlossen sich seine Hände um ihre Arme. Trotz ihres spitzen Aufschreis lockerten sich seine Finger kein bisschen. »Du wirst es ihr sagen, hast du mich verstanden, Elizabeth O'Brien?«, zischte er sie an. »Du wirst es ihr sagen, dass du nicht bei ihr bleibst.«

*

Elizabeth hatte Marie nicht gesagt, wann die Reise beginnen würde. Auch hinsichtlich des Zieles hatte sie sie im Ungewissen gelassen, denn sie wollte das Mädchen überraschen. Vor ein paar Tagen war sie heimlich mit Sulimba, den sie gerne mochte, in der City gewesen und hatte ein paar Sachen für die Tour eingekauft.

Als Liz aufstand und beim Durchqueren des Innenhofes die klare Morgenluft einatmete, war sie versucht, für den schönen Tag und die lange nicht gekannte Lebenslust zu danken. Der dumpfe Druck in ihrer Magengegend holte sie jedoch sogleich in die Realität zurück. Energisch wischte sie die düsteren Gedanken beiseite. Wenn es dich gibt, Gott, bitte hilf mir nur dieses eine Mal; lass uns diese Reise machen!

Auf leisen Sohlen, um die anderen Kinder nicht zu wecken, tapste sie auf Maries Zimmer zu, klopfte leise an die Tür und forderte die schlaftrunkene Kleine auf, dass sie ihre Morgentoilette machen und dann auf ihr Zimmer kommen solle, denn sie habe eine Überraschung für sie.

Nachdem sich Marie gewaschen und angekleidet hatte, kam sie aufgeregt in Elizabeths Zimmer gehuscht. Auf dem Bett stand ein großes Paket in rot-blauem Geschenkpapier mit einer goldfarbenen Schleife.

»Für *mich*?«, fragte Marie staunend und wollte es gleich aufreißen, aber Elizabeth hielt sie schmunzelnd zurück. »Ja, für dich. Aber wir machen es erst am Flughafen auf, einverstanden?«

»Am Flughafen!?« Marie machte Riesenaugen und konnte vor Staunen den Mund nicht wieder schließen.

»Du wolltest doch einmal das Meer sehen, oder nicht?«, schob Elizabeth wie beiläufig nach, aber bevor sie noch recht aussprechen konnte, hatte Marie sie vor Freude angesprungen wie ein junger Hund.

Elizabeth war darauf nicht vorbereitet und geriet aus dem Gleichgewicht, sodass beide auf dem Bett landeten. Marie wollte sie nicht loslassen, klammerte sich immer noch an ihren Nacken und gab ihr schmatzende Küsse auf die Wangen.

»Juchhu, ich werde das Meer sehen!«, jubelte sie.

Das Taxi wartete draußen vor dem Tor. Elizabeth hatte die Abreise bewusst ganz früh am Morgen geplant, sonst wäre kein Taxifahrer aus der City in die Slums gefahren. Am Flughafen war zu dieser frühen Stunde kaum Betrieb.

Marie hatte das Kleidchen, das Liz ihr gekauft hatte, angezogen, und die restlichen Sachen waren in ihrer neuen braunen Reisetasche verstaut. Elizabeth hatte über ihren New Yorker Anwalt alles organisieren lassen, sodass tatsächlich auch alles wie am Schnürchen klappte.

Geld bewegt die Welt, dachte Elizabeth halb melancholisch, halb wütend, als sie durch die Abfertigungshalle schritten.

Während Elizabeth mit langen und schnellen Schritten vorwärtsstrebte, sprang Marie voller Vorfreude neben ihr her.

Ohne ersichtlichen Grund drosselte Elizabeth plötzlich das Tempo. Marie hatte im ersten Moment gar nicht bemerkt, dass sie alleine war, und war schon eine paar Meter weitergerannt.

Genau hier, erinnerte sich Elizabeth, hatte Chris ihr von Maries Schicksal erzählt. Ihr war, als müsste sie nun einen großen Bogen um die Stelle machen.

»Kommst du, Liz?«, forderte Marie sie auf.

»Klar, Marie.«

Hand in Hand rannten sie in Richtung der Gates. Dort wartete ein Minibus, in den sie einstiegen.

Als sie sich der gecharterten Challenger 500 näherten, fragte Marie: »Wo sind denn alle anderen Menschen, die mitfliegen?«

Liz schaute sie grinsend an. »Alle, die mitfliegen, sind in diesem Bus.«

Zum ersten Mal erlebte Elizabeth, dass Marie sprachlos war.

Alles war neu für sie. Als die Maschine mit heulenden Triebwerken über die Startbahn schoss und kurz danach abhob, krallte sich Maries Hand an Elizabeths Arm fest. Aber schon nach ein paar Minuten war die Angst gewichen. Sie schauten aus den kleinen Fenstern auf die winziger werdenden Wolkenkratzer der City. Nach einer knappen Stunde setzten sie zur Landung an.

Obwohl die meisten Gäste mit dem Helikopter zum Hotel flogen, hatte Elizabeth entschieden, mit dem Wagen zu fahren. Die Limousine fuhr, wie sonst bei Staatsgästen üblich, direkt neben das Flugzeug. Eine Riesenluxuslimousine, die sich wie ein Anachronismus von der Landschaft abhob. Der livrierte schwarze Fahrer hielt den beiden die Tür auf. Er war enorm groß und breit wie ein Kleiderschrank. Sein runder, kahlgeschorener Kopf glich einer gigantischen schwarzen Kugel, und seine weißen Zähne blitzten, als er sie beide warmherzig begrüßte.

»Hallo, Ladies, willkommen beim Imperial Lodge Transfer Service. Ich heiße Joshua und werde Sie ins Hotel bringen. Die Fahrt dauert zwar ein paar Stunden, aber dafür hat man eine vorzügliche Aussicht aufs Meer und auf die Küste.«

Marie legte den Kopf in den Nacken und schaute von unten her an Joshua empor. »Wow, du bist aber riesig – und so breit!« Joshua kratzte sich grinsend am Kopf, denn er wusste natürlich, dass die meisten Gäste, die er chauffierte, ebenfalls so – oder schlimmer – über ihn dachten. »Macht nichts«, meinte Marie, wie um ihn zu trösten. »Ich mag dich trotzdem.«

»Entschuldigen Sie, Sir«, schaltete sich nun Elizabeth dazwischen, »Marie ist immer etwas direkt.«

»Geht schon in Ordnung, Madam.« Er beugte sich zu Marie und reichte ihr seine riesige Hand.

Während der Fahrt, die sie mal näher, mal ferner am Meer entlangführte, plapperte das Kind mit Joshua. Sie hatte sich neben den schwarzen Hünen auf den Beifahrersitz gesetzt und hörte aufmerksam zu, wenn er ihr die Landschaft erklärte. Zu jedem Hügel und jeder Schlucht kannte er eine Geschichte.

Elizabeth saß derweil auf dem Rücksitz, hing ihren Gedanken nach und schlief nach kurzer Zeit ein.

Schließlich tauchte wie eine Fata Morgana das Hotel vor ihnen auf. Es lag an einer völlig abgelegenen Steilküste und thronte dort wie ein Märchenschloss, eine Mischung aus Buckingham Palace und orientalischem Sultanspalast, ein atemberaubender Anblick. Das Imperial Lodge Hotel war eines der exklusivsten Häuser der Welt. Normalsterbliche Touristen fanden dort keinen Zutritt, denn es war bewusst für die Superreichen konzipiert. Hauptsächlich war es für seinen paradiesischen Golfplatz bekannt, der zu den schönsten der Welt gerechnet wurde. Elizabeth hatte sich noch nie für diesen Sport begeistern können. Sie hatte das Hotel wegen der fantastischen Lage und wegen seines wundervollen Strands gewählt.

Joshua fuhr die Limousine direkt vor die Einfahrt. Ein Türsteher in schmucker Uniform riss eilfertig die Wagentüren auf.

Weil Joshua der Kleinen versprochen hatte, ihr das Herz des Wagens, den Motor, zu zeigen, willigte Elizabeth ein und bat den Fahrer, Marie später zur Rezeption zu begleiten, während sie vorausging. Sie war bester Laune, dass bis jetzt alles geklappt hatte und dass Marie im Glück schwebte. Elizabeth freute sich selbst wie ein kleines Kind auf seinen Geburtstag und auf den Geschenke-Segen.

*

Sie hatte die Executive Suite gebucht, und solche Gäste wurden prinzipiell vom Direktor persönlich empfangen und betreut. Oliver Wilson, ein relativ junger Manager englischer Abstammung, leitete das Hotel erst seit Kurzem. Als Elizabeth die Lobby betrat, wurde sie von ihm auf halbem Weg zur Rezeption mit einem freudigen: »Madam O'Brien, was für eine Ehre, Sie bei uns begrüßen zu dürfen«, und einer vollendeten Verbeugung mit Handkuss willkommen geheißen – gerade so, als wäre sie seit Jahren ein Stammgast des Hauses oder überhaupt die Königin von England.

Elizabeth erkannte Heuchler auf den ersten Blick, denn sie selbst hatte diese Rolle schon tausendfach in ihrem Leben gespielt; noch vor weniger als einem Vierteljahr hätte sie es als selbstverständlich empfunden, dass man sie mit solchem »Charme« zu umgarnen versuchte. Aber diese Zeiten lagen lange zurück. Jetzt nahm sie das übertriebene, schleimerische Getue nur mit Abscheu wahr. Sie schielte den Kerl von der Seite her an, während er sie in serviler Haltung und konstant vom Wetter und vom herrlichen Golfplatz plappernd an die Rezeption begleitete: Blondes, leicht gewelltes Haar umrahmte ein perfekt geschnittenes, maskulines Gesicht; großgewachsen, schlank und in einem teuren Maßanzug steckend, sah er – das musste man ihm lassen – blendend aus.

Die Lobby des Hotels war pompös und nach Elizabeths Geschmack zu kitschig. Die Marmorsäulen mit den Goldornamenten, der Boden aus brasilianischem Granit und die riesigen Kristalllüster schienen nach dem Motto »Je teurer, desto besser« ausgewählt worden zu sein. Aus gut versteckten Lautsprechern drang dezente, klassische Musik durch die Lobby, und die wenigen Gäste, die sich um diese Stunde hier aufhielten, stanken geradezu nach Geld.

An der Rezeption schnauzte Wilson seinen Assistenten herrisch an: »George, den Schlüssel zur Executive Suite für Madam O'Brien.«

»Sofort, Sir«, erwiderte dieser dienstfertig und bat Elizabeth höflich: »Wären Sie so nett, Madam, die Anmeldung auszufüllen?«

»Was soll das, George, Madam braucht doch keine Formulare auszufüllen.« Ungehalten riss der Direktor dem Angesprochenen das Papier aus der Hand und zischte: »Sie Esel!« Weitere Beschimpfungen verkniff er sich, als er Elizabeths konsternierten Blick registrierte.

George Mutebo, der seit vielen Jahren als Assistent der Direktion arbeitete, entschuldigte sich leise und senkte seinen Kopf. Obschon er sich ständig selbst weitergebildet hatte und in Tat und Wahrheit das Hotel fast alleine führte, war er sich sehr wohl bewusst, dass er als Schwarzer keine Chance erhalten würde, zum Hoteldirektor ernannt zu werden. Damit hatte er sich längst abgefunden, was jedoch seine Wut auf Menschen wie Wilson nicht minderte.

Dieser wandte sich mit säuselnder Stimme an Elizabeth: »Bitte, Madam O'Brien, darf ich Ihnen die Anmeldung aufs Zimmer schicken lassen, und Sie füllen das Formular in aller Ruhe aus, wenn es Ihre Zeit erlaubt?«

Elizabeth nickte nur, denn der Typ hatte soeben noch weitere Minuspunkte gesammelt. Sie wollte nun möglichst schnell auf ihr Zimmer und mit Marie an den Strand hinunter, denn in der Zwischenzeit war es später Nachmittag.

Just als Wilson ihr den Schlüssel reichte, war plötzlich lautes Lachen zu hören. Elizabeth, die mit dem Rücken zum Haupteingang stand, erkannte nur, dass Wilson große Augen bekam, ein unmutig klingendes Grunzen von sich gab und dann seinen Kopf in eine Schräglage brachte, als müsste er sich versichern, dass die Szene, die er sah und die nicht sein durfte, tatsächlich keine Sinnestäuschung war.

Neugierig drehte sich Elizabeth in Richtung des Eingangs und entdeckte, was Wilson soeben an seinem Weltbild hatte zweifeln lassen: Marie thronte wie eine orientalische Prinzessin auf Joshuas mächtigen Schultern, als würde sie einen Elefanten reiten; dazu lachte und quietschte sie so vergnügt, dass sie sämtliche Blicke auf sich zog.

Wilson erwachte aus seiner Erstarrung. »Sagen Sie dem Volltrottel, er soll das Kind hier rausschaffen, Mutebo!« Er hatte nun jede sorgsam antrainierte Contenance verloren, und da Mutebo nicht gleich reagierte, wollte er selbst einschreiten.

»Die Kleine gehört zu mir«, sagte Elizabeth.

»Bitte wie?« Wilson glaubte, sich verhört zu haben.

Elizabeth wiederholte ihre Worte langsam und betont.

Marie und Joshua hatten in der Zwischenzeit die Rezeption erreicht. Wie eine Flaumfeder hob der Riese das Mädchen über seinen kahlen Kopf von den Schultern und stellte sie auf den Fußboden. Marie war außer sich vor Vergnügen und redete sofort auf Elizabeth ein, sodass diese sachte, aber bestimmt die Hand auf den Mund der Kleinen legen musste, um ihren Redefluss zu stoppen.

Wilson packte den verdutzten Chauffeur am Arm und zog ihn beiseite. Er musste sich auf die Zehenspitzen stellen, um auch nur in die Nähe von Joshuas Ohren zu kommen.

»Sie Idiot, was soll das? Sie sind gefeuert!« Dann schritt er hinter die Rezeption, tippte scheinbar ratlos auf die Tastatur seines Computers und räusperte sich diskret. »Madam, leider ist uns offensichtlich bei der Reservierung ein Missgeschick unterlaufen. Ich stelle gerade fest, dass wir restlos ausgebucht sind.« Er sah seinen Assistenten scharf an. »Ist doch so, George, nicht wahr?«

»Gewiss, Sir, gewiss«, sagte dieser mit einem traurigen Blick auf Elizabeth und Marie, »es ist mein Fehler, Sir, wie Sie schon sagten, wir sind leider ausgebucht, Madam.« Er schämte sich zutiefst, aber er hatte keine andere Wahl, denn Wilson würde ihm, ohne mit der Wimper zu zucken, ebenfalls seine Stellung kündigen. Wovon sollte er dann seine Familie ernähren?

Elizabeth durchschaute sogleich das schmutzige Spiel und rang um Fassung. »Sie lügen mich doch an, Sie …«, zischte sie.

Wilson ließ sich nicht beeindrucken. Auch als Elizabeth ihm zuerst das Doppelte, dann sogar das Dreifache des Preises bezahlen wollte und ihm mit einer Klage drohte: Es half alles nichts.

»Madam, ich bitte Sie, das Hotel mit dem Kind unverzüglich zu verlassen.«

»Bitte, Sir, lassen Sie uns wenigstens eine halbe Stunde an den Strand. Bitte!«

»Der Strand ist nur für Gäste, Madam. Wenn Sie selbst einen Blick darauf werfen wollen – gerne. Aber ohne das Kind.«

Elizabeth trat einen Schritt auf Wilson zu. Zum ersten Mal in ihrem Leben hegte sie Mordgedanken. Es war gut, dass sie keine Waffe zur Hand hatte, sonst hätte es womöglich diesen großkotzigen, herzlosen Snob das Leben gekostet. Zugleich wurde ihr blitzartig bewusst, was es bedeutete, aus tiefstem Herzen zu hassen. So lange hatte sie dieses Gefühl unterdrückt, hatte es sorgsam in sich verschlossen gehalten – jetzt brach es aus dem Gefängnis aus. Unwillkürlich kam ihr Chief Matimbas Geschichte der zwei Löwen in den Sinn. Ja, Wilson war ihr eigenes Spiegelbild: Sie erkannte in ihm den Menschen, der sie nicht mehr sein wollte.

Ihr Arm stoppte auf halbem Wege zu Wilsons aristokratischer Nase und stieß auf ein Hindernis aus Fleisch, Muskeln und Knochen in Form der riesigen Hand, die Joshua wie eine Mauer vor Wilsons Gesicht hielt, um den Schlag abzufangen.

»Bitte, Madam, bitte!«, besänftigte Joshua sie mit traurigem Blick.

Marie nahm Elizabeth bei der Hand: »Liz, lass uns gehen. Es macht ja nichts, lass uns gehen, ich bin müde.«

Elizabeth brach es fast das Herz, das Kind so enttäuscht zu sehen, aber sie wollte es nicht noch mehr den abfälligen Blicken der Menschen hier aussetzen.

Joshua bot ihnen an, dass sie bei ihm übernachten könnten. Er selbst könne problemlos bei seinem Bruder schlafen. Der Rückflug wäre frühestens morgen möglich; ohnehin war es zu spät, um in die Stadt zurückzufahren. Der einzige kleine Ort war das Städtchen, in dem Joshua und die meisten Angestellten des Imperial Lodge wohnten. Sie willigte ein und fuhren mit dem uralten, klapprigen Privatauto Joshuas in den Ort. Er lag auf einer Anhöhe, sodass man in der Ferne das Meer erspähen konnte, aber der einzige direkte Zugang zu den Stränden war nur beim Imperial Lodge möglich, denn die Steilküste verlief auf einer Länge von über dreihundert Kilometern am Meer entlang.

Joshua fuhr sie zu seiner Behausung, die aus einem kleinen Schlafzimmer und einer winzigen Küche bestand. Alles war sehr sauber, trotzdem schien sich Joshua ein wenig zu genieren. »Es tut mir leid, Madam, aber das ist alles, was ich Ihnen bieten kann.«

»Nennen Sie mich einfach Elizabeth«, sie gab ihm die Hand, »und ich danke Ihnen von Herzen hierfür, Joshua.«

Gerührt verabschiedete sich der Riese und versprach, sie am nächsten Morgen abzuholen und in die Stadt zu fahren.

»Liz, ich bin müde.« Marie sah ganz blass aus.

»Es tut mir so leid, Marie.« Elizabeth fühlte sich, als stünde sie mit dem Kind an einem tiefen Abgrund. Es war alles gescheitert, und sie hatte Mühe, sich ihren Frust und die Niedergeschlagenheit nicht anmerken zu lassen.

»Macht nichts, Liz. Ich habe ja das Meer gesehen. Auch von fern sah es sehr schön aus.«

Elizabeth biss die Zähne aufeinander, um nicht loszuheulen. Das Leben war beschissen! Sie musste ihrer Wut Luft machen! Schneller, als sie selbst denken konnte, packte sie die Taschen, die zu ihren Füßen standen, und schleuderte sie mit Wucht gegen die Wand, sodass der

Inhalt zu Boden fiel. Dann ließ sie sich aufs Bett fallen und brach in Schluchzen aus.

Marie legte sich wortlos neben sie, schlang ihre dünnen Arme um Elizabeths Leib und kuschelte sich eng an sie. Bald war das Mädchen eingeschlafen. Elizabeth stand vorsichtig auf, ging zum Waschbecken und wusch sich die Augen aus. Dann schaute sie die schlafende Marie an. Dann auf den Boden, auf den zerstreuten Inhalt der Taschen und auf ihr Handy.

Die Nummer! Die Nummer ist gespeichert!, schoss es ihr durch den Kopf. Flugs hob sie das Gerät auf und schaltete es ein. Sie hatte immer noch seine Privatnummer, die nur wenigen Menschen zugänglich war, im Handy gespeichert. Ein Knopfdruck, und nach ein paar Sekunden hörte sie die Stimme.

»Hallo!?« – sonor und souverän wie immer.

»Hallo, James!«

»Elizabeth ..?«

»Ja.«

Eine kurze Pause, in der nur ein Rauschen in der Leitung zu hören war.

»Welche Überraschung! Schön, von Ihnen zu hören. Wie geht es Ihnen?«

»Wie soll's mir schon gehen?«

Das Knistern seiner Havanna war so deutlich zu hören, dass Elizabeth sich nahezu einbildete, den Rauch zu riechen.

»Lassen wir den Smalltalk, James«, sie zögerte, weil sie sich fragte, ob sie zu weit ging, »ich möchte Sie um einen Gefallen bitten.« Ein Blick auf die schlafende Marie gab ihr den nötigen Kick, und zu verlieren hatte sie ohnehin nichts.

»Um einen Gefallen bitten?« Die Ablehnung war schon aus dem Tonfall zu entnehmen. James hätte den nächsten Satz auch unausgesprochen lassen können, denn sie kannte ihn gut genug: Gemäß seinem Credo schuldete er ihr absolut nichts mehr. »Das Geld haben wir überwiesen. Ich wüsste nicht, was wir noch …«

»Das Imperial Lodge gehört doch Ihnen, James.«

»Das … *Was* bitte?«

»Letztes Jahr haben Sie die ganze Kette gekauft, James. Tun Sie nicht so verdammt unwissend! Sie wissen immer ganz genau, wofür sie mehrere hundert Millionen Dollar ausgegeben haben.«

Selbstverständlich wusste er Bescheid, aber er wäre nicht einer der reichsten Männer der Welt geworden, wenn er sich nicht zuerst anhören würde, was seine krebskranke Ex-CEO mitzuteilen hatte, wenn sie sogar aus Afrika auf seiner Privatnummer anrief.

»Ja und? Wollen Sie einen Discount auf eine Übernachtung rausschinden?« Sobald er ungeduldig wurde – und das war in der Regel sehr schnell –, wurde er zynisch, und dies bedeutete eigentlich immer, dass das Gespräch beendet war.

Elizabeth kannte ihn besser als die meisten Menschen, und deshalb begann sie – entgegen ihrem sonstigen Verhalten –, wie ein Wasserfall in das Telefon und auf James einzureden: Sie erzählte von Marie und dem arroganten »Direktor-Schwein«, das nicht einmal den letzten Wunsch eines todkranken Mädchens erfüllte; von den

Fehlern, die sie selbst gemacht habe, und auch von den seinen, die er, gerade er, James der Große, gemacht hatte; davon, dass man teilen müsse; und von all dem, was die Reichen und Mächtigen den Armen schuldeten.

Am anderen Ende der Welt glaubte James zuerst, sich verhört zu haben. War das *seine* Elizabeth? Dieselbe Person, die er jahrelang gefördert hatte und die seine Corporation operativ und auch strategisch erfolgreich geführt hatte? Dass Elizabeth auch ihn selbst mit der Fusion von Global One gleich um mehrere Milliarden Dollar reicher gemacht hatte, war für James selbstverständlich und im Grunde keines speziellen Gedankens wert, denn schließlich war Elizabeth genügend honoriert und abgefunden worden. In der Welt von James Earl Connors III. war es ja auch schlichtweg nicht einzusehen, warum jemand etwas tun sollte, ohne Geld oder einen geldwerten Vorteil dafür zu erhalten.

Er wollte schon auflegen, als die Bilder wie ein Blitz in ihn einschlugen! Wie elektrisiert schaltete er auf die Freisprecheinrichtung und hörte nun Elizabeths Stimme und ihre Klagen über die Ungerechtigkeit der Welt durch den Raum hallen.

James Connors schritt auf einen Schrank zu, öffnete ihn und zog eine alte Lederbrieftasche daraus hervor. Das Foto – diese Aufnahme, die außer ihm selbst noch nie jemand zu Gesicht bekommen hatte! Auch er selbst hatte sie wohl seit einem Vierteljahrhundert nicht mehr angerührt. Er hatte sie Johnson richtiggehend »abringen« müssen: der junge James neben dem Präsidenten im Weißen Haus, nachdem sie ihn wieder so weit aufgepäppelt hatten, dass er mit der Empfehlung des Präsidenten an eine Schule in New York reisen durfte. Was wäre denn gewesen, wenn ihn der Präsident im Elend hätte liegen lassen?

Auf einmal war es still. Er hörte Elizabeth schluchzen, und ihr Weinen vermischte sich über Tausende Kilometer hinweg mit dem Knistern seiner Havanna.

Just in dem Moment, als Elizabeth erneut etwas sagen wollte, klickte es leise in der Leitung. Er hatte aufgelegt.

Sie stolperte gegen die Bettkante und ließ sich deprimiert auf die Matratze fallen.

»Mit wem hast du gesprochen, Liz?« Marie war aufgewacht.

»Mit einem Arschlo…, ähm, sorry, mit meinem Ex-Boss.«

»Oh, dann musst du ihn doch mögen, wenn du für ihn gearbeitet hast.«

»Das dachte ich einmal. Ist lange her, Marie.« Sie starrte auf das Handy in ihrer Hand. »Damals war ich ein anderer Mensch. Ja, damals dachte ich, dass ich ihn mag. Aber jetzt?«

»Ist er auch so reich wie du?«

»Ach, Marie, er ist superreich. Das kannst du dir gar nicht vorstellen – er ist wie ein König. So viel Geld hat er.« Sie schaltete das Handy aus und bettete sich neben die Kleine. »Lass uns schlafen, Marie, alles Geld der Welt kann gewisse Dinge nicht kaufen, doch das versteht man meistens zu spät.«

*

Sie wachte schweißüberströmt auf. Marie hatte ihr Köpfchen nahe an Elizabeths Schulter gelegt und atmete gleichmäßig.

Abrupt stürzte Elizabeth aus dem Bett und hastete zu der kleinen Toilette, um sich zu übergeben. Sich mehr tot als lebendig fühlend, schluckte sie zwei von Silverstones Pillen. Es wird nicht mehr lange dauern, dachte sie. Oh Gott, was für ein Albtraum!

Joshua holte sie gegen zehn Uhr ab. Die Sonne strahlte am klarblauen Himmel. Er schien mächtig aufgedreht, wie ein Schüler am ersten Schultag, und drängte zum Aufbruch. Sie packten ihre wenigen Sachen, denn auch Elizabeth wollte nun so schnell wie möglich weg von diesem Ort.

»Um Himmels willen, wohin fahren Sie denn, Joshua?«, fragte Elizabeth erschrocken, als er mit dem Wagen in Richtung des Hochplateaus abbog.

»Pardon, Madame, ich habe etwas vergessen abzuholen. Wenn Sie bitte erlauben …?«

Sie brummte ein missmutiges »Na, wenn es sein muss«. Schon die Vorstellung, diesem grässlichen Wilson nochmals über den Weg zu laufen, war schrecklich. »Wir warten aber im Wagen.«

»Klar«, sie konnte Joshuas breites Grinsen nicht sehen.

Sie waren kaum vor dem Hotel angelangt, als die Wagentüre aufgerissen wurde und eine sonore, Elizabeth nur allzu bekannte Stimme sie begrüßte: »Darf ich die Damen im Imperial Lodge herzlich willkommen heißen.«

Sie traute ihren Ohren nicht. Das konnte doch nicht sein, nein, sie musste wohl wieder träumen, denn das war die einzige plausible Erklärung. Nun aber wollte sie auf keinen Fall aufwachen. Gott, lass es keinen Traum sein!

*

Es war kein Traum: Vor ihr stand James – James Earl Connors III. höchstpersönlich!

Elizabeth stammelte etwas und schüttelte fassungslos den Kopf, doch ihr Ex-Boss lachte schallend und umarmte sie herzlich.

»Ich wollte nicht als komplettes Arschloch bei Ihnen in Erinnerung bleiben, Elizabeth.« Dann nahm er Marie ins Visier, die ihn ohnehin seit ihrer Ankunft mit großen Augen angeschaut hatte. »Und du musst die kleine Prinzessin sein«, er reichte ihr die Hand, »es wird dir hier bestimmt gefallen.«

»Bist du der König der ganzen Welt?«, fragte das Mädchen beeindruckt. »Du bist ja schwarz, genau wie ich!«

Er lachte prustend und hob Marie hoch. »Der König der Welt? Nein, gewiss nicht. Ich bin nur James Connors.« Vorsichtig setzte er sie wieder am Boden ab und nahm sie an der Hand.

»Komm«, er grinste breit, »lass uns reingehen.«

Seine vier Bodyguards folgten ihnen diskret und in gebührendem Abstand.

An der Rezeption wandte sich James an Wilson: »Und nun zu Ihnen. Wie war doch Ihr Name?«

»Wilson, Sir. Oliver Wilson, Generaldirektor des Hauses und …«

»Schon gut, Wilson.« James' Stimme war schneidend und hatte einen gefährlich ruhigen Klang, als er fragte: »Wollen Sie auch in Zukunft für die Rupert-Elton Company tätig sein, Mister Wilson?«

»Gewiss, Sir, und ich verspreche Ihnen …«, hofierte dieser seinen Chef, doch der schnitt ihm das Wort ab.

»Schön, dann geben Sie den beiden Damen jetzt umgehend die Präsidenten-Suite. Kostenlos und so lange sie bleiben möchten. Haben Sie das verstanden, Wilson?«

Er wartete Wilsons Antwort erst gar nicht ab, sondern wandte sich um und beugte sich zu Marie hinunter. »Nun, darf ich mir erlauben, die junge Lady an den Strand zu begleiten?«

Elizabeth kannte James Earl Connors III. seit vielen Jahren, und bis vor Kurzem hätte sie es noch für völlig unmöglich gehalten, dass ihr »Boss« überhaupt zu einer angenehmen emotionalen Reaktion fähig sei.

Eine halbe Stunde später folgte Elizabeth den beiden an den Strand. Schon von Weitem entdeckte sie Marie und James unter einer kleinen, weißen Pergola im Schatten der Palmen. Die beiden unterhielten sich, wie es schien, angeregt und lautstark. Marie war auf ihren Stuhl gestiegen und fuchtelte wild mit den Armen, zeigte aufs Meer und plapperte unablässig auf ihren großen Freund ein, dessen sonores Lachen über den halben Strand zu schallen schien. Als sie Elizabeth sahen, hüpfte Marie vom Stuhl, und James erhob sich.

»Ich muss jetzt gehen, Elizabeth«, er legte seine Arme auf ihre Schultern und schaute sie lange an. »Ich wünschte, ich könnte mehr als nur dies für Sie tun.«

Sie schüttelte leicht den Kopf und setzte zu einer Erwiderung an, sagte dann jedoch nichts, sondern drückte ihre Wange an sein Gesicht.

Verlegen senkte er den Kopf. Dann beugte er sich zu Marie und sagte: »Danke, kleine Prinzessin.«

Marie schaute in seine traurigen Augen, dann streichelte sie seine Hand. »Oh, gern geschehen – ich danke dir.« Und lächelnd setzte sie hinzu: »Du bist ein sehr netter König.«

Mit einem Winken drehte er sich um und ging davon.

»James, warum sind Sie gekommen?«

Als er Elizabeths Frage hörte, blieb er stehen.

»Man kann die Welt vielleicht nicht verändern, Elizabeth, aber sich selbst schon.«

Er nickte ihr noch einmal zu, dann schritt er schnellen Schrittes davon.

*

Mit unter dem Kopf verschränkten Armen und übergeschlagenen Beinen lag Marie neben Elizabeth auf einer Liege am Strand unter zwei großen Palmen. Elizabeth hatte ihre Sonnenbrille aufgesetzt und schaute in die Wellen. In einem blendend hellen Weiß strahlte die Sonne am Himmel und brach sich in den sanften Wellen zu unzähligen winzigen, gleißenden Diamanten, die auf den Wellen zu reiten schienen.

Zuweilen kam eine der Angestellten und erfüllte den beiden ihre kulinarischen oder sonstigen Wünsche.

»Was hast du eigentlich gearbeitet, Liz?«

»CEO, ich meine Chairman – also, wie soll ich dir das erklären?«, überlegte sie. »Ich manage Firmen.«

»Managen? Was bedeutet das, Liz?«

»Hm, ich sage eben anderen Menschen, was sie tun sollen.«

»Und wenn sie keine Lust haben, dir zu gehorchen? Oder wenn sie glauben, was anderes sei besser?«

»Ach, Marie, das ist alles nicht so einfach, wie du es dir vorstellst«, Elizabeth rang sichtlich um Worte. Wie sollte sie einem kleinen afrikanischen Mädchen erklären, was Management, Führung, Leadership und Shareholder Value bedeuteten?

»Sag es mir so, dass ich es verstehen kann, Liz.«

»Ich versuche, die Leute davon zu überzeugen, warum sie ihre Aufgabe so erledigen müssen.« Doch je länger Elizabeth darüber nachdachte, wie all diese Werte zu erklären seien, umso hohler, unverbindlicher, unnötiger und sinnloser kam ihr all das vor, wonach sie ihr Leben lang selbst gestrebt hatte.

»Und wenn sie trotzdem noch keine Lust haben, zu tun, was du ihnen sagst?« Marie ließ nicht locker. »Was machst du dann?«

Die bohrenden Fragen des Mädchens nervten, doch wenn Elizabeth ehrlich war, vor allem deshalb, weil sie die sinnlose Leere ihres eigenen Lebens so überdeutlich aufzeigten. Sie wusste, dass Marie weder abzuwimmeln war noch Ruhe geben würde, bis sie eine befriedigende Antwort erhielt. Insofern konnte sie ihre Gereiztheit nicht ganz aus ihrem Tonfall verbannen, als sie sagte: »Dann schmeiße ich die Leute raus!«

Marie schaute sie mit großen Augen an. »Das darfst du?«

»Klar darf ich das. Ich bin der …, nein, ich war der CEO.«

»So was wie ein Häuptling also«, hakte Marie erneut nach, »oder eine Königin?« Marie schien von der Vorstellung fasziniert. »Und die, die du rausgeschmissen hast, sind dir nicht böse?«

»Doch, die meisten wohl schon«, sie hüstelte verlegen, »aber so viele habe ich auch nicht entlassen.«

»Entlassen?«

»Das bedeutet dasselbe wie rausgeschmissen, aber es klingt netter.«

»Aber du warst doch bestimmt traurig, wenn du die Menschen manchmal entlassen musstest.«

Elizabeth schwieg betreten. Die Schlichtheit der Frage war so klar wie die Antwort, die sie ehrlicherweise darauf geben müsste, doch für die Antwort schämte sie sich. Deshalb stand sie auf und schlug vor: »Lass uns etwas am Strand spazieren gehen, okay?«

Als sie zurückkehrten, stand die Sonne schon tief am leuchtend roten Horizont. Elizabeth legte sich wieder auf die Liege, schloss die Augen und wünschte sich, dieser Augenblick möge nie enden.

»Warum bist du eigentlich reich, Liz?«

»Ich habe hart dafür gearbeitet.«

»Arbeiten denn andere Menschen nicht auch hart – und sind doch nicht reich?«

»Schon, vielleicht muss man auch eine Portion Glück haben. Manche sagen: ›Ex nihilo nihil fit.‹«

Marie hatte sich aufgesetzt und legte den Kopf schief.

»Sorry, Kleine, das verstehst du ja nicht. Kommt von meiner humanistischen Bildung«, Elizabeth grinste, »das ist lateinisch und heißt ungefähr ›Von nichts kommt nichts‹. Das ist ein unwiderlegbares Naturgesetz, das auch im Geschäftsleben gültig ist.« Um von dem Thema abzulenken, fragte sie: »Und, Marie, gefällt dir das Meer immer noch?«

»Oh ja, es ist wunderschön!« Die Frage Maries kam hier so unerwartet wie die Krebsdiagnose: »Warum glaubst du nicht an Gott, Liz?«

»Ach nein, Marie, das hatten wir doch schon.«

»Warum nicht, Liz?«

»Herrje, weil es keinen Gott gibt – und schon gar kein ewiges Leben.« Sie nahm Maries Hand, als wollte sie für ihre Antwort um Entschuldigung bitten.

Marie schaute sie lächelnd an. Dann kletterte sie auf den Liegestuhl und zeigte mit einer großen kreisenden Bewegung ihrer ausgebreiteten Arme auf das Meer und den Himmel.

»Und wer hat dies alles geschaffen, Liz?«

»Niemand.«

»Niemand?«

»Ah, Marie, du nervst aber heute.« Sie hatte sich halb von der Liege aufgesetzt und schaute die Kleine an, wie sie dastand mit dem Badekleidchen und den dünnen

Beinen, den Kopf leicht schräg haltend, während sie auf eine Antwort wartete.

»Also schau, es ist so: Am Anfang war nichts. Dann gab es einen Urknall, und dann entstand das Universum. Viel, viel später entstanden die Sonne und die Planeten und dann die Erde und schließlich der Mensch. Voilà, das nennt man Wissenschaft.«

Marie kicherte ausgelassen. »Nichts? Du hast gesagt, am Anfang war nichts?«

»Genau.«

»Aber gerade vorhin hast du mir doch erklärt, dass das nicht geht. Du hast gesagt: ›Von nichts kommt nichts‹, stimmt's? Es geht also nicht, dass aus nichts etwas werden kann!« Als habe sie es hundertmal geübt, warf sie einen Stein in die anbrandenden Wellen und staunte über dessen elliptische Flugbahn, bis er mit einem leisen Platschen im Meer verschwand. »Ja, Liz, du hast gesagt, es sei ein Naturgesetz.«

*

Ihr letzter Tag im Imperial Lodge war angebrochen. Gemächlich rollten die Wellen an den Strand – ewige Gezeiten, das Meer kennt keine Eile.

Marie saß im Sand und schaute wie gebannt aufs Wasser, während Elizabeth im Schatten der Palmen vor sich hindöste und die Seele baumeln ließ. Keine Pläne, keine Erinnerungen, weder Vergangenheit noch Zukunft, genau wie es dieser verrückte Aborigine – ob er wohl wirklich Elvis hieß? – gesagt hatte. Die Vergangenheit existierte bloß in ihrer Erinnerung und die Zukunft nur in ihrer Erwartung.

Ja, der alte Kauz hatte recht gehabt. Nur das gleichmäßige Geräusch der Brandung drang an sie heran. Eine leichte, angenehme Brise streichelte sanft ihre Haut, sie fühlte sich wohl, wollte diesen einen Augenblick so in Erinnerung behalten, wie er war: kostbar, unbezahlbar – ewig.

»Liz?«

»Hmm?«

»Bist du glücklich?«

»Ja, sehr. Ich glaube, ich war nicht mehr so glücklich, seit ich ein kleines Kind war.«

»Und warum nicht? Hast du dich nie gefreut?«

»Doch, schon.«

»Worüber?«

»Tja, lass mich nachdenken …« Elizabeth rückte ihre Sonnenbrille zurecht.

»Zum Beispiel bei deiner Arbeit? Warst du da glücklich?«

»Ja …, nein …, ach, ich weiß nicht. Manchmal schon ein bisschen.«

Marie grübelte eine Weile, dann sagte sie: »Komisch, dass die meisten Menschen nur dann glücklich sind, wenn sie sich auf etwas freuen, das erst noch geschehen wird. Aber wenn es dann eintrifft, können sie sich gar nicht mehr richtig freuen, sondern warten schon auf das Nächste, worauf sie sich freuen können.«

*

»Hast du gut geschlafen?«

Elizabeth spürte seine Hand, die Wärme seines Körpers und fühlte sich geborgen. »Ja, das habe ich tatsächlich wie seit Langem nicht mehr.«

»Wie war's am Meer?«

»Unbeschreiblich schön.«

»Freut mich.«

Sie lagen eine Weile einfach nebeneinander. Die Fensterscheiben kündeten fahlgelb die aufgehende Sonne an.

»Chris, glaubst du, dass Träume etwas bedeuten?«

»Wie meinst du das?«

»Na, dass Träume mehr sind als elektrische Entladungen unseres Gehirns, mehr als sich entladende stimulierende Neuronen, Synapsen und so.«

»Die Aborigines glauben, dass Träume uns den Weg ins Jenseits weisen«, antwortete er. »Sie glauben, dass Träume Realitäten hinter verschlossenen Türen sind und wir im Schlaf Zugang zu diesen anderen Realitäten und Welten erhalten.«

»Und glaubst du das auch?«

»Warum fragst du?«

»Weil ich geträumt habe. Ich habe geträumt, ein Schmetterling zu sein.«

Langsam färbten sich die Scheiben heller und ähnelten einem abstrakten, verwaschenen Bild, das nun jedoch deutlichere Formen und Farben gewann. Beide waren in Gedanken versunken, bis Elizabeth sich auf die Seite wälzte und ihren Kopf mit der Hand abstützte, um ihn von der Seite anzuschauen.

Zögernd setzte sie zu einer Frage an. »Chris?«

»Hmm?«

»Warum hast du damals vor Gericht nicht widersprochen?«

»Weil …, weiß nicht so recht« , er hob die Hand und ließ sie schwer auf das Betttuch fallen. »Spielt doch eh keine Rolle mehr. Irgendwie war mir damals alles egal.«

Sie spürte instinktiv, dass er ihr nicht die Wahrheit sagte.

»Aber warum? Wir kannten uns kaum. Und ich …, ich habe dich schlecht behandelt – ja, mehr als das, ich habe dich verraten.«

»Ist schon okay, Liz.«

»Nein, Chris, das ist nicht okay. Es war nie okay. Nicht für mich.« Sie kämpfte mit sich. Sollte sie es ihm endlich sagen? Wie würde er reagieren? »Verzeih, dass ich dein Leben ruiniert habe, Chris.«

»Du hast mein Leben nicht ruiniert«, antwortete er ernst. »Eigentlich hast du mein Leben gerettet – eigentlich wäre ich längst tot!« In seinen Mundwinkeln lag wieder dieses leichte Zucken. »Ich weiß nur bis heute nicht, ob ich wollte, dass du mein Leben rettest.«

»Wie meinst du? Ich verstehe das nicht.« Elizabeth runzelte die Stirn.

Er schlug die Decke zurück, stand auf und streckte sich.

»Vergiss es. Irgendwann wird die Zeit da sein. Es kommt immer die Zeit, wo man Rätsel zu verstehen beginnt.« Er schnappte sich das Handtuch und seine Kleider, um in die kleine Dusche am Ende des Korridors zu gehen. Die Tür knirschte leise beim Öffnen.

»Chris?«

»Ja, was denn?«, fragte er mürrisch nach.

»Marie wird bald sterben?« Sie schaute an die graue Decke, die teilnahmslos zurückstarrte. Kein Entkommen, Augenblicke der Wahrheit, schlechter Moment, doch es musste jetzt raus.

»Ich kann das nicht.«

»Hatten wir das nicht schon besprochen?«, fragte er scharf und dachte, was für eine schöne Frau sie war. »Wie ich dir geschrieben hatte, Liz: *We are what we do.*« Dann zog er die Tür mit einem harten Ruck hinter sich zu.

*

Elizabeth traute sich nicht, ins Zimmer einzutreten. Was sollte sie dem Jungen auch sagen? Sorry, Junge, bist halt im falschen Land, auf dem falschen Kontinent geboren. Welchen Trost sollte sie ihm spenden? So nach dem Motto: Mein junger Freund, kein Schwein in der Welt interessiert sich für dich.

Sie hielt die Türklinke immer noch in der Hand, unentschlossen, ob sie doch hineingehen sollte, dann hörte sie seine Schreie. Elizabeth ließ die Klinke los, als wäre sie glühend heiß, und schritt langsam über den Hof. Dort setzte sie sich in das hinterste Eck, wo man Daniels Heulen am wenigsten hören konnte.

Die HI-Viren hatten in den letzten Wochen sein Immunsystem komplett zerstört, sodass die Parasiten freie Bahn hatten, hatte Chris ihr erklärt. Hätte sie bloß nicht nachgefragt, dachte sie. Er hatte es mit der sachlichen, emotionslosen Stimme eines Buchhalters, der eine Bilanz ohne Höhepunkte erörtert, erklärt. Die Parasiten seien nicht aufzuhalten, denn es gebe keine Mittel dagegen. Solche Parasiten gab es nur in Afrika, nirgends sonst. Demzufolge war es absolut nicht lukrativ für die großen Pharma-Unternehmen, nach einem Mittel zu forschen. Und selbst wenn man forschen würde und ein Mittel fände: Die Afrikaner könnten es sich ohnehin nicht leisten. Kein Markt vorhanden.

»Die Elastizität der Preise kennst du ja bestens, Elizabeth«, schloss Chris seine Ausführungen, »Return on Investment, Shareholder Value und all das Zeugs. Dir brauche ich das ja nicht zu erklären. Was soll's? Auf diesem Kontinent gibt es ja eine Ressource, die im Überfluss vorhanden ist und um die man sich nicht zu kümmern braucht: Menschen!«

Chris wurde von Tag zu Tag zynischer, kälter und härter. Seit sie vom Meer zurück war, hatte sich dieses Gefühl immer mehr zur Tatsache gewandelt. Sie schliefen zwar fast jede Nacht zusammen, doch zugleich schienen sie sich nicht näherzukommen – im Gegenteil.

Sie hatte keine Ahnung, was das bedeuten sollte, aber er musste einen Grund haben – einen, der tiefer lag als das Unrecht, das sie ihm dazumal angetan hatte. Ihn direkt darauf anzusprechen wagte sie nicht, denn sie fürchtete die Antwort. Sie hatte sich diskret bei seinen Mitarbeitern kundig gemacht, hatte da und dort wie zufällig nachgefragt, ob denn Mister Chris – so nannten ihn fast alle – immer schon so sachlich und kalt, scheinbar keiner Emotion fähig gewesen sei. Nein, eigentlich nicht, erst in letzter Zeit sei das so, antworteten die meisten.

*

Sie lag schon im Bett, als das Knarren der Tür sein Kommen ankündigte. Er kroch unter die Decke. Sie roch den Duft seiner geduschten Haut, doch er drehte sich auf die Seite und brummte bloß ein »Gute Nacht«.

»Chris, schläfst du schon?«, flüsterte sie nach ein paar Minuten.

»Ja.«

»Dann sage ich es dir morgen.«

Er warf sich herum und grinste. »Warum stellt du dann so rhetorische Fragen?« Er äffte ihre Stimme nach: »›Schläfst du schon?‹ – Mensch, das kann ja niemand auf dieser Erde ehrlicherweise mit Ja beantworten.« Er zog eine spöttische Grimasse. »Also, was ist die Frage?«

»Es ist weniger eine Frage als eine Feststellung.«

»Mach schon, Frau Chairman, sag einfach, was du sagen willst.«

»Weshalb hat Marie keine Angst vor dem Tod?«

Er schaute sie lange an, rückte näher an ihre Seite, antwortete aber nicht.

Elizabeth hatte ihn inzwischen gut kennengelernt – als hätte sie ihn nie verlassen. Einerseits schien eine sonderbare, enge Vertrautheit zwischen ihnen zu bestehen, andererseits wurde sie das Gefühl nicht los, dass sie in verschiedenen Universen lebten. Neben ihm lag dieselbe Elizabeth O'Brien, die noch vor wenigen Wochen eine der mächtigsten Frauen der Welt gewesen war. Sie hatte ihn damals in schändlicher Weise verraten; sie war es, die ihn verlassen hatte. »Menschen ändern sich nicht« – Elizabeth erinnerte sich an die Worte, die ihre Großmutter kurz vor ihrem Tod gesagt hatte.

Sie war schon dabei, sich mit seinem Schweigen abzufinden, als er sagte: »Weil sie keine Beweise braucht, um zu glauben, Elizabeth. Eine Fähigkeit, die wir beide längst verloren haben.«

*

Elizabeth hatte schlecht geschlafen. Das Bett neben ihr war leer. Chris war wie jeden Morgen sehr früh aufgestanden. Die Sonne schien noch nicht einmal durch das Fenster, aber man konnte schon die ersten Strahlen als Silberstreif am Horizont erahnen. Sie hörte ein lautes Lachen draußen im Hof: Chris, unüberhörbar. Einige Wortfetzen drangen bis ins Zimmer, aber verstehen konnte sie nichts. Die zweite Stimme war ebenfalls die eines Mannes; sie kam ihr sogar merkwürdig vertraut vor.

Elizabeth stand auf, wusch sich schnell das Gesicht und zog sich an, dann ging sie nach draußen.

Der Mann neben Chris war fast einen Kopf größer. Ein Schwarzer. Dichtes, kurzes, gewelltes Haar und ein ebenso gepflegter, kurz geschnittener grauer Bart. Eleganter dunkelblauer Anzug, blendend weißes Hemd und farbig gestreifte Krawatte. Elizabeth schritt auf die beiden zu und konnte den Mann immer noch nicht richtig einordnen. Neben dem Mann stand ein Koffer. Er schien sich von Chris zu verabschieden.

Schließlich rutschte es ihr einfach so heraus: »Elvis? Das kann doch nicht …«, vor lauter Staunen brachte sie kein Wort mehr über ihre Lippen.

Er lachte so herzlich und schallend, dass es wie ein Echo durch den Hof klang, und umarmte sie so fest, dass ihr beinahe die Luft wegblieb. »Elizabeth, geben Sie es zu: Sie hatten mich abgeurteilt.«

Sie schaute Chris an und sagte giftig: »Du wusstest es natürlich. Ihr beide habt mich bloß verarscht.« Dann traf ihr Zorn auch Elvis: »Wer sind Sie denn wirklich? Macht es Ihnen Spaß, die Leute zu verschaukeln und mit einem Lendenschurz in einer Hütte jemanden vorzugeben, der Sie nicht sind?« Ihre nächsten Worte schrie sie voller Bitterkeit: »Und dass die Kleine krepieren wird, das interessiert Sie wohl gar nicht.«

»Marie?«, sagte er leise. »Ja, ich weiß, und es erfüllt mein Herz mit großem Schmerz.« Er schaute zu Chris. »Wo ist sie?«

»Sie schläft, ist in letzter Zeit sehr müde. Es wird wohl nicht mehr lange dauern.« Wie so oft verriet ein Zucken um seine Lippen seine wahren Gefühle. »Soll ich sie rufen?«

»Nein, lass sie schlafen. Ich werde sie ganz sicher wieder treffen.«

Sein Lächeln und seine scheinbare Gleichgültigkeit ließen Elizabeth explodieren: »Ah ja, Sie werden sie wiedersehen! Kapieren Sie's überhaupt, wie es um sie steht?«

»Liz, bitte!« Chris hatte diese Reaktion nicht erwartet und wollte sie beruhigen, doch der alte Mann hatte bereits seine Hand auf ihre Schulter gelegt und sprach in sanftem, aber bestimmtem Ton:

»Elizabeth, lassen Sie mich das Ganze erklären.«

»Was soll es da zu erklären geben?« Wütend kehrte sie den beiden den Rücken und stapfte schnellen Schrittes über den Hof in Richtung ihres Zimmers.

Als sie an der Zimmertür anlangte und sie öffnen wollte, spürte sie eine Hand an ihrem Arm. Sie erschrak und fuhr herum: Der Alte stand direkt hinter ihr! Doch bevor sie sich über seine Behändigkeit wundern konnte, hielt er ihr etwas vor die Augen: einen ID-Badge mit der Aufschrift: John E. Presley, Professor, Abteilung für Astrophysik, Massachusetts Institute of Technology, Cambridge, MA.

»Mein Name ist Presley, Professor John Elvis Presley. Bis vor ein paar Jahren war ich ordentlicher Professor für Astro- und Partikelphysik am MIT in Cambridge.« Er nickte grinsend: »Und das ist wirklich mein Name. Die meisten wissen es nicht, aber in den Fünfziger- und Sechzigerjahren war es en vogue, den Aborigine-Kindern Namen von meist amerikanischen Schauspielern, Sängern und dergleichen zu geben.«

Ihr Blick wechselte mehrmals zwischen dem Badge und dem Alten.

»Sie kennen sicher den berühmten Satz von Saint-Exupéry. Elizabeth, Sie müssen lernen, die Dinge mit dem Herzen zu betrachten, denn das Wesentliche ist für die Augen unsichtbar.« Er steckte den Ausweis in seine Jackettasche. Seine Augen glänzten traurig, und wehmütig sagte er: »Ja gewiss, Elizabeth, dass Marie sterben wird, geht mir – genauso wie Chris – sehr nahe, doch Sie, meine Liebe, scheinen immer noch nicht verstanden zu haben, worum es im Leben wirklich geht.« Sanft legte er seinen Arm um ihre Schultern. »Ich möchte Ihnen etwas mitgeben, bevor ich wieder abreise, denn wir werden zukünftig keine Gelegenheit mehr haben, miteinander zu reden – jedenfalls nicht auf dieser Seite.« Er schmunzelte und kniff seine Augen der Sonne wegen zusammen. »Setzen wir uns doch unter den Baum«, er nahm sie bei der Hand wie ein kleines Kind.

Sie ließ sich ohne Widerstand von Presley führen.

Ein sanfter Windhauch bewegte das Laub. Das Sitzen im Schatten tat gut, zumal sich Elizabeth körperlich nicht wohlfühlte. Sie fühlte, dass der Krebs im finalen Stadium angelangt war. Da sie nichts sagte, ergriff Presley erneut das Wort.

»Sie wollen doch bestimmt wissen, ob ›es‹ das gewesen sei?«

Sie hielt den Kopf gesenkt, nickte und begann leise zu schluchzen. Er nahm ihre Hand und reichte ihr sein Taschentuch.

»Als Kind wurde ich von meinem Stamm als Cleverman erwählt. Es ist eine alte Aborigine-Zeremonie. Der Stamm versammelt sich nach einem vorgegebenen, jahrtausendealten Ritual und befragt die großen Ahnen, wer der nächste Walemira-Talmai oder Cleverman, wie ihr Weiße es nennt, wird. Die Ahnen bestimmen dies, und ich war der Auserwählte. Dann wurde mir das Wissen um die großen Ahnen und die Traumwelt vom damaligen Cleverman weitergegeben. Als dies geschehen war, bereitete sich mein Vorgänger auf seinen Tod vor. Wir glauben nicht nur, Elizabeth, sondern wir wissen es seit Jahrtausenden, dass der Tod nicht endgültig ist. Es ist eine Transformation, denn wenn das Leben nicht ewig ist, dann kann der Tod auch nicht ewig sein.« Er zog sein Jackett aus und legte es sorgfältig neben sich. »Dies war auch der Grund, warum ich Ihnen bei Chief Matimba die Geschichte der großen Regenbogenschlange erzählen wollte und …«

Abrupt fiel ihm Elizabeth schluchzend ins Wort: »Das ist doch absoluter Schwachsinn, Professor Presley, und das wissen Sie auch. Ammenmärchen für Idioten! Ich mag zwar krank sein und bald sterben, aber ich bin immer noch bei Sinnen.«

Presley ließ sich von ihrem Ausbruch nicht beirren. »Als ich dann ungefähr fünfzehn oder sechzehn Jahre alt war, drängten immer mehr Weiße in unser Dorf. Viele meines Stammes begannen, sich zu betrinken, verloren den Glauben und zogen in die Städte der Weißen. Dort konsumierten sie noch mehr Alkohol, und die meisten wurden kriminell oder starben an den Folgen ihrer Sucht. Viele waren noch sehr jung. Nur die Alten blieben im Dorf. Auch ich selbst verlor meinen Glauben, war aber stark und klug genug – den Ahnen sei's gedankt –, mich nicht vom Alkohol verführen zu lassen. Ich ging an die Schule der Weißen und später an die Universität, wollte Erfolg haben, wie die Weißen leben und alles wissen, was die Weißen wissen. Also studierte ich Physik – ich war ganz gut darin –, schloss ab, erhielt ein paar Jahre später die Gelegenheit, in Ihr Land zu gehen, und schließlich war ich Professor am MIT.« Unwillkürlich entfuhr ihm ein Seufzen. »Ach, was haben wir in den letzten Jahrzehnten in der Astrophysik nicht alles herausgefunden: das Alter des Universums, wie lange es noch existieren wird, Schwarze Löcher, Quantenmechanik, die Unschärferelation, die Relativität und das Wesen der Zeit und so weiter und so fort. Und dann die String-Theorie, M-Theorie und die Theorie, dass es möglicherweise unendlich viele Universen gibt – oder auch nicht, wer kann das je wissen?« Er lachte kurz auf. »Multiversen – unendlich viele Universen, mit Trilliarden von Doppelgängern von uns. Und dann der Urknall. Allen Ernstes behaupten die Physiker, dass das ganze Universum oder die Multiversen aus dem Nichts entstanden seien, ohne jede Ursache – das ganze Universum, wir alle, das Leben. Aus dem Nichts! Hokuspokus, wie wenn ein Zauberer ein Kaninchen aus dem leeren Hut zieht«, er fand das so amüsant, dass er sich vor Lachen auf die Knie schlug. »Jedes Kind weiß, dass so was unmöglich ist.«

Elizabeth musste an Marie denken: Das Mädchen hatte am Meer genau dies gesagt, wenn auch mit anderen Worten.

»Soll ich Ihnen ein Geheimnis verraten, Elizabeth? Ich verstehe das Ganze auch nicht – und den meisten Menschen ergeht es ebenso, sogar den Physikern. Manche wollen sich nur wichtigmachen und den Nobelpreis gewinnen – aber zugeben, dass ihr Verstand nicht ausreicht, um das Rätsel zu verstehen? Ha! Nie im Leben würden die das zugeben!« Er schmunzelte. »Was ich damit sagen will, meine Liebe: Irgendwann ging es mir genauso wie Ihnen. Erst viele Jahre später erkannte ich: Je mehr wir forschten und herausfanden, desto weniger verstanden wir wirklich. Und worum geht es denn eigentlich bei alldem?« Er beantwortete die Frage gleich selbst: »Selbstverständlich darum, die einzige, ultimative Frage eines jeden Menschen zu beantworten: ob das Leben irgendeinen Sinn macht; ob wir irgendeine ›Dimension‹ jenseits unseres körperlichen Daseins haben. Das ist es doch auch, was Sie sich fragen, Elizabeth, oder nicht?« Bedächtig erklärte er weiter: »Vor ein paar Jahren erkannte ich, dass alle Antworten schon gegeben sind. Alle Antworten waren bereits im Traditionsgut meiner Vorfahren enthalten. Ich sah also keinen Sinn mehr darin, Professor am MIT zu bleiben, und so beschloss ich, zu meinem Stamm zurückzugehen und bloß noch dann und wann eine Vorlesung als Gastprofessor zu halten. Inzwischen lebe ich die meiste Zeit bei meinem Stamm – oder bei den wenigen, die übrig geblieben sind.« Wehmut lag in seiner Stimme. »Meine Ahnen und Vorfahren wussten schon alles, was es in dieser Hinsicht zu wissen gibt. Wir wissen, dass in uns allen – und in allem anderen in der Natur – ein Funke des göttlichen Bewusstseins glüht. Wir wissen, dass das Wesen der Zeit reine Spekulation ist, denn die Vergangenheit existiert nur in unserer Erinnerung, die Zukunft nur in unserer Erwartung. Beide sind nicht wirklich. Genau deshalb kennt keine Sprache der Aborigines ein Wort für ›Zeit‹. Denn Zeit ist Bewegung – im physischen und im metaphysischen Sinn.« Er wandte ihr seinen Blick zu und sagte lächelnd: »Was wir hier und jetzt tun, Elizabeth, das, was wir in jeder Minute, ja, in jeder Sekunde unseres Lebens tun, jede Tat und Aktion, strahlt aus wie ein Echo. Ein Echo, das in die Vergangenheit wie auch in die Zukunft ausstrahlt – und uns unsterblich macht.«

Unsterblich! Das Stichwort versetzte Elizabeth einen Stich. Sie wusste nicht, ob sie ihrem Unmut Luft machen sollte oder nicht, denn im Grunde mochte sie den alten Kauz. Deshalb meinte sie nur traurig: »Um ehrlich zu sein, Professor Presley: Alles sträubt sich in mir. All das, was Sie selbst als Aborigine glauben, kann ich nicht nachvollziehen. Cleverman, Traumzeit, die großen Ahnen und auch Ihre Geschichten von der großen Regenbogenschlange und dieses Zeugs: Was sagt das schon aus? Selbst wenn die Geschichten hunderttausend Jahre alt sind, beweisen sie doch absolut nichts, Professor Presley.« Sie wischte sich die Tränen aus den Augen. Ruhiger, doch umso deprimierter erklärte sie: »Ich habe mal unter anderem Psychologie studiert und dort gelernt, dass in jedem Menschen gewisse Grundmuster menschlicher Gedanken oder gar Erinnerungen kodiert sind. Sigmund Freud nannte es das Ur-Ich oder Ur-Bewusstsein. Das erklärt doch auch die Übereinstimmung all dieser Legenden, die die meisten Menschen als Gottesbeweis anführen wollen. Das ist doch Quatsch, Professor, und ein so gebildeter und intelligenter Mensch wie Sie sollte das wissen.«

Presley lachte. »Ach, Freud! Ja, ja, das Ur-Ich, wie er es nannte. Und das glauben Sie, Elizabeth?« Er lachte immer noch, als er fortfuhr: »Freud hat viele Verdienste, aber er hat auch zeitlebens die These vertreten, der Mensch sei ultima ratio, und ich zitiere, so gut ich mich erinnern kann, im Originalton: Der Mensch ist von Geburt an ein sexuelles Wesen – schon als Kleinkind ein autoerotisches, inzenstuöses, polymorph perverses Lustbündel voller sadomasochistischer Gelüste. Sein ganzer Körper diene einzig und alleine der Befriedigung dieser seiner Gelüste. Ja, so in etwa war Freuds Credo.« Er verzog seine Mundwinkel leicht nach unten, hob die Augenbrauen und sagte: »Ich persönlich glaube, dass der Mensch mehr als nur seine eigene Hülle ist.«

Dann nahm er sein Jackett, griff in die Innentasche und hielt ihr einen Umschlag hin.

»Öffnen Sie den Brief erst, wenn Sie so weit sind.« Er verharrte kurz. »Ich bin sicher, Sie werden es verstehen.«

»Und wann soll das sein?«

»Sie werden es wissen. Alles Gute, Elizabeth.«

Lächelnd drehte er sich um und ging.

*

Als Elizabeth den Raum betrat, stand Marie bereits an Daniels Bett. Sie hatte sich über ihn gebeugt, und er schien ihr etwas ins Ohr zu flüstern. Marie hielt Daniels Hand mit der einen und streichelte sein Gesicht mit der anderen Hand, während sie dann und wann mit dem Köpfchen nickte.

»Hallo, ihr beide«, grüßte Elizabeth laut, um auf sich aufmerksam zu machen.

»Hallo, Liz«, Marie schaute auf.

»Wie geht es dir heute, Daniel?«, fragte Elizabeth, als sie vor dem Bett stand. Jetzt, da sie nahe genug war, bemerkte sie, dass Daniel weinte.

Er wischte mit dem Betttuch seine Tränen aus den Augen und antwortete mit brüchiger Stimme: »Es geht so«, doch sogleich verzerrte sich sein Gesicht. Er schien große Schmerzen zu haben.

»Soll ich Chris rufen?« Elizabeth hatte das Gefühl, die beiden bei etwas unterbrochen zu haben, und war sich unschlüssig, was sie tun sollte.

»Nein, es geht schon«, antwortete Daniel, »später vielleicht. Ich hasse es, die Albträume vom Morphium zu haben.«

Marie streichelte wieder Daniels Wange und sagte: »Ich gehe jetzt nach draußen – spielen«, und zu Daniel gewandt, mit eindringlichem Blick: »Es ist gut, es ist alles gut.« Dann hüpfte sie in der ihr eigenen Art durch die offene Tür und summte dabei eine Melodie.

»Liz?«

»Ja, Daniel.«

Sie setzte sich auf den wackeligen, alten Holzstuhl neben dem Bett und wischte mit einem feuchten Lappen den Schweiß von Daniels Stirn. Es war stickig heiß in dem Raum; das Gewitter der letzten Nacht hatte die Luftfeuchtigkeit nur noch gesteigert.

»Ich bin kein schlechter Mensch, Liz. Ich will nicht sterben … Ich verdiene den Tod nicht, denn ich bin kein böser Mensch«, schluchzend kamen die Worte über seine Lippen.

»Ich weiß, dass du kein schlechter Mensch bist, Daniel. Wie kommst du bloß auf solche Gedanken? Wie gerne würde ich dir helfen!«

»Aber …, aber das kannst du, Liz«, er stockte, die Tränen liefen seine Wangen hinab, »bitte, kannst du mich hier wegbringen? Du kannst das, du bist reich. Bitte, Liz, ich will nicht sterben.«

*

Am nächsten Morgen schlenderte Elizabeth langsam und vor Müdigkeit gähnend auf Marie zu und setzte sich neben sie auf die Steinmauer.

»Guten Morgen, Liz.«

»Hi, Kleine.«

»Wie geht es dir?«

»Geht so«, brummte Elizabeth, »hab wieder schlecht geschlafen.«

»Oh, das tut mir leid.«

»Muss dir nicht leid tun«, sie streckte ihre Arme und Beine, »kannst ja nichts dafür.«

»Was willst du heute machen, Liz?«

»Na, was wohl? Das, was ich gestern gemacht habe und was ich voraussichtlich auch morgen tun werde.«

»Das ist aber lustig.«

»Was soll daran lustig sein?«, mokierte sie sich.

»Na, wenn man jeden Tag dasselbe tut, dann muss man das ja sehr gerne tun, was man tut.«

»Kindchen, du hast mich völlig falsch verstanden. Das, was ich meinte, ist: Ich warte einfach, weil ich eben hier bin und ...« Sie schluckte, ließ ihren Kopf hängen und konnte die Tränen nicht zurückhalten. »Scheiße, worauf warte ich eigentlich?«

»Ich weiß nicht, Liz.«

»Ja, ich auch nicht.« Ihre Stimme zitterte. »Man tut eben meist irgendwas. Man merkt erst zu spät, dass es ..., dass alles ein elender, furchtbarer, vermaledeiter Mist war.«

Marie hob ihre kleine Hand und streichelte über Elizabeths Haar. Sie blieben eine ganze Weile so auf der Mauer sitzen. Irgendwann hörte Elizabeth zu weinen auf. Marie hatte die ganze Zeit nichts gesagt. Es gibt Momente, da gibt es nichts zu sagen.

Etwas später fühlte Elizabeth den immer stärker werdenden Druck in der Magengegend und starrte deprimiert auf den Boden des Innenhofes.

»Liz, und wenn wir nun beide schon tausend Jahre alt wären?«

»Was dann?«, brummte sie missmutig. Die körperlichen Beschwerden hoben ihre schlechte Laune wahrlich nicht. Sie hatte die Schmerzmittel heute Morgen sogar höher dosiert.

»Stell dir vor, wir beide wären tausend Jahre alt, und heute wäre der letzte Tag unseres Lebens. Meinst du, es würde sich irgendetwas ändern?«

»Weiß nicht. Ich bin keine tausend Jahre alt. Und du auch nicht. Wir sind es nicht und werden es nie werden.«

»Och bitte, sei kein Spielverderber, Liz. Was wäre, wenn wir jetzt tausend Jahre alt wären – und wir hätten jetzt noch genau eine Stunde zu leben?« Sie kicherte, fuhr dann aber mit großem Ernst fort: »Aber es tut nicht weh. Nichts wird wehtun. In einer Stunde schlafen wir einfach ein. Nach tausend Jahren Leben«, sie seufzte wohlig, »aaaah – schlafen wir einfach ein.«

»Also gut, wie du willst.«

Nachdem beide eine Weile geschwiegen hatten, wurde Elizabeth ungeduldig. »Und was jetzt? Willst du nicht endlich beginnen?«

»Beginnen?«

»Ja, mit dem Spiel. Mach mich nicht schwach, Kleine! Gerade eben wolltest du noch spielen, wir hätten tausend Jahre gelebt, und nun sei unsere letzte Stunde. Oder ist dir die Lust dazu vergangen?«

»Nein, gar nicht, aber wir hatten ja schon begonnen, dachte ich.«

»Wie? Wir haben ja gar nichts gesagt und auch nichts getan.«

»Eben! Was soll man denn nach tausend Jahren noch sagen oder tun?«

*

Das Licht am Horizont begann fahl zu werden, ein abendliches Gewitter kündigte sich grollend an.

»Glaubst du wirklich nicht an Gott, Liz?«

»Nicht wirklich, nein, eigentlich nicht.«

»Warum nicht?«

»Du stellst heute wieder Fragen.«

»Bitte, sag schon.«

»Weil es keinen Gott gibt. Weil es keinen Gott geben kann. Es würde jeglicher menschlichen Logik widersprechen.«

»Das verstehe ich nicht. Was meinst du damit?«

»Wie soll ich dir das nun am besten erklären?« Sie legte ihre Stirn in Falten, wie sie es früher so oft getan hatte, wenn sie einem Mitarbeiter etwas erklärte. »Gott wurde von den Menschen erfunden, weil sie Angst vor dem Tod haben und nicht akzeptieren wollen, dass es nach dem Leben einfach nichts mehr gibt. Das war's. Finito, aus, Schluss, Amen.«

Marie kicherte.

»Findest du das etwa lustig?«

»Nein, aber du hast am Schluss ›Amen‹ gesagt.«

»Das ist nur eine Redewendung, Marie.«

»Würdest du denn gerne wollen, dass es Gott gibt?«

»Weiß nicht«, nuschelte Liz leise, »hat mir eigentlich nie gefehlt – bis vor Kurzem auf jeden Fall.«

»Was? Warum flüsterst du auf einmal, Liz?«

»Ach nichts, Marie. Lass mich bitte in Ruhe mit deinen Fragen. Du kannst ja an einen Gott glauben, wenn es dir was nützt.« Dann war die Erinnerung wieder da: Wo war denn dieser Gott in der Nacht? Nicht daran denken, Elizabeth, denk nicht daran. Du hattest es doch so viele Jahre lang geschafft, diese Erinnerung wegzusperren!

Sie atmete tief durch und schaute der kleinen Marie ins Gesicht. Um sie herum die Wellblechhütten, der Gestank, an den sie sich schwerlich gewöhnen konnte, all das Leid, der Hunger, die Krankheiten.

»Glaubst du wirklich an Gott, Marie?«

»Ja, sicher. Es ist ein guter Gott.«

»Warum lässt dann dieser gute Gott all das Leid, all das Böse auf dieser Welt zu?«

»Er wird schon wissen, warum.«

»Warum hat dein Gott denn zugelassen, dass du krank wirst?«

»Das war nicht Gott.«

»Warum lässt er es zu, dass man dir wehgetan hat und du bald sterben wirst?«

»Das war nicht Gott!«, rief Marie aufgebracht und sprang auf.

Elizabeth zuckte zusammen. Shit, ich bin eine Idiotin! Der Kleinen so zuzusetzen …

»Nicht Gott hat mir wehgetan!« Maries Mundwinkel gingen nach unten, und ihre Augen wurden feucht.

Elizabeth hätte sich am liebsten die Zunge abgebissen. Verzeih, Marie, ich bin so eine blöde Kuh, wollte sie sich entschuldigen, doch Marie sagte: »Es war schon dunkel, und es donnerte. Ich hatte Angst, weil ich ganz alleine war. Ich hatte doch bloß noch ihn. Das Gewitter wurde immer stärker, und ich fürchtete mich vor den Blitzen. Irgendwann schlief ich dennoch ein, doch plötzlich weckte mich etwas. Als ich die Augen aufmachte, war er schon über mir.« Die Tränen flossen unaufhaltsam über ihre Wangen. »Er hat mir sehr wehgetan.« Sie wischte mit der Hand über ihre Augen. »Nicht Gott hat mir wehgetan, Liz.« Dann rannte Marie zum Tor und verschwand.

Elizabeth blickte der Kleinen nach. Noch nie in ihrem Leben hatte sie sich so sehr für etwas geschämt.

*

So vieles war geschehen. Im Rückblick erschien Elizabeth alles wie ein Traum, irreal, nicht fassbar.

Das Virus hatte Daniel so geschwächt, dass Wundbrand entstanden war; sein Bein war schon halb zerfressen und verfault. Alle Versuche, die Infektion und den Wundbrand zu stoppen, nützten nichts, und als Daniel – trotz massiver Morphin-Dosen – Tag und Nacht vor Schmerzen wie am Spieß schrie, sodass weder die Kinder noch die anderen Patienten des Nachts schlafen konnten und bald aggressiv wurden, entschied Chris, dem Jungen das Bein zu amputieren.

Daniel gebärdete sich wie ein verwundetes Tier, als ihm Chris die Mitteilung machen musste. Er wollte auf keinen Fall seine Beine verlieren, tobte wie ein Wilder, aber weder Chris noch die Pfleger sahen eine andere Möglichkeit. Das Bein musste weg. Abschneiden war die einzige Möglichkeit, die Schmerzen zu lindern. Es würde keine Rettung sein, nur eine kurze Verzögerung.

Es tut mir so leid, mein Junge, dachte Chris. Mit einem Bein kann man schlecht Fußball spielen, ich weiß, aber das Leben nimmt darauf keine Rücksicht.

Ein paar Tage später trat Elizabeth zaghaft in Daniels Zimmer. Ein mörderischer Gestank schlug ihr ins Gesicht. Dann suchte ihr Blick den Jungen. Nicht mehr wiederzuerkennen. Kaum noch lebendig, dennoch am Leben.

Marie an seinem Bett.

Er hat sich die Seele aus dem Leib geschrien, durchzuckte es Elizabeth entsetzt, nun liegt er da, die Muskeln erschlafft, das Leben aus seinem Körper entwichen. Und die kleine Marie hält seine Hand, als könnte sie es verhindern, dass er bald krepieren wird.

Elizabeth hatte keine Kraft mehr, zuzuschauen. Ihr Magen revoltierte, sie stürzte nach draußen und übergab sich im Hof.

Elizabeth hatte keine Ahnung, wie viel Zeit vergangen war, aber die Sonne war schon vor einer Weile untergegangen, ein rötliches Schimmern am Horizont deutete noch auf den vergangenen Tag – später kam Marie endlich aus dem Zimmer. Die Kleine war selbst totenblass – und so mager, nur noch Haut und Knochen.

»Ist er …?«, flüsterte Elizabeth.

Marie nickte.

Stunden der Stille. Sie saßen einfach da. Alles war ruhig, selbst der Wind schwieg. Der Mond warf sein fahles Licht in den Hof.

Marie atmete schwer, mit halb geschlossenen Augen schaute sie den Mond an, als ob er die Antwort auf alle Fragen wüsste.

»Ich wünsche mir, dass sich jemand an mich, an uns … erinnert«, durchbrach Elizabeth die Abendstille. »Es käme mir wie ein Trost vor.« Sie wandte den Blick zu Marie. »Was glaubst du: Ist es ein Trost, wenn sich jemand erinnert, obwohl man selbst schon weggelöscht ist, ausradiert aus dem Buch des Lebens?«

»Ach, Liz, ich werde mich an dich erinnern. Immer – das verspreche ich dir«, versuchte Marie sie zu trösten.

»Aber du wirst doch bald …«, sie verstummte beschämt.

»Ja, ich weiß, aber ich werde mich trotzdem an dich erinnern, da bin ich mir ganz sicher.« Sie lächelte, doch gleich darauf biss sie sich auf die Lippen, weil ein Schmerz durch ihren Körper schoss. Dann brach sie zusammen. Als schneide man einer Marionette die Fäden durch, sackte ihr kleiner, fragiler Körper zusammen. Doch selbst in dem kurzen Augenblick, in dem sie selbst nicht verstand, was mit ihr geschah, blieb das Lächeln auf ihren Lippen. Als wäre es eine letzte Bastion gegen das Versagen ihres Körpers, schien sie ihr Lächeln so lange wie möglich halten zu wollen.

*

Seit drei Tagen regnet es ununterbrochen. Monoton trommelt der Regen auf die Wellblechdächer. Tausend schlanken Fingern gleich, klopfen die Tropfen geduldig aufs Blechdach. Wie ein Trommeln, ein weit entferntes Trommeln im Busch – jetzt erinnere ich mich, vor ein paar Wochen klang es genauso, als ich hier lag. Wie lange ist das her? Ein ganzes Leben scheint vergangen in der Zwischenzeit, aber es sind nur ein paar Wochen – oder Monate? Es ist so weit. Jetzt ist es so weit. Oh, mein Gott, gib mir die Kraft, es durchzuhalten!

Das surrende Geräusch des Ventilators schwebt durch den Raum. Diesen Raum kenne ich nun ziemlich gut.

Die Wände müssen wohl vor langer Zeit weiß gewesen sein. Jetzt ist es eher eine Mischung aus schmutzigem Beige-Grau. Eine farblose Melange aus Hoffnung und Trostlosigkeit scheint die Farbe zu vermitteln – Hilflosigkeit, die mich umgibt. Zum Surren des Ventilators gesellt sich das monotone Tropfen des undichten Wassertroges.

Es wird nicht mehr lange dauern, hat mir Chris gesagt. Ob ich Angst hätte, hat er gefragt.

Nein, jetzt nicht mehr. Ich habe keine Angst mehr, habe ich geantwortet.

Warum habe ich ihn angelogen? Natürlich habe ich Angst. Eine Scheißangst habe ich. Und es wird nicht besser dadurch, dass Marie neben mir liegt. Sterbend und röchelnd.

Wie hat Chris gesagt? »Menschen sind endliche Wesen mit unendlichen Erwartungen.«

Marie atmet nun sehr schwer. Seit Stunden ist es mehr ein Röcheln und Hecheln als ein Atmen – ein grässliches Geräusch. Ihr magerer Körper bebt bei jedem Atemzug.

Kaum zu ertragen, dieses Röcheln und Japsen nach dem bisschen Luft, das noch einmal die Lungen füllen soll, noch einmal eine Sekunde, zwei oder drei Sekunden, vielleicht Minuten an Leben in den Körper hauchen soll – in diesen Körper, der sich gegen das Ende wehrt, wie jeder Körper. Selbst wenn sich der Geist, die Seele abgefunden hat mit dem unausweichlichen Ende, selbst dann gibt der Körper sich nicht geschlagen, denn die Maschine Mensch kämpft gegen das Ende; sie kämpft den aussichtslosen Kampf, der nie zu gewinnen ist, bis zum Ende, Atemzug um Atemzug.

Dann manchmal zehn oder zwanzig Sekunden lang … Stille. Ich glaube, jetzt ist es vorbei. Ja, jetzt ist sie tot.

Endlich! Gott sei Dank.

Aber sie ist nicht tot, noch nicht.

Ich will davonlaufen, will das nicht sehen. Oh, Gott, ich werde genauso sterben!

Wegrennen – nicht hier sein. Nicht in diesem kleinen, schwülen, stickigen, stinkenden Raum.

Man kann den Tod riechen.

Wieder dieses unregelmäßige Röcheln.

Ich stehe auf, bette ganz sacht ihren Kopf auf das Kissen. Ja, so geht es.

Sie stöhnt leise. Waren das Worte? Ich beuge mich über sie.

Nur noch das Gelb der einst strahlend weißen Augen ist zu sehen.

Mir wird übel. Ich muss aufstehen, zum Waschtrog, um zu kotzen.

Wasche mein Gesicht. Nur ganz kurz frische Luft schnappen.

Nein! Du lässt sie jetzt nicht alleine. Nicht jetzt! Du bist es ihr schuldig, Elizabeth O'Brien. Tue einmal etwas Richtiges und Wichtiges in deinem Leben!

Ich mache einen Lappen nass, gehe zum Bett zurück und wische ihr das Blut vom Mund, wasche das Tuch aus, gehe wieder ans Bett, lege ihr das feuchte Tuch auf die Stirn und lege mich selbst neben sie.

Es ist so heiß, stickig heiß in diesem Raum. Der Ventilator kühlt nicht, sondern bläst bloß heiße Luft in mein Gesicht. Aber das ist besser als gar nichts.

Ich werde sie halten. Bis zum Ende – wie ich es ihr versprochen habe.

Ich lege mich ganz nah neben sie. Maries kleiner Kopf liegt auf meinem Leib, und ich halte ihre Hand und streichle die Wangen.

Wie ein kleiner Vogel sieht sie aus. Oh, mein kleiner Vogel. Ach, Marie, könnte ich dir wenigstens ein paar Minuten meines eigenen Lebens geben, nur ein paar Minuten lang noch einmal dein Lächeln erhaschen, deine Stimme hören, noch einmal mit dir lachen. Ich würde mein Leben eintauschen, meine restlichen Tage, Stunden, Minuten und Sekunden, um deinen Körper mit Leben erfüllt zu wissen. Gott, wenn es dich wirklich gibt, dann bitte mach es möglich … Nimm mein Leben jetzt, jetzt gleich gegen ein paar Minuten des ihrigen.

Wer wird mich zum Schluss in den Armen halten?

Das Röcheln ist seit einer Weile regelmäßiger geworden. Nicht dass es einfacher zu ertragen wäre – im Gegenteil. Der Atem geht flacher, aber sie japst nun nach Luft, sie wehrt sich, kämpft um jeden noch so unnützen Atemzug.

Lieber Gott, lieber Gott, bitte lass sie sterben jetzt. Bitte!

Ich fühle meine Tränen. Warm sind sie, meine Tränen.

Der Tag bricht an. Die ersten Sonnenstrahlen scheinen zuerst silbern und kurz danach golden durch das Fenster. Sie tauchen den Raum in ein helles, angenehmes Licht. Ganz weit weg und sehr leise glaube ich beinahe das rollende Rauschen der Wellen zu hören. Doch es ist bloß meine Einbildung, denn das Meer ist weit weg – eine Ewigkeit entfernt.

Irgendwann in der Nacht war es still. Nur meinen eigenen Atem hörte ich noch. Kein Röcheln mehr.

Stille. Einfach so.

Stille.

Ihr Köpfchen liegt immer noch auf meiner Brust. Ganz entspannt, als würde sie schlafen.

Vorsichtig lege ich ihren Kopf aufs Kissen und streichle ihr ein letztes Mal übers Haar. Keine Anstrengung ist mehr in ihrem zarten Gesicht.

Ich stehe auf und gehe in die Morgensonne. Das erste Mal in meinem Leben fühle ich so etwas wie Zufriedenheit und Ruhe in mir. Die ersten Sonnenstrahlen empfangen mich. Ich fühle keine Angst mehr.

Du wirst nicht lange auf mich warten müssen, Kleines.

*

Chris saß unter dem Baum. Schweigend ließ sie sich neben ihm nieder.

»Danke«, sagte er.

Elizabeth schaute ihn von der Seite an, seine zusammengekniffenen Augen, die schmalen Lippen, und doch wollte dieses verbissene, versteinerte Gesicht nicht zu den Tränen passen, die lautlos seine Wangen hinunterrannen.

»Wofür?«

»Dass du bei ihr geblieben bist; dass sie nicht alleine gehen musste.«

»Aber du hättest es doch auch getan. Du hast es bei so vielen schon getan.«

»Es wäre nicht dasselbe gewesen. Nicht bei Marie.« Er wischte sich die Tränen aus den Augen, schaute sie an, mit einem merkwürdig traurigen Blick. »Ich muss dir etwas gestehen, Liz, es ist wichtig.«

»Nein, Chris, bitte nicht jetzt«, sie fühlte sich schlecht, ganz mies. »Ich möchte, dass du mir etwas versprichst.«

»Und was?«

»Ich möchte nicht so enden wie Marie, nicht so …«

»Sie ist gestorben wie eben alle hier«, unterbrach er sie. Sie schien nichts begriffen zu haben, dachte er, sie ist zwar bis zum Schluss bei der Kleinen geblieben, aber gelernt hat sie nichts. Er ließ sich seine aufkeimende Wut nicht anmerken und fragte: »Was genau willst du von mir?«

»Wenn es so weit ist …«

»Bald wohl«, setzte er an – und biss sich sogleich auf die Lippen. Verdammt, das kannst du nicht tun, sie hat ihren Teil erfüllt!, schalt er mit sich selbst. Vergiss den Mist, vergiss es, Chris! Obschon er versuchte, ruhig zu bleiben und sich selbst gegenüber sein Versprechen einzulösen, war das Gefühl stärker. Die drei Zahlen tanzten wie Gespenster vor seinen Augen: 5–32–35.

»Ja, ich spüre es … Es dauert wohl nicht mehr lange.« Sie schluckte, konnte sich aber beherrschen. »Bitte versprich mir, dass du mich nicht leiden lassen wirst. Bitte, Chris.«

»Wie meinst du das?«

»Du weißt ganz genau, wie ich das meine.«

»So was mache ich nicht«, seine Antwort fiel heftiger aus, als er wollte, »so was habe ich noch nie gemacht – das ist Mord!«

»Du glaubst doch nicht an Gott, Christopher Campbell!« Elizabeth erhob sich aufgebracht. »Du hast selbst gesagt, dass es deine Aufgabe sei, dort einzuschreiten, wo ein nicht existierender Gott eine Lücke hinterlassen habe. Du willst als kleiner Mensch die Aufgabe erfüllen, die man diesen Menschen hier verwehrt: in Würde und Liebe sterben können! Das waren doch deine Worte, Chris.«

Er stand auf, die Zahlen flimmerten immer noch schwach vor seinem geistigen Auge. Er wusste nicht mehr, was richtig oder falsch war; zwanzig Jahre lang war er sich nicht ein Mal so unsicher gewesen, ob seine Entscheidung richtig gewesen war. Er war hin- und hergerissen, doch bevor er ein Wort sagen konnte, packte ihn Elizabeth an seinem Hemd und riss ihn so stark zu sich, dass zwei Knöpfe absprangen.

»Ich – will – nicht – verrecken, Chris!« Er sah, wie sich ihre Augen mit Tränen füllten, ihr Griff lockerte sich, ohne dass sie sein Hemd losließ. Ihre Stimme klang wie die eines kleinen Mädchens, als sie ihn anflehte: »Bitte, Chris, mit dem Tod habe ich mich abgefunden, aber nicht mit dem Sterben, nicht mit dem Leiden.«

»Ist ja gut«, er hatte sie in seine Arme genommen, hielt sie fest und dachte, was für ein gemeiner Mensch er sei, so zu handeln. Während er ihr Gesicht streichelte, tröstete er sie: »Keine Sorge, Liz, du wirst nicht leiden. Ich verspreche es dir.«

Er hielt sie noch eine Weile, bis sie sich ausgeweint hatte.

Langsam erwachte das Leben im Center, Kinderstimmen waren zu hören. Er ließ sie los. »Leg dich doch ein wenig hin, Liz. Ich muss mich um Marie kümmern. Ich will verhindern, dass die anderen sie so sehen. Willst du sie nochmals sehen?«

Sie schüttelte den Kopf.

*

Sie setzten Marie auf dem kleinen Friedhof hinter dem Center bei, gleich neben Daniels Grab. Eine schlichte Zeremonie, nur wenige Anwesende. Chris sprach ein paar Worte – einen Priester gab es hier nicht –, dann legte er eine Rose aufs Grab und schritt langsam ins Center zurück.

Seine Gedanken kreisten um Elizabeth, Marie, all das, was schon geschehen war. Er musste es ihr sagen, aber seine Gefühle konnte er nicht bändigen, und mit jedem Schritt, den er sich dem Tor des Centers näherte, beschloss er, wie schon oft zuvor, noch zu warten. Ja, sie hatte die Kleine begleitet, war bei ihr geblieben bis zum bitteren Ende. Doch warum? Sie war nur bei dem Kind geblieben, weil sie selbst Angst hatte, alleine zu sein, und nur deshalb, weil er, Chris, sie quasi dazu gezwungen hatte.

Mit düsterem Blick ging er in sein Büro. Nein, so schnell ist das nicht zu Ende, nicht heute, nicht morgen, denn du bist immer noch derselbe Mensch, Elizabeth

O'Brien, immer noch die Verkörperung dessen, was ich abgrundtief an allen Menschen hasse …

Chris zuckte wie unter einem Peitschenhieb zusammen, als er plötzlich die Worte hörte: »Sie hat Angst. Endlich erfährt sie am eigenen Leibe, was Verzweiflung bedeutet.«

Frank stand mitten in seinem Büro.

*

»Du hier? Mensch, Frank, ich hatte dir gesagt, dass ich dich rufen würde. Warum bist du nicht in der City, im Hotel, wie ausgemacht?«

Der Mann machte einen Schritt auf Chris zu, sein Atem roch nach Whisky. »Ich will in der Nähe sein, wenn sie zusammenbricht. Will es selbst mitansehen, mit meinen eigenen Augen, wenn sie bloß noch ein Haufen Rotz und Elend ist.«

»Sie hat genug, Frank. Ich sage es dir, wir haben kein Recht …«

»Nein!«, mit stahlhartem Griff packte er Chris bei den Schultern. »Hast du vergessen, was sie dir angetan hat? Kannst du das jemals vergessen?«

»Rache ist keine Lösung.« Chris riss sich aus seinem Griff los, trat ganz nahe an ihn heran, roch den Whisky, den Schweiß. »Das bringt dir deine Frau und deinen Sohn auch nicht zurück.«

»Aber …«

»Nein! Hast du verstanden: Rache ist keine Lösung – sie war es nie und wird es nie sein. Und für das, was in

Sherwood Crescent geschah, ist sie nicht direkt verantwortlich.«

»Doch! Es war ihre Entscheidung damals. Aus Geldgier, Chris, aus Geldgier hat sie es getan.«

»Ja, was sie mir angetan hat, ist …«, Chris stockte, brach den Satz ab. »Deswegen ist es auch meine Entscheidung, zu bestimmen, wann genug ist.«

Frank packte seinen Neffen erneut an der Schulter, seine Stimme klang verzweifelt und beschwörend zugleich: »Verstehst du denn nicht, Chris, es sind Menschen wie sie, die bestraft werden müssen.«

»Es reicht!«, schrie Chris seinen Onkel an. »Frank, es reicht! Wir haben kein Recht, Gott zu spielen.«

»Seit wann glaubst du an Gott?«

»Seit ich Marie getroffen habe, Frank.«

Der alte Mann senkte den Kopf.

Auf einmal tat er Chris leid. Sein Onkel war immer für ihn dagewesen, als er niemanden mehr hatte. Und eines Tages hatte er Chris davon überzeugt, er sollte Rache an Elizabeth O'Brien nehmen. Wie Frank nun dastand, ein gebrochener, verbitterter alter Mann. Er tat ihm leid, weil er keine Ruhe finden würde und weil er nicht mehr glauben konnte.

Chris legte seinem Onkel sanft die Hand auf die Schulter und bat ihn: »Geh zurück, Frank, es ist vorbei. Ich werde es ihr sagen.« Dann ging er zur Tür und murmelte: »Auch wenn sie mir das nie verzeihen wird.«

*

Chris klopfte leise an die Tür und trat ein. Elizabeth war eingedöst, doch als er ins Zimmer trat, schlug sie sofort die Augen auf.

»Wie fühlst du dich?« Er schaute sie beklommen an und setzte sich aufs Bett.

»Müde, sehr müde.«

»Möchtest du schlafen?« Er strich mit dem Zeigefinger über ihre Wange.

Sie sah tatsächlich müde aus, und er dachte, dass er es ihr morgen sagen würde. Morgen wäre früh genug, nicht heute.

»Legst du dich neben mich aufs Bett, Chris?«

»Hmm«, er nickte.

Elizabeths Gedanken waren bei Marie. Wie herrlich war ihre Zeit am Meer, ihr Lachen fehlte ihr so, sie fehlte ihr so. Könnte ich doch glauben, woran Marie so bedingungslos geglaubt hat. Sie war erschöpft, doch jetzt war der Augenblick gekommen. Ich muss es ihm sagen. Die Zeit ist knapp.

»Chris, ich möchte dir etwas sagen. Aber zuvor musst du mir versprechen, nein, du musst schwören …«, ein verzweifeltes Lachen. »Was sage ich denn ›schwören‹? Wir glauben ja beide an nichts.«

»Ich schwöre«, es klang nicht nach einem Scherz, »was immer du von mir verlangst.«

»Bei Maries Seele – du schwörst auf Maries Seele, Chris!«

»Ja, ich schwöre bei Maries Seele.«

»Ich habe bisher noch mit keinem Menschen je zuvor darüber gesprochen, nicht einmal mit Marie. Vielleicht hätte ich es ihr sagen sollen?« Sie wurde von einem Hustenanfall geschüttelt, und Chris schien, als sprühten dabei winzige Blutpartikel in die Luft.

Als sie sich erholt hatte, legte sie ihren Kopf auf seine Brust. Er legte seine Hand auf ihr Haar.

Nach einer Weile begann sie zu reden: »Als es passierte, war ich elf Jahre alt. Wir wohnten in einem kleinen Nest in Texas. Meine Mutter war ein Jahr zuvor an Krebs gestorben. Mein Vater begann zu trinken, immer mehr. Eines Tages verlor er seine Stelle. Seine Vorgesetzten konnten es nicht mehr tolerieren, dass er immer öfter betrunken zur Arbeit kam. Die Hitze erreichte einen Jahresrekord an dem Tag. Wie jeden Abend ging ich gegen neun Uhr ins Bett, denn der Schulbus fuhr des Morgens schon um sieben Uhr los. Aber wie jeden Abend, seit Mama tot war, hatte ich Angst, alleine in dem alten Haus. Dauernd knackten und ächzten die Holzbalken in den Wänden, die Geräusche jagten mir tausend Schrecken ein. Ich wartete also im Bett, hatte die Decke trotz der Hitze ganz über meinen Kopf gezogen und hoffte, dass mein Vater bald nach Hause kam und ich beruhigt einschlafen konnte. An diesem Abend jedoch blieb er lange aus, und irgendwann musste ich eingeschlafen sein.« Schweißperlen hatten sich auf ihrer Stirn gebildet, sodass sie mit der Hand – vergeblich – nach einem Tuch tastete, mit dem sie die Stirn trocknen könnte.

Chris stand auf, nahm ein sauberes Tuch aus dem kleinen Schrank an der Wand und befeuchtete es, bevor er es auf ihrer Stirn platzierte. Dann legte er sich wieder neben sie. Ihr Atem wurde ruhiger, dann fiel sie in den Schlaf.

»Chris?«

»Hmm?«

»Habe ich lange geschlafen?«

»Nein, nur ein paar Minuten.« Er wurde innerlich immer unruhiger. Ihre Gesichtsfarbe war merkwürdig fahl, hatte sich die letzte halbe Stunde, seitdem er hier bei ihr im Bett lag, rapide verändert. Irgendetwas lief nicht mehr nach Plan, er musste es beenden.

»Danke, dass du hier bist.«

»Du brauchst dich nicht zu bedanken … Liz, ich muss dir auch etwas sagen.«

»Bitte, Chris«, die Müdigkeit war bleiern, »lass mich zuerst zu Ende erzählen, sonst verlässt mich die Kraft und auch der Mut.«

Er schwieg.

»Er hatte mich nie zuvor schlecht behandelt. Ich liebte und vertraute ihm. Er war mein Ein und Alles bis an jenem Abend, als er nach Hause kam und mir wehtat.«

Er spürte die Feuchtigkeit ihrer Tränen auf seiner Hand, die ihre Wange streichelten.

»Bei Tagesanbruch bin ich weggelaufen, ich weiß noch, dass ein Trucker mich mitnahm.« Sie trank einen Schluck Wasser aus dem Glas, das Chris ihr hinhielt. »Der einzige Mensch, den ich nun noch hatte, war meine Großmutter, die in Connecticut lebte. Irgendwie habe ich es bis zu ihr geschafft. Sie hat mich nie nach dem Grund gefragt, aber ich glaube, sie ahnte etwas. Meinen Vater habe ich nie wiedergesehen. Von dem Moment an hasste ich alle Männer – ausnahmslos alle Männer.« Unsicher fragte sie nach: »War das falsch, Chris?«, doch sogleich sprach sie hastig, nach Atem hechelnd, weiter, denn sie wusste, dass ihr nicht viel Zeit blieb, bis die Handvoll Tabletten, die sie geschluckt hatte, ihre Atmung lähmen würden.

»Großmutter paukte mir förmlich ein, dass meine einzige Chance im Leben die bestmögliche Ausbildung sei. Ich wuchs bei ihr auf, doch als ich siebzehn war, verkaufte sie das Haus, löste ihr gesamtes Erspartes auf und schickte mich nach Harvard. Ich wollte das damals nicht, Chris. Ich sagte ihr, sie solle das Geld für ihr Alter aufbewahren, doch Großmutter war eine starrköpfige Frau. Also ging ich nach Harvard. Kaum zwei Jahre später wurde sie krank. Ich besuchte sie ein letztes Mal. Sie wusste, dass das Geld nicht mehr reichen würde für meine Studiengebühr. In Amerika ist es nicht wie in England, und ganz besonders nicht an den Elite-Universitäten. Großmutter wusste, dass man mich rauswerfen würde, wenn ich die Studiengebühr nicht mehr bezahlen konnte. Sie sagte mir, ich solle nach Irland zu einem Großonkel, den ich nicht einmal kannte; vielleicht würde er mir Geld leihen. Mit dem letzten Geld flog ich dorthin, doch der Großonkel lachte mich aus: Er habe ja selbst nicht genug zum Leben; ich solle arbeiten gehen statt studieren. Ich war verzweifelt. Keine Ahnung, warum ich beschloss, ein paar Tage in London zu bleiben. Ich hing in den Bars herum, wo ich schließlich auch einen Mann traf. Ich schätzte ihn auf Mitte dreißig. Mit seinem dunklen Teint sah er nicht wie ein Engländer aus. Wir tranken beide zu viel, und irgendwann erzählte ich ihm von meinen Sorgen, dass ich Geld bräuchte und niemanden mehr hätte.«

Mühsam rang sie nach Luft, doch dann sprach sie wie in Trance weiter: »Es dauerte nicht lange, bis mich der Mann fragte, was ich für Geld alles tun würde. Meine Antwort war simpel: Alles! Dann weihte er mich in seinen Plan ein. Er brauche ebenfalls Geld, und zwar, weil er Spielschulden habe – eine sehr hohe Summe. Doch ich spürte, dass er log. Erst sehr viel später wurde mir klar, wozu er das Geld wirklich brauchte, aber da war es schon zu spät. Wenn ich ihm helfen würde, wäre er bereit, mir hunderttausend Dollar zu bezahlen. Zuerst dachte ich, er sei verrückt oder wolle womöglich mit mir schlafen, doch dann drückte er mir fünfhundert Pfund in die Hand und sagte, wenn es mir ernst sei, solle ich in einer Woche um die gleiche Zeit hier sein. Ich erinnere mich noch gut an seinen Blick, als er sagte, dass es ihm ernst sei – todernst.«

Chris stützte sich im Liegen auf und wischte ihr die Tränen aus den Augen. Den Kloß im Hals versuchte er hinunterzuschlucken. Er fühlte sich mies, so elend wie noch selten in seinem Leben. Jetzt wusste er, dass es falsch gewesen war. Er fühlte sich schuldig, schmutzig, hatte Unrecht mit Unrecht vergolten. Die drei Zahlen jagten wie ein dämonischer Irrtum durch seinen Kopf: Was sie darstellten, war falsch! Doch nun war es zu spät – zu spät? Wie in Zeitlupe schien nun der Rest des Geschehens um ihn abzulaufen.

Elizabeth wurde immer matter. Das Mittel wirkte schneller, als sie angenommen hatte. Ihre Lider waren schwer, alles verschwamm, sie fühlte sich nun leicht wie eine Feder, ihr Körper schien zu schweben. Sterben ist gar nicht so schlimm, dachte sie fast fröhlich; der Mix aus Morphinsubstrat, Antibrechmittel und Schlafmittel – sie hatte sich die Medikamente vor der Reise ans Meer in der City besorgt – begann seine Wirkung voll zu entfalten. Chris' Gesicht begann vor ihr zu verschwimmen, sie gab sich einen Ruck – ein letztes Aufbäumen.

»Chris, was ich dir nun sagen werde … Du wirst es mir nie verzeihen.« Ihre Stimme versagte, sie hechelte.

Er schaute sie an, denn irgendetwas begann schiefzulaufen, er musste es ihr sagen.

Doch bevor er aufstehen konnte, schlug sie die Augen auf, packte mit erstaunlicher Kraft sein Handgelenk, atmete tief ein und begann erneut zu sprechen: »Dein Patient – wie hieß er doch?«

Heftiger, als er wollte, stieß er den Namen aus: »William Rowland.«

»Ja, Rowland. Eine Woche später traf ich den fremden Mann wieder an der Bar. Ob ich immer noch bereit sei. Ja, sagte ich. Er stellte sich mir nun als Shamal vor. Er sei Arzt am St. Francis Central Hospital, dort, wo du auch tätig warst zu der Zeit. Bei einem Patienten habe er vor ein paar Wochen einen Hirntumor diagnostiziert. Endstadium. Der Patient war niemand anderes als William Rowland. Der Mann war am Boden zerstört, auch weil er nach seinem Tod eine Familie, Frau und vier Kinder zurücklassen würde. Am nächsten Tag besuchte Rowland diesen Arzt erneut und fragte ihn, ob irgendjemand sonst von der Diagnose wisse. Dieser verneinte, denn er habe den Rapport zwar geschrieben, jedoch noch bei sich.

Shamal überzeugte Rowland von seinem Plan: Versicherungsbetrug! Eine Lebensversicherung. Er habe es sich genau überlegt. Man brauche nur einen ›Sündenbock‹, und Shamal wusste auch schon wen: Dich, Chris, hatte er ausgesucht. Ich wusste nicht alles, irgendwas gefiel mir an der Sache nicht. Alles war zu einfach. Doch ich brauchte das Geld, ich war verzweifelt und völlig auf mich allein gestellt.

Ich schlief mit Shamal. Ich weiß, was du denkst, es stimmt, darin war ich gut. Doch ich schlief mit ihm und klaute einen Durchschlag des Rapports, nannte ihn ›meine Lebensversicherung‹. Ich dachte, es sei besser, etwas in der Hand zu haben. Danach habe ich Shamal noch ein einziges Mal gesehen. Ich ahnte, dass es ihm um mehr als bloß Geld ging – frag mich nicht, weshalb. Rowland hatte niemanden eingeweiht außer seiner Frau. Sie war zuerst dagegen, doch Rowland überzeugte sie. Die Versicherungspolice war schnell abgeschlossen. Shamal besorgte das nötige ärztliche Attest. Die Police hatte Rowland auf zwei Millionen Pfund abgeschlossen. Shamal hatte an alles gedacht: Die Obduktion würde jemand durchführen, der für die gleiche ›Sache‹ kämpfe. ›Was für eine Sache?‹, fragte ich, doch er verbot mir geradezu jegliche Fragen. Sein Blick war fanatisch gefährlich, als er mir so drohte.

Alles war minutiös geplant. Es war kein Zufall, dass wir uns trafen. Du warst so leicht herumzukriegen …«

Ein leichtes Pfeifen begleitete inzwischen jeden ihrer Atemzüge. »Der Abend, die Drogen, die ich dir ins Essen tat. Rowland täuschte einen Unfall vor. Tatsächlich aber nahm er ein retardives Muskelgift ein, das Shamal ihm gegeben hatte. Den Rest kennst du. Rowland starb zwar unter deinen Händen, doch du trägst keine Schuld an seinem Tod, Chris. Der Mann wäre so oder so gestorben.« Wie wenn sie einen Marathon gelaufen wäre, hechelte und japste sie nach Luft, aber Chris schien es in diesen Minuten nicht richtig wahrzunehmen, denn er starrte mit leeren Augen an die Decke, hielt jedoch immer noch ihre Hand.

»Ich wusste das alles schon«, sagte er leise und fügte hinzu: »Fast alles.«

Elizabeths matte Augen schauten ihn entgeistert an, doch bevor sie mit letzter Anstrengung eine Frage stellen konnte, begann er zu erzählen.

»Nachdem ich verurteilt worden war, sann ich über nichts anderes als Rache nach. Doch dann geschah etwas Schreckliches: Meine Eltern, meine Großeltern, meine Tante und mein Cousin, alle starben – am gleichen Tag! Und ich saß im Gefängnis, während es geschah. Als ich entlassen wurde, wollte ich weit weg. Doch zuvor wollte ich mich bei Rowlands Witwe entschuldigen, für den verhängnisvollen Fehler, der mir unterlaufen war. Nachdem ich ihr auch vom Verlust meiner Familie erzählt hatte, war sie so schockiert und beschämt, dass sie mir die Wahrheit beichtete: Sie berichtete von der tödlichen Krankheit ihres Mannes, vom Versicherungsbetrug und auch vom Arzt, Shamal, der involviert war. Den Rest konnte ich mir selbst zusammenreimen. Sie bot mir an, vor Gericht auszusagen, damit ich rehabilitiert würde. Doch ich war dagegen. Ich sah keinen Sinn darin, so weiterzumachen wie zuvor, als Arzt an einem Krankenhaus, meine ich. Außer meinem Onkel hatte ich niemanden mehr. Wozu sollte ich Rache nehmen? Du warst wieder in Amerika, Shamal war längst über alle Berge. Also verließ ich das Land. Frank bat mich, zu ihm nach Amerika zu kommen, doch dorthin wollte ich nicht, denn ...« Er sprach den Satz nicht zu Ende. »Eine Weile lebte ich in Australien bei Elvis, und irgendwann zog ich hierher und gründete das Center. Wäre Frank nicht gewesen, Elizabeth, du hättest nie wieder von mir gehört, doch vor etwa zehn Jahren besuchte er mich hier. Eines Abends drehte sich unser Gespräch um die Ereignisse von damals, und ich konnte nicht anders, als ihm zu berichten, was ich erfahren hatte. Von da an sprach er bloß noch von Rache. Er hatte ja wie ich seine Familie verloren, und obschon du nichts mit dem Unglück zu tun hattest, war Frank davon überzeugt, dass Menschen wie du mitschuldig seien an der Not in der Welt. Ich riet ihm, er solle gehen und seine Ruhe finden. Er ging, doch seine Ruhe fand er nicht, denn er heftete sich an deine Fersen. Immer wieder telefonierte er und sagte: Wenn ich so weit sei, es dir heimzuzahlen, dann sei er bereit. Ich wollte nichts von Rache wissen, Elizabeth – bis zu dem Tag, als ich Marie mitteilen musste, dass sie sterben würde – nur weil ihr Vater sie vergewaltigt hatte. Erst jetzt rief ich Frank an. Ich wollte, dass du am eigenen Leib erfährst, was Verzweiflung wirklich bedeutet.« Fassungslos über seine eigene Entscheidung schüttelte er den Kopf. »In einem hatte Frank aber recht: Sollte es Gott wirklich geben, so hasst er uns, denn weshalb sonst hätte er unsere beiden Familien auf so grausame Weise umkommen lassen – damals in Lockerbie!«

Bei seinen letzten Worten ging ein Zucken durch ihren Körper, wie wenn ein Peitschenhieb sie getroffen hätte. Vergeblich wollte sie sich aufrichten, sein Gesicht war in ihren Augen nur noch ein Fleck, die Farben im Zimmer verblassten. Ein fast erleichterter Atemzug, ein Hauch waren die letzten Worte: »Lockerbie? Der Anschlag? Deine Familie lebte in Lockerbie?« Mit letzter Kraft keuchte sie: »Jetzt verstehe ich …« Ihre Hand umklammerte seinen Arm, ein langes letztes Ausatmen, dann war es still. Ihre Hand, die sich fest an ihn gekrampft hatte, als könne sie sich im Leben festkrallen, erschlaffte, und ihr Kopf sackte leblos ins Kissen.

Wie ein Schlag ins Gesicht erfasste Chris die Panik. Er packte Elizabeth bei den Schultern und hob sie hoch, und während er sie in seinen Armen hielt und nach Hilfe rief, gleichzeitig ihren Puls zu ertasten suchte, entdeckte er die Medikamentenschachteln unter ihrem Kissen. Offenbar hatte sie die Packungen versteckt und absichtlich alle Tabletten geschluckt.

Bevor er erneut schreien konnte, flog die Tür krachend auf, und Frank stürmte herein.

*

Elizabeth spürte einen ekligen Geschmack nach Erbrochenem im Mund, und die Übelkeit stieg ihre Kehle hoch. So kann sich Totsein nicht anfühlen. Bin ich nicht tot? Sie sackte zurück ins Kissen und rollte sich zur Seite mit der Absicht, aufzustehen. Endlich schaffte sie es, sich an die Bettkante zu rollen. Ihre Hand krallte sich am Eisengestell des Betts fest, sodass es ihr stöhnend gelang, ein Bein auf den Boden zu bekommen. Die Tür war nur wenige Schritte entfernt, aber die Wände schienen sich vor- und zurückzubewegen, alles drehte sich wie verrückt um sie herum, wie in einem Karussell, und bevor ihre Hand den Türgriff erreicht hatte, brach sie zusammen. Ihr Körper schlug mit einem dumpfen Knall auf den harten Plattenboden. Dann verlor sie erneut das Bewusstsein.

Als sie wieder zu sich kam, sah sie ins Gesicht von Chris, der sich über sie beugte. Hinter ihm, mit dem Rücken zu ihr, wusch sich ein Mann am kleinen Waschtrog die Hände.

Chris' Stimme klang sorgenvoll, mit einem Anflug von Wut: »Scheiße, Liz, was zum Teufel hast du dir dabei gedacht? Wir konnten dich gerade noch rechtzeitig zurückholen.« Sein Unmut verblasste ein wenig. »Du kannst von Glück reden, dass mein Onkel der bessere Arzt von uns beiden ist.«

Elizabeth war noch benommen, doch langsam lichtete sich der Nebel. Immer noch nicht tot, dachte sie deprimiert.

»Du warst drei Tage im Koma«, erklärte Chris. »Mensch, du bist fast draufgegangen! Wie konntest du bloß?«

»Weshalb hast du mich nicht sterben lassen?«, schrie sie ihn an, wie man es ihr in ihrem desolaten Zustand nicht zugetraut hätte. »Es hat doch alles keinen Sinn, jetzt hätte ich es hinter mir! Der Krebs kriegt mich doch so oder so. Ich will nicht so qualvoll sterben wie Marie und die anderen.« Ein Schluchzen brach aus ihr hervor.

»Sie sind nicht krank.« Der Mann am Waschbecken, den Chris vorhin Frank genannt hatte, drehte sich um, legte das Handtuch auf den Stuhl neben dem Becken und trat ans Bett. »Sie hatten nie Krebs, Elizabeth O'Brien.«

Ungläubig starrte sie auf den Mann, der die Worte in seiner gewohnt ruhigen Art ausgesprochen hatte, und zweifelte daran, ob sie tatsächlich lebte oder ob dies ein Traum sei, gar eine Halluzination, die einfach zum Sterben gehörte.

*

Das Ganze schien ein Albtraum, der nicht enden wollte. Elizabeth stand ächzend vom Bett auf und schlug dabei Chris' helfend angebotene Hand weg. Allmählich war die Bedeutung der Worte, die der Arzt gesagt hatte, in ihrem Bewusstsein erwacht.

»Sie sind Chris' Onkel, Doktor Silverstone!«, schloss sie plötzlich wieder scharfsinnig.

»Ja«, Frank Silverstone schaute sie kalt an, »und ich hätte Sie krepieren lassen sollen vorhin.«

Sie taumelte und hielt sich am Bettgestell fest. »Ich bin gar nicht krank? Ich habe nicht Krebs?«

»Nein, haben Sie nicht.«

»Aber die Schmerzen, die Übelkeit?«

»Meine Eigenmischung. Ich war mal ein guter Forscher«, sagte Silverstone höhnisch. »Ziemlich harmlos, aber auch effektiv. Den Rest können Sie sich selbst ausmalen.«

»Die Diagnose?«

»War getürkt.«

Wie ein Gedankenblitz schoss die Szene an ihrem geistigen Auge vorbei: »Im Penthouse, der Spiegel …, das waren Sie, stimmt es?«

»Gut kombiniert! Der Portier ließ mich hinein. Schließlich war ich Ihr Arzt, also sah er keinen Grund, misstrauisch zu sein, denn er wusste ja um Ihren Zustand.«

»Ich hätte mich um ein Haar von der Terrasse gestürzt!«

»Ich weiß. Ich kam gerade noch rechtzeitig. Der Schlag auf den Kopf war nötig, pardon.« Seine Stimme zeugte nicht wirklich von Mitgefühl, seinen unterschwelligen Hass konnte er nicht kaschieren. »So einfach sollten Sie es nicht haben.«

Elizabeth war nun hellwach, als hätte sie nicht noch vor Stunden zwischen Leben und Tod geschwebt. Es schien, als verleihe ihr das Ungeheuerliche, gegen das sie sich aufbäumte, eine Flut von trotziger Energie.

»Im Hotel, das waren auch Sie?«

»Ja, ja, Elizabeth, *ich* war das – und auch damals im Gerichtssaal, als Sie Chris aus bloßer Geldgier ans Messer geliefert haben, war ich zugegen. Letzte Reihe. Ich war zugegen.«

»Und Elvis, James – alle anderen?«

»Nein!«, wehrte Chris vehement ab. »Niemand sonst wusste Bescheid, nur Frank und ich selbst.«

»Du hast in Kauf genommen, dass ich mich umbringe? Meine Karriere ruiniert, mein Leben aufs Spiel gesetzt? Du bist ein Dreckskerl!«, fauchte sie Chris an, und mit einem Blick auf Silverstone: »Ihr beide seid es: elende Miststücke!«

»Halten Sie den Mund!«, herrschte Silverstone sie an und machte einen drohenden Schritt aufs Bett zu. »Sie haben Blut an Ihren Händen, Sie *Mörderin*!«

Sekundenlang schien die Zeit stillzustehen. Eine unheimliche Ahnung kroch in Elizabeth hoch, eine grauenhafte Vermutung, die sie befürchten ließ, Silverstone könnte recht haben.

»Shamal war Arzt, das ist richtig«, bestätigte Frank Silverstone. »Aber er war auch ein Terrorist, ein Hintermann, ein Drahtzieher und Fanatiker. Die Behörden haben es nicht durchschaut, denn niemand wusste vom Versicherungsbetrug, man konnte also auch keine Verbindung herstellen. Sie, Elizabeth O'Brien, waren die einzige Verbindung. Und Sie hatten allen Grund, zu schweigen. Sie hatten Chris verraten und ans Messer geliefert. Aber was viel schlimmer ist, Sie haben es Shamal erst ermöglicht, an das Geld zu gelangen, Sie haben ihm geholfen, die Sache so zu kaschieren, dass niemand eine Verbindung herstellen konnte zwischen einem Todesfall, der wie ein Arztfehler mit Versicherungsfolgen aussah, und einem Terroranschlag. Erst nachdem mir Chris Jahre später erzählte, was die Witwe Rowlands ihm gebeichtet hatte, erst da verstand ich die Zusammenhänge dieses

Verbrechens. Jahre hat es gedauert, mich viel Geld und Recherchearbeit gekostet, bis ich herausfand, was geschehen war. Rowland war für Shamal in doppelter Hinsicht ein Glücksfall, denn Rowland half Shamal, einen zweiten Mann bei der Gepäckabfertigung einzuschleusen. Für Rowland als Supervisor war es ein Leichtes, den zweiten Mann, der später die Bombe an Bord von Flug 103 brachte, als Gepäckabfertiger einzustellen. Sie haben dazu beigetragen, den Terroristen die finanziellen Mittel und den Zugang zu liefern, um den Anschlag auf Flug einhundertdrei zu ermöglichen. Sie haben fast dreihundert Menschenleben auf dem Gewissen …«, die Lautstärke seiner Stimme schwoll an, »… und Sie waren es, die unsere Familien ausgelöscht hat!« Tränen der Wut rannen nun über seine alten Wangen, keuchend lehnte er sich gegen die Wand.

»Nein …«, ihre Stimme versagte.

Silverstone schaute sie hasserfüllt an. »Doch! Und ich hätte Sie vorhin krepieren lassen sollen!«

»Ich hatte keine Ahnung, wozu Shamal das Geld verwenden würde.«

»Sie sind eine Mörderin! Ich hasse Sie!« Silverstone machte Anstalten, sich auf sie zu stürzen, doch Chris packte ihn am Arm.

»Genug!« Chris' Stimme hallte wie ein Donnerschlag durch das kleine Zimmer. »Es ist genug! Ich denke, wir sind quitt.«

Die Zeit schien eingefroren, als hätte man einen Film angehalten und das Standbild würde sich unauslöschlich in die Wirklichkeit einbrennen.

Der Wasserhahn tropfte leise.

Dann war es vorbei. Chris nahm Frank sanft am Arm, öffnete die Tür und sagte an Elizabeth gewandt: »Ich lasse dir ein Taxi kommen.«

*

Das leise Knarren der Bürotür hatte Chris schon tausendmal gehört. Er musste nicht aufschauen, um zu wissen, dass sie im Türrahmen stand. Dennoch hob er seinen Kopf, und ihre Blicke begegneten sich mitten im Raum. Sie stand da, die Tasche in der Hand, als wäre sie gerade erst angekommen.

»Chris, du musst mir glauben, ich hatte keine Ahnung, was die vorhatten.«

»Ich glaube dir.« Er senkte seinen Blick wieder auf die Unterlagen auf dem Schreibtisch.

»Ich hatte keine Ahnung, dass deine Familie …«

»War wohl Pech. Dumm gelaufen, dass meine Mom und mein Dad gerade bei meinen Großeltern zu Besuch waren und ausgerechnet dieses Haus zu den getroffenen gehörte. Blöder Zufall, dass Sarah und Michael, mein Cousin, in einem brennenden Flugzeug auf sie stürzten und sich selbst und unsere Lieben pulverisierten.« Er stützte die Stirn auf seine Hand und schloss die Augen. »Und was für ein Glück für mich, dass man mir bloß eine Stunde Freigang zugestanden hatte. In diesem Sinne hast du mir das Leben gerettet.«

Elizabeth senkte den Kopf, hob ihre Tasche auf, alles schien gesagt zu sein. Dann zögerte sie.

»Was haben die Zahlen 5-32-35 zu bedeuten?«

»Das, was Menschenwerk nicht sein sollte. Fünftes Buch Mose, Kapitel zweiunddreißig, Vers fünfunddreißig: *Mein ist die Rache, und die Vergeltung für die Zeit, da ihr Fuß wanken wird, denn nah ist der Tag ihres Verderbens, und was ihnen bevorsteht, eilt herbei.*«

Das Klappen einer Autotür war zu hören. Das Taxi stand bereit. Elizabeth schluckte leer, wollte noch etwas sagen, aber dann drehte sie sich um und ging.

April 2010

Liebe Elizabeth,
vor sehr langer Zeit schrieb einst ein weiser Mann, dass es einen Ort im Menschen – also in uns allen – gebe, an dem weder Raum noch Zeit Zutritt hätten. An die Existenz dieses Platzes, den er beschrieb, meine liebe Elizabeth, glauben auch wir Aborigines. Manche würden ihn Seele nennen, andere die Psyche, doch wir Aborigines nennen ihn den göttlichen Funken in uns. Ja, ich weiß, als humanistisch gebildeter Mensch mögen Sie nun glauben, dass ich auch noch den alten Plato bemühe, gar abkupfere, doch lassen Sie mich Ihnen verraten – gewiss auch mit etwas Stolz und Eitelkeit –, dass wir Aborigines dies längst wussten, und zwar Tausende von Jahren, bevor Plato überhaupt geboren wurde.

Wir Aborigines glauben, nein, wir »wissen«, dass die Seele eines jeden Menschen aus zwei Teilen besteht: Diese nennen wir die Mokoy- und die Birrimbirr-Seele. Die sterbliche Sinnesseele, also unsere persönliche Psyche, entspricht der Mokoy-Seele, und der unsterbliche Funke des göttlichen Geistes, der in uns lebt, entspricht der Birrimbirr-Seele. Und dies ist so seit der heiligen Schöpfungszeit, der Tjukurrpa, wie wir sie nennen, oder auch der Zeit der großen Macht, der sogenannten Altyerre. Doch Sie haben recht, dies sind lediglich Wörter; genauso könnte ich an der Stelle die Begriffe »Urknall«, »Genese«, »Nukleosynthese« oder andere wissenschaftlich glaubhaftere Begriffe aufführen.

Nun aber zurück zu den zwei Seelen: Jeder Mensch wird mit beiden Teilen geboren, dem dunklen und dem lichten Teil. Doch der lichte Teil, die Birrimbirr-Seele, ist bei jedem neugeborenen Kind dominant, denn der dunkle Teil, die Mokoy-Seele, ist zu dem Zeitpunkt noch sehr schwach. Wie stark der dunkle Teil der Seele bis zum Ende eines Lebens wird, entscheidet jeder Mensch für sich. An jedem Tag in seinem Leben, mit jeder Tat, die er in seinem irdischen Dasein begeht, beeinflusst er beide Teile seiner Seele. Sie mögen sich noch an die kleine Geschichte von Chief Matimba erinnern: jene mit den zwei Löwen in unserer Brust. Na, meine Liebe, sehen Sie da eine Ähnlichkeit? Übrigens ist Chief Matimbas Geschichte eine afrikanische, keine der Aborigines!

Die Mokoy-Seele, also der dunkle Teil unseres Wesens, hasst den Tod, klammert sich ans irdische Leben, verkörpert das, was »schlecht« an uns ist. Die lichte Birrimbirr-Seele besteht jedoch nach unserem Tode weiter. Sie verschmilzt gemäß unserem Glauben mit dem Geist und der Macht des großen Ahnenwesens, aus dem heraus die geistige Existenz des Individuums erst geboren wurde.

Nach unseren Überlieferungen – und ich möchte, ohne arrogant zu wirken, nochmals anfügen, dass die Aborigine-Kultur die älteste der Menschheit überhaupt ist – »hangelt« sich die Birrimbirr-Seele, wenn wir sterben, an sogenannten »Luftseilen« in die Sphären der »Dreaming« (Sie würden es Jenseits nennen) empor und wird Teil eines Sterns am Himmel.

Nun, meine liebe Elizabeth, bevor Sie an dieser Stelle den Brief zerknüllen und als Nonsens abtun: Bitte lesen

Sie weiter und halten Sie sich gedanklich präsent, dass es sich um sehr alte Überlieferungen handelt und dass man demzufolge vieles, was ich gerade schreibe, als Symbole zu verstehen hat, denn wie anders sollte ein Mensch das Göttliche, Unerfassbare fassbar machen?

Vergegenwärtigen Sie sich übrigens die erstaunliche Korrelation dessen, was ich oben schrieb – dass dieser göttliche Funke, der lichte Teil unserer Seele, der sich an den »Luftseilen« seinen Weg ins Jenseits »hangelt« und ein Teil des Ganzen, ein Teil des göttlichen Bewusstseins ist –, mit allem, was wir über Quantenphysik und Strings, Superstrings und dergleichen wissen! Ein Mensch müsste schon sehr ignorant, gar dumm sein, wenn er den Zusammenhang hier nicht sehen und anerkennen wollte.

Die Birrimbirr-Seele ist unsterblich, manchmal wird sie auf ihrer Wanderung irgendwann wieder in ein irdisches Leben hineingeboren: dann, wenn sich ein kleines Teilchen aus dem großen Geist des Ahnenwesens löst und als Geistkind seinen Weg in den Schoss einer Frau findet. Manchmal bleibt die Birrimbirr-Seele auch für alle Zeiten ein Teil des großen Ahnenwesens. Sie können es auch das »ewige Licht« nennen. Oder eben »ewiges Leben«.

Ich bin ein Aborigine, Elizabeth, und nicht bloß dies, ich bin ein Cleverman, einer, dem das Wissen weitergegeben wurde, und als solcher sage ich Ihnen, was wir glauben: Wir sind überzeugt davon, dass in allen Lebewesen dieser göttliche Funke glüht. Ein Funke aus der Schöpfungszeit, ein unzerstörbarer Funke des göttlichen Bewusstseins, das weder eines Beweises noch einer Erklärung bedarf, denn die Ewigkeit (Sie mögen es auch Gott nennen) entzieht sich der menschlichen Beweisführung. Und wie das große Ahnenwesen, das Sie Gott, Jahwe, Allah, Buddha oder sonst wie nennen mögen, lebt dieser göttliche Funke außerhalb von Raum und Zeit.

Dennoch – oder sollte ich schreiben: gerade deswegen – können wir die Antwort auf die so dringliche Frage des Lebens nur an diesem einen Ort finden, den ich oben erwähnte: in uns selbst.

Betrachtet man alle bekannten physikalischen Fakten, dann ist die Wahrscheinlichkeit, dass das Leben zufällig entstand, der Wahrscheinlichkeit gleichzusetzen, dass ein Tornado durch einen Schrottplatz fegt und hinter sich einen flugfähigen Jumbojet hinterlässt! Und das ist kein Witz, sondern pure mathematische, empirische Wahrscheinlichkeit, basierend auf allen bekannten wissenschaftlichen Fakten.

All dies ist jedoch lange noch kein Beweis – oder doch? Der Beweis, den Sie und so viele andere suchen, liegt also an einem ganz anderen als dem bisher von Ihnen konsultierten Ort. Sie kennen die Antwort und haben sie immer schon gekannt.

Ich weiß nicht, weshalb Sie, liebe Elizabeth, Chris aufgesucht haben, und ich habe keine Ahnung, warum wir uns kennengelernt haben. Doch eines weiß ich ganz bestimmt: Es hat seinen Grund. Alles hat einen Grund! Sie tragen wie jeder andere die Antwort auf die Frage aller Fragen in sich. Die Antwort liegt jenseits aller Beweise in Ihrem Herzen.

Ihr Elvis

P.S. Eines Tages werde ich Ihnen doch noch die Geschichte der großen Regenbogenschlange erzählen – auf dieser oder der anderen Seite.

P.S.S. Sie haben mich damals nach dem Sinn des Lebens gefragt. Es gibt nebst den unzähligen mehr oder weniger komplizierten und mehr oder weniger plausiblen Antworten nur eine einzige und ganz simple Antwort auf diese Frage aller Fragen: Das Leben selbst ist der Sinn des Leben – und Leben zu schenken!

Elizabeth legte den Brief beiseite und schaute aus dem Fenster. Die Sonne war bloß noch ein goldener Streifen am Horizont, das Flugzeug, in dem sie saß, ein Traum zwischen Himmel, Sternen und Mond.

22. Mai 2022, New York City, Central Park

So viele Jahre sind vergangen und sie lebt immer noch.

Sie spazieren durch den Park. Blütenstaub tanzt in der Luft. Niemand sonst ist hier, entweder es ist zu früh oder zu kühl oder beides. Sie lauscht dem unhörbaren Summen in der glitzernden Luft, dem wispernden Wind in den Baumkronen, New York murmelt hinter den Grenzen des Parks – es ist das schläfrige Grummeln eines frühen Sonntagmorgens.

Sie stellt sich die Schwingungen vor, Musik, die unsichtbar in der Luft liegt, wie Marie sie beschrieben hat, Schwingungen, die man nur mit einem Empfänger hören kann, die aber da sind, auch wenn kein Radio eingeschaltet ist; Musik, Gespräche, Lawinen von Textnachrichten, Fluten von Fernsehprogrammen, E-Mails, Whatsapp-Nachrichten, Video-Clips, Handygespräche dringen durch Häuser, Bäume, Brücken, Meere, Tiere und Menschen. Tausende oder Millionen von Nachrichten schwirren durch die Luft: *Bring ein Brot mit!, Sollten wir fürs Kino reservieren?* oder: *Hast du gehört? In Europa ist Krieg!* und *Die Pandemie soll wieder schlimmer werden*, dazu hunderte *Ich liebe Dich, Ich verlasse Dich, Lass uns ein Kind machen*, all dies fliegt unsichtbar durch das Straßengewirr von New York, über den Ozean, über die Länder, über die Wälder, Felder und Steppen Afrikas, die Slums und durch unsere Herzen voller Licht und Schatten.

Elizabeths Blick gleitet hoch zum Himmel. Ist es so schwer zu glauben, dass wir alle, irgendwann oder bereits jetzt in diesem Augenblick, Chris, Elvis, Chief Matimba, King George, James und auch Marie, alle, die je waren, alle, die je sein werden, in großen Seelentransportern da oben hin- und herfliegen? Ausgeblichen, leise wispernd, aber noch hörbar, wenn du nur aufmerksam genug lauschst.

Über die Baumwipfel treiben sie, auf den Feldern reiten sie, gleiten dahin, alten Schiffen gleich, schlüpfen dir durch Haar und Hemd, durch die Brust und Lunge und kommen auf der anderen Seite wieder hervor, der leise Atem, eine Bibliothek und ein Archiv jedes gelebten Lebens, jedes gesprochenen Wortes, jedes gesagten Satzes, das noch immer in dir nachhallt.

»Heute wird ein schöner Tag.«

Elizabeth schaut auf das Mädchen an ihrer Seite. »Ja, ein sehr schöner Tag.« Ihre Schritte knirschen leise auf den Kieselsteinen. »Bald wirst du zwölf. Freust du dich?«

»Ja, sehr.« Sie gehen eine Weile schweigend weiter. Dann halten sie an.

Die Berührung an ihrer Hand ist zart, kaum spürbar: »Hast du sie geliebt?«

»Ja, das habe ich«, ihre Stimme stockt ganz kurz. »Dein Vater war ein guter Mann und Marie war etwas ganz Besonderes. Ja, ich habe sie beide geliebt – sehr sogar.«

Elizabeths Tochter Marie fasst die Hand ihrer Mutter ganz fest und lächelt. »Und ich liebe dich, Mama.«

Dann gehen sie beide langsam weiter.

Weitere Titel von Alfonso Pecorelli

Das Mädchen, das die Welt veränderte

Alfonso Pecorelli

Ein zeitloses Meisterwerk von durchdringender Strahlkraft

Was geschieht, wenn der letzte Funken Menschlichkeit aufgebraucht ist? Die kleine Marie begibt sich auf eine fantastische Reise, um dies zu ergründen.

Vielleicht eine jener seltenen Geschichten, die das eigene Leben verändern können, weil sie Hoffnung geben.

Mit farbigen Illustrationen von Jan Reiser

Hardcover mit Schutzumschlag, 224 Seiten,
ISBN 978-3-9524640-7-6

Taschenbuch, 184 Seiten, ISBN 978-3-9524906-2-4

Auch als E-Book

Glück ist Leben

Alfonso Pecorelli (Hrsg.)

Wie man sein Leben bestimmt – bemerkenswerte Menschen erzählen

Zwölf Menschen unterschiedlichen Alters, die entweder von Geburt an oder durch ein späteres Ereignis vor wirkliche Herausforderungen gestellt waren, erzählen aus ihrem Leben und wie sie ihr Schicksal nicht nur gemeistert haben, sondern heute ein zufriedenes und glückliches Leben führen.

Hardcover mit Schutzumschlag
240 Seiten
ISBN 978-3-9524640-2-1

Auch als E-Book

www.riverfield-verlag.ch